魔說 Of Dark

진마전설

목형 판타지 장편소설

FANTASY FRONTIER SPIRIT

마존전설 2부

진마전설 3

목형 퓨전 판타지 소설

초판 1쇄 찍은 날 § 2006년 8월 29일
초판 1쇄 펴낸 날 § 2006년 9월 9일

지은이 § 목형
펴낸이 § 서경석

편집장 § 문혜영
편집책임 § 서지현
편집 § 이재권

펴낸곳 § 도서출판 청어람
등록번호 § 제1081-1-89호
등록일자 § 1999. 5. 31
어람번호 § 제1-0741호

주소 § 경기도 부천시 원미구 심곡1동 350-1 남성B/D 3F (우) 420-011
전화 § 032-656-4452 팩스 § 032-656-4453
http://www.chungeoram.com
E-mail § eoram99@chollian.net

ⓒ 목형, 2006

ISBN 89-251-0219-6 04810
ISBN 89-251-0216-1 (세트)

眞魔傳說
Of Dark
목형 판타지 장편소설
FANTASY FRONTIER SPIRIT
진마전설
마존전설 2부
3
재기(Rising again)
도서출판
청어람

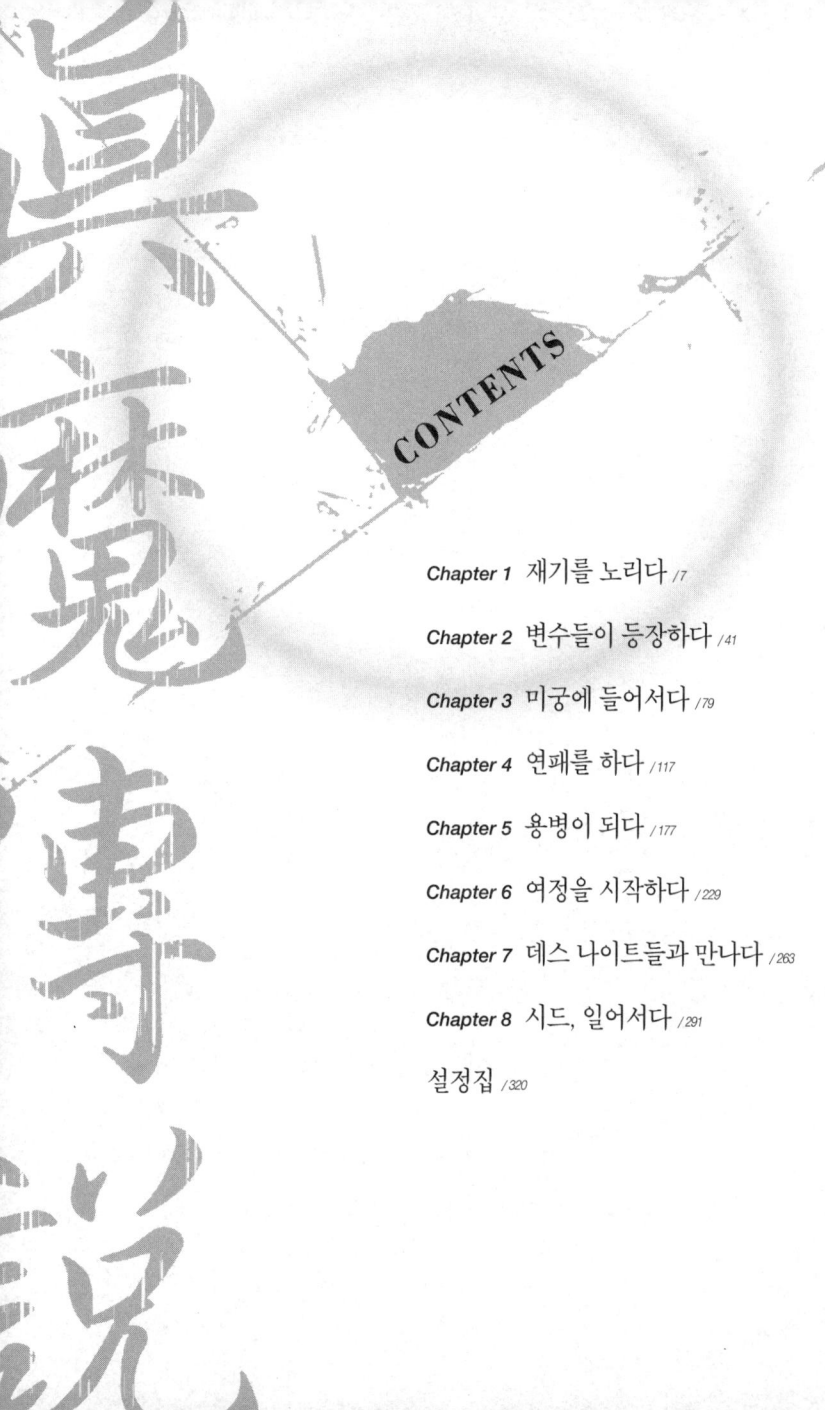

CONTENTS

Chapter 1

재기를 노리다

"하하하, 이거 곤란한데……."

리버스는 전혀 곤란해 보이지 않은 말투로 연신 곤란하다 를 연발했다.

"크흑~ 제 실수입니다. 제가 알아서 준비했어야 했는 데……."

길란드는 절망과 좌절의 늪에서 허우적거리며 자아비판에 열중했다.

─어쩔 수 없는 일이다. 차라리 이번 기회에 군살 좀 빼는 셈치고…….

다스어벤저는 이미 자포자기하고 있었다.

"……."

늘 아무 말 없던 그림자조차 지금 상황에 내심 동요하는 기색이 역력했다.

그렇게 리버스 일행은 전원 빈털터리라는, 절대 믿어지지 않는 현 상황에 대해 속수무책이었다.

─어떻게 전부 황궁을 떠날 때 빈손으로 나선 거지?

"크윽, 은연중 서로를 믿은 거겠지."

─그럼, 잠시 황궁으로 귀환하는 건 어때?

"에휴~ 그게 불가능하니 문제지. 지니고 있던 텔레포트 스크롤은 이미 썼고, 여기서 황궁까지, 아니, 자이드 제국 영역까지 텔레포트할 정도의 마나를 모으려면 적어도 일주일은 기다려야 해."

길란드가 거의 우는 소리로 자신의 한계를 선언하자, 다스어벤저는 혹시나 하는 마음에 그의 가슴에 있는 그것을 가리키며 말했다.

─'그걸' 가지고 있는데도?

"이봐, 얼마 전 메테오는 어떻게 썼다고 생각하는 거야? 난 드래곤이 아니라고!"

─왜 화를 내고 그래?! 모르니깐 그러지!!

대책 마련을 위해 궁리를 하는 건지, 싸우는 건지 언성까지 높이며 투덕거리는 길란드와 다스어벤저. 결국 그 둘을 중재한 건 언제나 그렇듯 리버스다.

"자자, 진정들 해. 일단 대책 마련이 우선이지, 이렇게 싸워서야 되겠어? 이래서야 나인스타 체면이 말이 아니지."

"예, 마스터."

―크윽, 알았다.

"좋아, 좋아. 그래야지."

마치 자신이 유치원 선생이라도 된다는 듯, 혹 허락만 한다면 당장이라도 이 둘의 머리를 쓰다듬을 것 같은 리버스.

…역시 거물은 거물이란 건가?

어쨌든 그렇게 지나치게 뜨거웠던 분위기가 가라앉자, 다시 대책 마련에 고심하는 리버스 일당들. 그들 정도의 강자들이 고작 노잣돈이 없어 이 지경이라니. 남들이 알면 크게 비웃을 게 뻔하지만 그들의 입장에선 정말 심각했다.

"크흠, 숲에 들어서면 그때부터 무조건 노숙을 해야 합니다. 거기다 '대미궁' 안에서의 시간도 고려한다면 적어도 한 달은 걸리죠. 결국 네 명의 한 달 분 식량이니깐… 최소한 1골드는 있어야 하는데… 다행히 제 호주머니 바닥에 금화 하나가……."

역시 계산이 빠른 마법사답게 이내 자신들이 필요한 최소 금액을 말하는 길란드. 하지만 그것은 어디까지 가장 기본 중에 기본적 욕구를 충족시킨, 이들의 신분을 생각한다면 도저히 견딜 수 없는 극악의 노숙 생활을 지내야 한다는 말과 동일했다. 거기다 앞으로 계획은 대미궁에서 끝나는 것이 아니기에 길란드가 말한 한 달이란 시간은 더 더욱 길어질 터. 때문에 길란드가 슬그머니 내미는 1골드를 바라보는 일행의 얼굴은 참담하기 그지없었다.

─아무래도 안 되겠어! 한 달보다는 역시 일주일이 낫지. 일주일만 어떻게든 견딘 뒤, 길란드 네가 텔레포트로 마탑에 가서 돈 좀 털어 와!

"아니, 이놈이 미쳤나? 마탑의 돈을 털어?! 그게 어떤 돈인데!! 차라리 네놈 기사단의 금고를 털어 와 주마!"

─아니, 뭐라고?!

다시 한 번 강림한 유치한 말다툼에 설레설레 고개를 젓는 리버스. 결국 다시 그가 나선다.

"황궁으로 되돌아간다는 생각은 좀 아닌 듯싶은데… 황궁에선 밀리네가 두 눈 시퍼렇게 부라리고 있을걸? 아마 그 아이한테 붙잡혀선 다시 황궁을 나서는 게 불가능할 거야."

"흐흠~ 하긴 그렇겠군요."

─이런, 깜빡했군.

밀리네의 이야기는 어디까지 반 농담이지만, 황궁으로 되돌아갈 경우 다시 나올 수 없다는 건 분명한 사실이다. 솔직히 이들이 이렇게 나올 수 있었던 건, 어디까지 밀리네 황녀의 구출을 명분으로 삼았기에 가능한, 거의 기적 같은 일. 만약 이들이 다시 황궁에 되돌아간다면……

"…산더미 같은 일에 치여, 다시는 기회가 없겠지."

생각만 해도 끔찍하다는 듯, 부르르 몸을 떠는 리버스. 드넓은 제국의 행정을 총괄하는 재상이니만큼 그의 말은 어느 정도 공감이 간다. 때문에 제국의 재상보좌 겸 황실 마법사와 제국의 제1기사단을 책임진 기사단장 역시 맹렬히 고개를 끄덕였다.

"으휴~ 그럼 어떡하죠? 전부 신분을 숨긴답시고 단출한 차림이라 보석 하나 없는데."

지극히 실용적 사고를 지닌 탓에 사치 역시 극도로 싫어하는 세 사람(그림자는 애초부터 논외로 치부하자). 자연 보석이 주렁주렁 매달린 불편한 옷을 입고 있을 리 없다. 그렇다고 현재 지니고 있는 아티팩트를 판다는 건 정말 제정신이 아닌(수한이라면 가능할지도…) 사람만이 가능할 터.

아무리 돈이 궁하다지만, 다스어벤저가 지닌 대승정의 축복을 받은 신성마법검과 6서클 이하의 공격 마법을 모두 무효화시키는 항마력 전신 갑옷, 혹은 길란드가 지닌 대마도사용 먼치킨 아이템 세트를 팔 순 없지 않은가?

결국 리버스는 결단을 내렸다.

"할 수 없지. 우리 잠시만 용병 일이나 해볼까?"

"예?!"

―뭐라?!

"……."

너무 황당한 제안이라 그림자조차 잠시 그 모습이 흔들거린다. 용병?! 하지만 그들의 격렬하기까지 한 반응에도 불구하고 극히 태연히, 아니, 이죽거리며 대답하는 리버스.

"쯧쯧, 이렇게 황궁을 벗어나는 게 어디 쉬운 줄 알아? 그러니깐 이번 기회에 파티 플레이의 로망을 즐기는 거야. 아니, 이번 경우엔 드래곤식 유희라고 해야 하나?"

"허허허허."

길란드는 웃었다.

―허참, 기가 막혀.

다스어벤저는 혀를 찼다.

"……."

그림자는… 여전히 침묵을 지켰다.

그로부터 사흘 뒤, '어둠의 숲'에 가장 인접한 가일 공국의 어느 작은 용병 길드엔 대륙 역사상 그 유례를 찾아볼 수 없는 최강의 용병단이 그 첫선을 보였다.

"크아아아아아아아!"

누군가의 절규가 드넓은 숲 속 어디선가에서 울려 퍼졌다. 실로 하늘과 땅을 뒤흔드는 듯한 절규성. 그리고 이어 터지는 굉음은 실제로 하늘과 땅을 뒤흔들었다.

콰콰콰콰쾅!

마치 폭탄이라도 터진 듯, 사방팔방으로 비상하는 나무와 바위, 그리고 그 중심에서 발광을 하는 한 명의 인영.

…당연한 말이겠지만 수한이다.

"크아아아아아아!!"

양손을 떨칠 때마다 손에서 뿜어져 나오는 가공할 경력, 그리고 간간이 등장하는 거대한 빛의 원반. 그들로 인해 주위는 초토화란 말조차 무색한 고저 평탄화(?) 작업이 이루어졌다. 그리고 스킬의 범위 한계상 한곳에서 그렇게 발광을 할 경우, 형평성이 떨어진다는 판단 때문일까? 아예 이형환위까지 동원해 사방을 날아다니며 강을 메우고, 산을 깨부수는 수한. 그런 그의 두 눈에선 쉴 새 없이 눈물이 흐르고 있었으니, 그것은 그냥 눈물도 아닌 혈액 농도 99.9%인 피눈물이라.

그리고 그렇게 시간이 지나, 어느 정도 화가 풀린 걸까?

"크흐흐흐흐흑……."

이제 목청을 떠나갈 듯 괴성을 내지르는 대신, 조용히 울음을 집어삼키는 수한. 그런 그의 주위에 감도는 것은 뭐라 말조차 할 수 없는 패배감이었으니. 그렇다. 그것은 짙은 패배감이었다.

차라리 카오틱 드래곤이나 로드 타이거라면 이해라도 할 수 있다. 그런데… 그런데 이 마왕씩이나 되는 자신이…….

"크아아아아아아아~"

쾅쾅쾅쾅쾅쾅쾅쾅!

리버스의 면사 밑 이죽거리는 입매를 생각하는 순간, 재차 터져 나오는 격렬한 분노의 분출.

"난 강하단 말이야!! 그런데 왜?!"

완벽한 패배, 지금까지처럼 대충대충이 아닌, 진정 최선을 다하고도 패배했다. 그러나 결코 그 결과에 승복할 수가 없으니.

상대가 압도적인 실력 차를 보였다면 이해라도 할 수 있다. 그러나 그는 그저 빙글거리며, 자신의 수하들을 내세웠을 뿐. 하지만 그 결과는… 말 그대로 자신의 대몰락!

"큭큭큭, 좋아, 대륙 최강의 자이드 제국이라… 그 최강이란 말이 무색하게 해주마."

제 딴엔 불필요한 살육을 자제하며 자그만 사업을 벌여 근면 성실(?)하게 살아가려던 수한. 그런데 리버스 일당으로 인해 간신히 마련한 사업장을 박살냈고, 기껏 모아놓은 독립 자금용 아이템들이 전부 잿더미가 되어버렸다. 일이 이 지경이

됐는데도 허허 웃는다면 진정 보살의 환생이리라.

하지만 수한은 보살이 아니었다. 아니, 이 세상에서 속이 좁은 사람을 꼽으라면, 그중 세 손가락에 들 인물이다. 그런 그에게 그런 정신적, 물질적 피해를 주었으니…….

결국 이 일을 계기로 그의 남아 있던 마지막 순수와 양심의 결정체가 와장창 깨져 버렸고, 그간 참아온 악마의 본성을 각성하게 되었으니. 이제 더 이상 수한을 막을 수 없다(이런 멘트도 이제 지긋지긋하다).

"크크크크, 정면 대결을 포기한 내가 얼마나 무서운지 가르쳐 주마."

모든 것을 잃은 사람만큼 무서운 사람이 없다고 했던가? 분노에 이성을 상실한 나머지, 애초에 이 게임을 시작한 목적조차 망각한 수한. 테러(?)를 통한 제국 붕괴 음모를 구상한다.

"일단 주요 행정기관을 초토화시킨 뒤에……."

그러나! 최소한의 품격(?)은 반드시 유지해야 한다는 그 누군가의 요청 때문일까? 주인공 자리를 위협하는 위험한 오라를 내뿜는 수한에게 별안간 토일이 딴죽을 건다.

—마스터, 그건 안 될 말입니다.

"뭐라?!"

콰쾅!

─커억!

자신을 흑마법사로 이끈 스승이라는 인연과 그 지긋한 나이 탓에 지금껏 토일을 어느 정도 공대하던 수한. 그러나 지금은 분노로 이성과 개념(?)을 상실한 탓에 다짜고짜 장력이 날리고 만다. 이에 지면에 거칠게 나뒹구는 토일. 기본 근골과 최근 연성하기 시작한 금마철갑피가 아니었다면 일격에 회색으로 물들 뻔했다.

하지만 그런 그의 희생 아닌 희생이 아주 소용없던 게 아닌지, 자신의 행동에 제풀에 놀라 이성을 되찾는 수한.

"…죄송합니다. 하지만 절 말리지 마세요."

자신의 수하라고는 하지만, 왠지 토일을 함부로 대할 수 없는 수한. 뜨거운 머리를 식히며 땅바닥에 쓰러진 토일을 슬그머니 외면한다.

…역시 이 녀석은 그의 누나 같은 진성 악마가 되기엔 2%가 부족한 캐릭이다.

그런데! 수한의 그런 냉정한(?) 모습에도 불구하고 여전히 포기를 모르는 토일. 아니, 거기서 그치지 않고 재차 열변을 토해 수한의 기세를 압도한다.

─잊으신 겁니까, 저와 약속을?! 그런 겁니까, 마스터?! 만약 마스터가 그런 식으로 폭주한다면, 대체 남는 게 뭐란 말입니까? 일순간의 만족, 그 뒤엔 대륙 전체를 적으로 삼아 분

전하다 그대로 산화하는 게 진정 마스터가 원하시는 겁니까? 대국을 바라보십시오!

"……?"

자리에서 벌떡 일어나, 엄청난 박력으로 일순 수한을 제압한 토일. 수한은 그제야 예전 그와의 약속을 기억해 냈다. 토일의 꿈이자 모든 흑마법사의 염원, 그리고 계약 당시 토일이 내세웠던 조건.

"암흑제… 국의 건설을 말하시는 거군요. 하지만… 전 그럴 능력이 없습니다."

방금 전까지 리버스 일당에 대한 분노로 살기충천했던 수한. 그러나 지금은 자신의 한계를 깨닫고 의기소침한 모습이다.

그렇다. 비록 분하긴 하지만 진 것은 진 것이다. 그리고 그 패배의 원인인 나인스타 같은 괴물들이 이곳 세상에 다수 존재하는 한, 함부로 날뛰는 건 그야말로 만용. 기껏 장백산맥을 넘어온 보람도 없이 다시 몸을 사릴 수밖에 없다.

설마 팔선에 버금가는 괴물들이 이렇게 많을 줄이야. 하물며 든든한 마교 수하들조차 없는 지금의 그로선…….

그러나 그런 수한의 심정과 사정을 누구보다 잘 아는 인물이 바로 토일이다. 그리고 그에겐 지금 상황을 타계할 방법이 있었다.

—마스터, 진정한 데스로드가 되십시오.

　"…그게 무슨 소리죠?"

　—진정한 데스로드의 권좌에 올라 대마왕으로서의 권능을 얻으십시오. 이미 50년 전에 증명한 그 가공할 힘을!! 그 권능을 손에 넣기만 한다면 능히 대륙을 정벌하고, 암흑제국을 건설하실 수 있습니다!!

　"아, 그건……."

　토일의 격렬하기까지 한 외침에 수한의 뇌리에 불현듯 떠오르는 기억.

　데스로드는 분명 50년 전, 대륙 전체를 손아귀에 넣을 뻔했었다. 그가 부리는 권속인 본드래곤과 데스 나이트 군단은 적에게 그야말로 공포. 그 본인인 지닌 진명 스킬, 데스필스는 모든 이들의 절망이었다. 만약 카오틱 드래곤만 없었더라면 대륙의 역사는 지금과 전혀 달라졌을 터.

　그리고 데스로드의 대륙정벌 실패의 직접적인 원인인 카오틱 드래곤은 지금 이 순간 수면기에 접어든 상태다. 적어도 100년간!!

　"크크크크크크크크."

　아직 자신에게 희망이 있음을 깨닫자, 수한의 분위기가 달라졌다. 썩은 배추 잎마냥 축 늘어진 게 언제냐는 듯, 자신감 만땅의 검은 오라로 주위를 시뻘겋게 달구는 수한. 그렇다.

수한은 다시 한 번 주인공으로서 사명감(?)을 깨닫고 불타오르고 있었다.

"크크크, 좋아요! 그럼, 제가 어떡하면 되는 거죠?"

지금 당장이라도 데스로드가 되기 위한 퀘스트—…일단 게임이니깐—를 수행하려는 듯 토일을 닦달하는 수한. 이에 토일 역시 스스로 흥분을 주체 못해 열정적으로 소리쳤다.

—전대 데스로드가 남긴 신물(神物)을 손에 넣으시면 됩니다. 바로 죽음의 세례(Baptism Of Death)를!

두두둥.

어디선가 들려오는 격정적인 배경음. 수한은 그 배경음에 반쯤 취한 채, 토일에게 달라붙었다.

"죽음의 세례? 그게 뭐죠?"

—예, 데스로드의 권능을 상징하는 하나의 반지로써 50년 전 데스로드가 카오틱 드래곤에 의해 봉인된 뒤…….

수한의 반문에 이 기회를 놓칠 수 없다는 듯, 신나게 설명하기 시작하는 토일. 그야말로 오랜만에 터져 나온 말의 홍수다. 마치 오타구가 자신의 수집물들(?)을 자랑하듯, 그 끝을 모르는데…….

그렇게 시간이 지나고 지나 그 지루한 설명이 끝나자, 진이 빠질 대로 빠진 수한은 그런 토일의 설명을 한마디로 요약한다.

"한마디로 '절대반지(?)'군요. 그럼, 이제 호빗을 족치면 되는 건가요?"

워낙 휘황찬란한 설명인 탓에 수한의 머리에 과부하가 걸린 모양이다. 뭔가 알 듯 모를 듯한 헛소리를 하며 방황하는 수한. 물론 토일로선 어리둥절할 따름이다.

—…왜 지금 그 게으르고 나약한 종족의 이름이 나오는지는 모르겠지만, 전혀 관련이 없습니다.

"그럼, 어디 가서 구입하면 되나요? 아니, 이번 경우엔 무슨 몹을 잡아야 되는지 물어야 하나? 재료 아이템은 뭐가 있죠? 아, 제조 스킬도 올려야겠군."

…이젠 횡설수설까지 하는 수한. 토일의 설명에 질린 나머지, 엉뚱한 열혈게임 공략 모드로 전환된 상태다. 그 모습에 토일은 내심 한숨을 내쉬며 수한을 진정시키고자 절대반지, 아니, 죽음의 세례가 있는 위치를 말하려 했다. 그런데 아뿔싸!

—험험~ 죽음의 세례는 어디까지… 어라?

수한의 주의를 끌며 이제 막 결정적 한마디(?)를 위해 입을 열려는 찰나! 눈동자 대신 자리 잡은 해골의 붉은 안광을 빙글빙글 굴리며, 뭔가 심상치 않은 기색을 드러내는 토일. 마치 어디 야산에서 몰래 일을 본 뒤, 그제야 휴지를 챙기지 못했음을 기억해 낸 그 누군가의 모습이다.

"거참~ 더럽게 유난을 떠네. 어서 말 좀 하세요, 반지가 있는 곳을."

그 모습이 오죽 답답했는지, 이내 제정신을 차리고 타박을 놓는 수한. 하지만…

—에~ 그게 뭐다냐… 그것이…….

차마 말문을 잇지 못하고, 떠듬거리기만 하는 토일. 수한은 그제야 뭔가 이상함을 느끼기 시작했다. 이거 장난이 아니다? 설마… 세월의 힘은 영재 직업군이라는 마법사의 머리조차 녹슬게 만든다는 건가?

"설마… 잊어버린 거예요?"

—에, 그것이… 에휴~ 얼마 전까지 분명히 생각이 났었는데…….

수한은 기가 막혀 입을 쩍 벌렸고, 토일은 몸 둘 바를 몰라 한숨만 폭폭 내쉬었다. 심지어 멀찍이 떨어진 채, 사제 간의 만담을 청취하던 시드조차 그 짙은 안광을 껌뻑거린다.

"어, 얼마 전까지 저보고 신물을 취해야 하니, 어디 가자며 노랠 불렀잖아요!! 그런데 어떻게 그걸 잊을 수 있는 거죠?!"

—에, 그게 신물만 생각하다 보니… 솔직히 저도 어떻게 이런 일이 있을 수 있는지 믿어지지 않습니다.

수한의 노호성에 그저 고개만 푹 숙이는 토일. 하긴 입이 백 개라도 할 말이 있겠는가? 하지만 지금 상황에서 가장 괴롭고 황당한 것은 바로 그일 터. 결국 수한은 한숨을 푸우욱 내쉬며 반지 퀘스트(?)를 포기하기로 했다.

…그러나 글의 진행상 퀘스트 포기란 있을 수 없는 일.

—아, 하지만 알아낼 방법은 있습니다.

"그게 뭐죠?!"

워낙 기대가 컸던지라 뭔가 희망을 보일 듯하자, 토일을 잡아먹을 듯 달려드는 수한. 물론 자신을 잡아먹어 봤자 입맛만 버린다는 걸 잘 아는 토일은 전혀 당황하지 않은 채, 그러나 자신의 실수를 만회하기 위해 서둘러 입을 열었다.

—흑마법사들의 비밀 은거지인 '어둠의 성소'란 곳이 있습니다. 항마전쟁 이전까지 흑마법사들의 연구 토대와 다양한 기록들을 보관하는 성지였지요. 그곳이라면 '죽음의 세례'에 대한 단서가 있을 겁니다.

"그래요? 그럼, 어서 갑시다."

…왠지 전형적인 게임 퀘스트 진행처럼 전개가 늘어질 것 같지만, 어쩌겠는가? 수한이 믿을 거라곤 대마왕 승급의 필요 조건인 절대반지 하나밖에 없는데… 결국 수한 일행은 토일의 안내를 받으며 어둠의 성소를 향해 발걸음을 옮긴다. 그런데 그 와중에 토일의 머리를 복잡하게 만드는 의문 한

가지.

'그나저나 정말 이상하군. 어떻게 그 중요한 것을 잊을 수 있는 거지? 아무리 세월이 지났다지만 스승님에게 거의 귀가 못이 박히도록 들은 건데… 마치 누가 내 기억을 삭제한 것 같지 않은가?

"아, 빨리 안내 안하고 뭐 하는 거예요?!"

―아, 예. 지금 바로…….

수한의 고함에 화들짝 놀란 토일은 자신의 작은 의문을 슬그머니 지워 버렸다, 지금은 그런 사소한 문제가 중요한 것이 아니라고 자위하며.

*　　　　*　　　　*

"에휴～ 하필 왜 그 해골반지가 승급 아이템인지… 그건 1년 전에 루나가 회수한 탓에 어디 있는 줄 아무도 모르는 건데… 어쩔 수 없지, 휴가 중인 옵저버들을 호출하는 수밖에. 그리고 부탁이다, 수한아. 제발 엉뚱한 짓은 하지 마라."

모니터를 통해 동생의 삽질을 바라보는 수영의 입에선 그저 한숨만이 흘러나왔다.

*　　　　*　　　　*

수천수만 권의 책을 어느 큼직한 골방에다 아무렇게나 쌓아둔 채, 수십 년간 방치하면 어떻게 될까? 단 한 번도 청소도, 관리도 하지 않은 채. 바로 지금 이 순간, 수한의 눈앞에 펼쳐진 광경을 보면 그 정답을 알 수 있으리라.

"…이 난장판은 대체 뭐죠?"

─큼~ 아무래도 관리하는 사람이 없는 만큼…….

수한은 파랗게 질린 얼굴로 흑마법사의 성역이라는 '어둠의 성소'에 대한 첫인상을 드러냈다. 토일 역시 그의 의견에 별다른 이견이 없는지, 궁색한 변명으로 말끝을 흘린다. 그런 두 사람 앞엔 가히 작은 동산을 이룰 듯한 어마어마한 먼지와 그 먼지들로 인해 그 정체조차 모호한 책과 양피지 묶음들이 수북이 쌓여 있었으니.

"헐~ 그동안 청소도 안 한 겁니까?"

잠시 멍하니 눈앞의 참상을 바라보다, 이내 토일에게 귀차니즘(?)에 대한 반성을 촉구하는 수한. 물론 토일로선 억울하기 짝이 없다.

─솔직히 저도 이곳은 처음입니다. 알다시피 진입하기가 영…….

하긴 어둠의 성소에 대해 말만 들었지, 직접 찾아온 것은 처음이라 하니 그의 잘못만은 아니리라. 아니, 애초부터 그의 잘못이 아니라 어둠의 성소 입구부터 깔려 있는 트.랩.이 문제였다.

사람의 눈을 피해 밤에만 이동한 끝에 간신히 도착한 어둠의 성소. 그런데 역시 흑마법사들의 비밀 은거지라는 건지, 침입자용 함정으로 아예 도배를 해놨었다. 마왕인 수한이 학을 뗄 정도로.

"하긴 내가 팔자에도 없는 인디아나 존스가 될 정도였으니⋯⋯."

어차피 토일을 탓할 생각이 아닌지라 수한의 분노는 쉽게 가라앉았다. 대신 그 자리를 차지한 건, 끝도 없는 한숨.

"에휴휴휴휴휴~ 그러니깐 저기서 그 반지에 대한 정보를 찾으라고?"

족히 수만 권이 넘어 보이는 책들이다. 그런데 그중에서 한 권의 책, 아니, 단 몇 줄의 정보를 찾는 입장에 되었으니, 수한으로선 그저 미치고 팔짝 뛸 노릇. 하지만 이대로 퀘스트를 포기하고 테러리스트가 되거나 은거할 수도 없다. 때문에 이내 팔을 걷어붙이고 책의 바다를 몸을 던지는 수한.

"아자자자! 한번 죽어보자!"

그리고 그렇게 일주일이 지났다.

"크아아아아아! 이제 더 이상 못해!"

들고 있던 양피지 묶음을 집어 던지며 말 그대로 발광하는 수한.

…역시 일주일 동안 먼지구덩이에서 헤엄치는 일은 그같이 성질 급한 자에게 무리인 모양이다. 하긴 사람마다 인내심의 한계란 게 있고 수한은 그 인내심 지수가 일반인들보다 극히 짧은 녀석—몇몇 특.정. 집착 분야는 제외하고—이니.

그나마 처음엔 쓸 만한 스킬북이라도 나올까 열심히 뒤적거리는 시늉이라도 했지만, 아무리 뒤적거려 봤자 있는 거라곤 지루한 마법강론이나 마법 실험 결과, 혹은 흑마법사 전성기에 대한 기록들뿐. 차라리 득템 가능성 0.01%인 몹사냥 노가다가 훨씬 생산적일 정도로 수확이 없었다. 이에 자연 인내심 부족인 수한으로선 발광할 수밖에. 하지만 그런 발광은 어디까지 수한, 혼자에 한정된 것이었다.

—아니, 저주 마법에 이런 해석도 가능하단 말인가?

알게 모르게 새로운 마법지식과 간접 경험을 쌓으며, 제2의 도약을 꿈꾸는 토일.

—으음~ 토나일 2차전쟁에서 설마 이런 파격적인 전략을 썼었다니… 역시 명장, 모드켈 장군이군.

과거 있었던 대전쟁의 기록을 훑어보며, 외골수적인 일개 기사에서 대군세를 능히 통솔할 줄 아는 지휘관으로 거듭나는 시드.

비록 최근 50년 동안의 기록은 없지만, 창세 이후 대부분의 역사와 마법자료들을 온전히 보관하고 있는 어둠의 성소다. 자연 그 방대한 자료들은 토일과 시드에게 피가 되고 살이 되었으니, 이후 이들의 활약이 기대된다.

…물론 수한의 타박이 없었더라면 말이다.

"아니, 지금 뭐 하는 거예요? 내가 단서를 찾으려고 이 고생을 하고 있는데, 한가하게 독서나 하다니?! 어서 절대반지에 대한 거나 찾아봐요!"

―아, 예. 알겠습니다, 마스터.

―예… 예스, 마이 로드.

수한의 불호령에 화들짝 놀라, 재차 먼지를 털며 책들을 뒤적거리는 토일과 시드. 얼마나 놀랐는지 늘 침착한 기사, 시드가 말을 더듬을 정도다. 하지만 그런 호통의 효과도 잠시뿐. 연신 방금 전 읽던 책을 곁눈질하는 것을 볼 때, 아쉬움이 많은 모습들이다. 결국 그 광경에 절로 머리가 지끈거리는 수한은 타협안을 내놓을 수밖에 없었다.

"에휴~ 알았어요. 일단 단서부터 찾은 다음에 읽어요. 정안 되면 나갈 때, 가지고 나가고."

―예, 마스터!

―예스, 마이 로드!

수한의 승낙에 어둠의 성소가 떠나갈 듯, 힘차게 대답하는 토일과 시드.

…좋긴 좋은 모양이다. 어쨌든 그로부터 한 달 뒤, 용기백배, 사기 만땅 버서커(?) 상태가 된 토일과 시드의 노력과 안달복달, 반미치광이가 된 수한의 독촉으로 인해, 마침내! 드디어! 기어이! 원하는 구절을 발견해 낸 수한 일행.

―드디어 찾았습니다!

"크아아악! 드디어!"

너덜너덜한 양피지 묶음을 흔들며 환호성을 터뜨리는 토일과 시드. 수한의 반응은 그들보다 더욱 격렬하여, 감격의 눈물까지 흘린다. 이제 이 지긋지긋한 골방(?)에서 벗어나는 거다!!

감격에 젖어 마왕의 체면―그런 게 애초에 있었는지조차 의문이지만…―까지 집어던진 채, 막춤까지 추며 자신의 기쁨을 한껏 드러내는 수한. 그러나 언제까지 춤만 출 순 없는 노릇이기에 어느 정도 감격의 여운이 잦아들자 토일에게 양피지에 적힌 문제의 구절 해석을 종용한다.

―에음~ 일단 워낙 오래된 것인지라, 드문드문 훼손된 곳이 많습니다. 하지만 이 기록의 원주인은 그럴 것을 고려한 탓인지…….

"아이고~ 답답해라. 설명은 그만 하고, 그냥 본론으로 넘어가 주세요!"

토일이 극악 설명 모드로 접어 들려 하자, 수한은 황급히 뜯어말린다. 기껏 단서를 찾았는데, 다시 몇 시간 동안 설명만 듣기엔 인내심이 바닥난 지 오래다. 때문에 재촉에 재촉을 거듭하는 수한.

—아예, 그럼. 제가 임의로 해석을… 에, 어디 보자. 여기 이 구절부터 시작해서… '어둠의 숲' 저 너머, 이블린님의 가호를 받은… 아, 이 부분은 해석하기가 좀 곤란하군요. 아마 문맥상 무구나 아티팩트를 말하는 것 같습니다. 그럼, 다시 돌아가서… 아티팩트와 무구들을 보관하는 장소가 있으니, 자신의 용기와 능력에 자신있는 자, 도전하여 그것을 쟁취하라. 그것이 바로 만마의 어머니, 이블린님의 가르침이니… 뭐, 이 뒤부터는 마스터가 싫어하시는 자잘한 설명이니 넘어가겠습니다. 뭐, 제가 대충 훑어봤는데, 그다지 읽을 필요가 없는 것 같더군요.

이제 어느 정도 수한의 화급한 성질에 적응한 탓인지, 아니면 자신의 잘못(?)을 인지한 탓인지, 아주 간단하게 끝나는 토일의 설명. 하지만 수한의 미간은 그 설명이 끝났음에도 급격히 구겨진다.

"에~ 그게 무슨 단서예요? 너무 막연하잖아요."

수한의 말대로다. 토일의 말을 아무리 잘 해석한다고 해도 어둠의 숲 너머에 마속성 아이템을 쌓아둔 창고(?)가 있다는 것이 고작. 오십년 전, 봉인당한 데스로드의 신물과 하등 연관을 지을 수가 없다. 하지만…

—큭큭, 그게 아니지요. 알다시피 전대 데스로드의 신물은 신기에 버금가는 물건입니다. 즉, 그 주인을 스스로 선택할 정도의 영성을 지니고 있지요. 아니, 정확히 말하면 자신이 있을 장소를 결정한다는 게 정확한 표현이겠군요.

"그 말은……?"

—그렇습니다. 지난 50년간의 흑마법사 토벌로 인해 '죽음의 세례'의 주인이 될 만한 인물은 저를 제외하고 전무. 그러나 저에겐 그것이 없습니다. 그럼, 그 물건이 어디 있겠습니까? 아마 그 존재적 본능에 따라 이 구절에 말하는 그곳에 있을 겁니다. 그리고 결정적으로!

"결정적으로?"

—헤헤~ 지금 막 '죽음의 세례'가 어디 있는지 기억났습니다. 어둠의 숲 너머에 있는 '대미궁'이더군요. 바로 이 구절이 말하는 그 장소죠. 이 당연한 사실을 왜 잊어버린 건지… 헤헤헤~

"……."

*　　　*　　　*

"하아, 가뜩이나 신경 쓸 게 많은데……."

수영은 한숨을 내쉬며, 늘 그렇듯 품 안의 담배를 꺼내 입에 물었다. 그러자 이내 쏜살같이 달려와 라이터를 들이대는 최강준.

…직장 상사에게 잘 보이고 싶은 욕망은 누구나 가지고 있는 법이다.

어쨌든 그렇게 니코틴 파워(?)에 의존, 눈앞의 난감무쌍한 상황에 대해 고민하기 시작하는 수영. 하지만 그런다고 금방 뚜렷한 대책이 떠오르질 않는다.

50년 전 먼지투성이 정보를 철썩같이 믿고, 대미궁에 발걸음을 옮기는 동생. 그러나 대미궁이 어떤 곳이던가? 이대금 지지역 중 하나인 어둠의 숲 가장 깊숙한 곳에 자리 잡은 거대한 무저갱이 바로 그곳이다. 즉, 웬만한 먼치킨 캐릭이라도 생존 확률이 10% 남짓인 극악 중에 극악을 달리는 초거대 던전인 것이다.

물론 죽음의 세례가 그곳에 있다면, 그런 위험을 감수할 만한 가치가 있다. 하지만! 동생이 절실히 원하는 죽음의 세례, 일명 해골반지는 1년 전, 루나의 손에 의해 직접 회수당한 상태. 그리고 루나의 성격상, 그 물건을 대미궁에 다.시. 모셔놨을 리 없었으니… 즉, 힘들게 대미궁에 가봤자, 고생만 실컷 하고 허탕이라는 소리다.

그렇다고 이 사실을 맨.입.으로 알려주기엔…

"아, 골치 아프네. 저 녀석이 정식 직원이기라도 하면, 이런 고민은 할 필요도 없는데…….."

아무리 히든피스의 수혜자이자 게임 밸런스를 무너뜨리는 먼치킨 캐릭이라고 해도 일단은 일반 유저이기도 한 수한이다. 그러니 게임 운영을 책임진 입장에서 함부로 정보를 건네주는 건 차후 문제가 될 소지가 많다. 결정적으로!! 수한을 알게 모르게 운영팀의 비밀 무기로써 활용한 전력이 있기에 자신의 정체를 밝히기엔…….

"후우~ 별수없군. 결국 비장의 카드를 호출해야 하나?"

띠리리리릭.

"에, 여보세요?"

―…내가 대기음 바꾸라 그랬지?

거의 5분에 걸쳐 5인조 미.소.년. 락밴드의 음악을 반강제로 청취당한 수영은 미간을 잔뜩 구긴 채, 수진을 노려봤다. 그러나 얼굴 두껍기가 철판 수준을 넘어, 금강(金剛)의 경지에 도달한 수진이 그런 애틋한(?) 시선에 동요할 리 만무. 그저 손에 든 '프리티 보이'란―뭔가 노골적으로 의미심장한 제목의―잡지에 재차 시선을 돌리며 휘휘 손을 내저을 뿐이다.

"아, 나 지금 작품 구상이니깐, 급한 거 아니면 다음에 말해."

—으득, 급.한. 거다

말을 하는 건지 이를 가는 건지 구분이 안 되는 수영의 말에 수진은 그제야 화상창으로 고개를 돌렸다. 자신의 베.스.트. 프랜드가 이렇게까지 말한다는 건, 뭔가 매우 재미있는 일이 있다는 의미? 갑자기 두 눈을 초롱초롱, 아니, 음흉하게 빛내기 시작하는 수진. 수영은 내심 한숨을 내쉬며 수한의 삽질에 장황하게 설명하기 시작했다. 그리고 그렇게 5분 뒤.

—그러니깐 니가 나서서 그 녀석 좀 말려.

"…고.작. '해골반지' 하나 때문에 그런 곳에 간다고?"

수영이 워낙 겁나게 묘사한 탓에 '대미궁'에 대한 무서움이 거의 머릿속에 각인되다시피 한 수진. 그녀로선 도저히 수한의 만용을 이해할 수가 없다. 대체 그 반지가 뭐 중요할 게 있다고 그런 모험을 하느냔 말이다. 하지만 수진이 무시한 해골반지, '죽음의 세례'가 지닌 의미를 잘 아는 수영으로선 그녀의 개념(?) 없는 말을 도저히 용납할 수 없다. 거기다!

—그래, 네가 1년 전에 날.려. 먹.은. 그 해골반지 때문에 지금 내 동생이 그 위험천만한 곳에 간다!! 애초에 네가 그걸 날.려. 먹.지.만 않았어도 그 애가 그 고생을 하지 않아도 되

는데 말이야!

과거 템빨의 지존으로서 함부로 그 힘을 남용한 결과, 최강의 사기 아이템인 '죽음의 세례'와 '신의 가호(God's Blessing)'를 루나에게 회수당한 전적이 있는 수진. 비록 수영의 묵인 하에 벌어진 불상사이긴 하지만, 그래도 생각하면 할수록 아까운 건 어쩔 수 없다. 자연 수진을 압박하는 수영의 기세는 원유 창고 만난 산불과도 같았으니…….

"에구~ 알았어. 내가 잘못했다."

결국 알아서 꼬리를 내리며 설설 기는 수진. 이에 수영은 승리자로서의 기세를 한층 세우며 재차 말을 이어나갔다. 물론 수진을 계속 압박했다간 도리어 역효과가 날 가능성이 있기에, 이번엔 달콤한 케이크(?)를 안겨주면서…….

─뭐, 이제 대충 사정을 알겠으면, 네가 알.아.서. 수한을 설득해.

"…수단과 방법을 가리지 말고?"

─그래!

"이히히히히히히히."

방금 전까지 불쌍할 정도로 기가 죽었었던 수진, 그러나 이젠 다르다. 끈적끈적한 핑크빛 '그분'이 강림한 야오이 작가답게 주섬주섬 조교 도구를 챙기는데… 아, 수한에게 닥칠 엄청난 고난에 심히 가슴이 두근(?)거린다. 그런데 바로 그때!

더 이상 같은 패턴은 지겹다는 모종의 요청 때문일까? 화상창 너머, 부하 직원에게서 뭔가를 받더니 갑자기 말을 바꾸는 수영.

—아, 잠깐만… 기다려 봐. 아무래도 이번 의뢰는 취소해야겠다.

"에에엑~?"

이제 막 한바탕 일(?)을 벌이려던 찰나, 김이 팍 새는 수진. 노골적으로 불만을 터뜨리며, 입을 비쭉 내민다. 하지만 정작 수영은 그에 아랑곳 않고 뭔가 심각한 표정을 지은 채, 혼자만의 생각에 잠기는데. 이에 답답한 건 도리어 수진이라…….

—이거, 너무 공교롭다고 해야 하나? 하필 그놈들이…….

"우웅~ 뭔데 그래?"

간만의 기회를 줬다 뺏은 것은 마음에 들지 않지만, 그놈의 호기심이 뭔지… 결국 미끼를 덥석 무는 수진. 이에 수영은 속으로 히죽 웃으며, 겉으론 심각한 표정을 지은 채 차근차근 수진을 요리하기 시작했다.

양념 치고 삶고 볶고 마지막으로 장식.

"어째 내가 당한 것 같은데…….."

수영과의 통화가 끝난 지 10분이 지나서야 수진은 뭔가 이상함을 느꼈다. 어어 하는 사이, 보수도 없이 대미궁이라는 위험천만한—비록 게임상 일이긴 하지만…—곳에 가야 할 입장이 된 것이다. 거기다 수한조차 패배시킨 자이드 제국의 괴물들을 상대해야 했으니… 어쩌면 처음 꺼낸 수한 자유 이용권(?)조차 미끼일 가능성이… 물론 그렇다고 해서 간만의 건수를 거부할 생각도 없다.

"칫, 할 수 없지. 어차피 당분간 할 일도 없으니깐. 그리고 왠지 재미있을 거 같거든. 이히히히히."

역시 좋은 게 좋은 거다. 다만… 수영이 시키는 대로 해야 할 이유도 없다.

"이히히히. 좋아, 이렇게 된 이상, '그 녀석'도 끌어들여 볼까? 아, 하는 김에 아예……."

…역시 글 전개상 단순한 건 재미가 없다는 건가? 수진의 삽질로 인해 상황은 더욱 복잡해지기 시작했다.

*　　　*　　　*

50년 만의 방문자인 수한 일행으로 인해 잠시 떠들썩했던 어둠의 성소. 하지만 그들이 떠난 뒤, 다시 본래의 고요함을 되찾은 채 깊은 어둠 속으로 회귀하고 있었다. 만약 또 다른 방문자가 이곳을 찾지 않는 한, 그런 어둠과 고요함은 언제까지고 계속되리라. 그런데…

화르르륵.

누구도 건들지 않았음에도 일제히 불꽃을 발하는 책상 위 촛대들. 그리고 그로 인해 생성된 음산한 명암의 틈새에서 서서히 일어서는 그림자 하나.

"어이가 없군. '신탁' 대로 또 다른 '후보자'를 이곳에서 만나긴 했지만… 설마 이리도 멍청할 줄이야."

그림자는 담담한 음성으로, 그러나 비웃음을 가득 담긴 혼 잣말을 중얼거리며 미끄러지듯 양피지와 책들이 쌓인 책상에 다가섰다. 그리고 토일이 미처 읽지 못한 양피지 묶음을 뒤적 거려 어떤 페이지를 거침없이 찢어내는데…….

쫙!

"눈이 있어도 진실을 보지 못한 경쟁자를 위하여……."

그림자의 손에서 힘없이 땅바닥으로 떨어지며 불타오르 는 양피지 조각. 그림자는 말없이 불타는 양피지를 바라보 다, 이내 그것이 생성한 붉은 음영 사이로 그 종적을 감추 었다. 그리고 그렇게 불타는 양피지 사이로 얼핏 보이는 글 귀.

어둠의 숲에 가려져 그 어떤 존재의 출입도 허용하지 않는 대 미궁의 진실된…(중략)… 입구이자 어비스의 미궁이라…(중략)…

대미궁에 들어서, 그 존재의 분노를 사지 말라. 섣부른 욕심에 그를 깨운다면…(중략)… 다섯 대군주조차 경외하는 칠흑 같은 어둠의 불꽃, 흑염(黑炎)의 군주의 분노…(중략)… 지옥의 유황불조차 차갑게 느껴질…….

…수한에게 닥칠 또 다른 고난을 예고하는 듯한 복선적 전개. 정말 갈수록 태산이다.

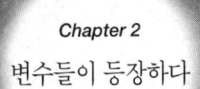

Chapter 2

변수들이 등장하다

뭔가 사악한 음모를 꾸미기 딱 좋은, 어두컴컴한 어느 밀폐된 공간. 그곳에 두 인영이 있었다.

"물건은?"

"이히히히히. 여기 있어."

조심스럽게 말문을 여는 인영. 그러자 또 다른 인영이 경망스러우면서도 어디선가 많이 들어본 웃음소리를 내며 응대한다. 그리고 마주 앉은 상대에게 뭔가 두툼한 봉투를 내미는데… 이에 봉투를 건네받은 인영은 황급히 봉투를 뜯어 내용물을 확인했고, 이내 코에서 피분수를 터뜨린다.

…전형적이다 못해 식상한 전개.

푸슉.

"크읔, 이건……."

눈앞의 사진에 도저히 흥분을 주체할 수 없다는 듯, 1년 치 헌혈량을 일순간에 몸 밖으로 배출하는 인영. 그런 반응에 또 다른 인영은 더욱 기고만장해져, 자신의 컬렉션(?)을 자랑한다.

"그 아이가 열두 살 때 찍은 사진이야. 어때, 귀엽지? 아, 그리고 이건 열 살 때 사진."

"어떻게 이런 물건이……."

"이히히, 걔가 '이쪽 세상'에서 제법 유명하거든. 심지어 열한 살 때 찍은 한정판 사진집은 마니아들이 군침 흘리는, 이젠 돈 주고도 구할 수 없는 초레어한 귀물(貴物)이지."

두 눈이 반쯤 풀린 채 미끼에 걸려든 먹잇감. 사냥꾼의 입장에서 어찌 이 좋은 기회를 놓칠쏘냐? 하지만… 간만에 자신의 컬렉션을 알아주는 상대를 만난 이상, 여기서 멈출 순 없는 노릇.

"이히히히, 이게 뭘까나?"

"엥? 그게 뭡니까? 인형?"

사냥꾼의 손에서 재차 선보여지는 미끼. 그러나 마니아(?)로서의 공력이 부족한 탓일까? 이번엔 먹잇감의 반응이 왠지 시큰둥하다. 이에 사냥꾼의 오타쿠적 감각이 폭발하며, 혼을 불태운다.

"아니, 넌 이게 인형으로 보이냐? 잘 봐. 이건 단순한 인형이 아니야!"

"에? 그럼……?"

방방 뛰며 흥분하는 사냥꾼의 모습에 미끼는 그제야 사냥꾼의 손에 있는 인형을 자세히 살피기 시작했다. 그리고 이내 깨달았다.

"헉, 이건?!"

"이히히히. 이제 알았냐? 1/6 액션 피규어, 그것도 장인이 속옷의 바느질 하나하나까지 세밀히 신경 쓴 '명품' 이지."

악덕 세일즈맨의 달콤한 유혹 같은 사냥꾼의 설명에 재차 두 눈이 몽롱해지는 먹잇감. 그렇다. 그것은 단순한 인형이 아니었다. 입문과 동시에 3대가 망한다는 피규어 왕국(?)의 최상급 명품. 마치 실제 인물이 줄어든 듯 얼굴 표정엔 생동감이 넘치고, 그 특유의 교태가 좔좔 흘렀으며, 천 값을 아끼는 극히 경제적(?) 옷차림으로 인해 므흣 지수 100% 상승! 거기다 결정적으로! 그 모델은 먹잇감이 꿈에서조차 만나길 원하는…….

푸슉~

"이히히히, 오늘 휴지가 완전 바닥나는군. 그나저나 어때?

할 거지?'

"무, 물론입니다."

과도한 출혈로 인해 인사불성이 된 상태에서도 손에 쥔 사진들과 피규어를 꼭 쥔 실신 모드로 접어든 먹잇감, 하영. 'NEW WOLRD' 상에서 란슬롯이란 이름으로 활약하던 성기사의 뽀대 만빵한 근엄함은 어디다 팔아먹었는지 그렇게 오타쿠로 입문한다. 그리고 그런 하영을 바라보는 사냥꾼, 수진의 두 눈은 뭔가 음흉한 기대로 빛나기 시작했으니…….

'이히히히, 이제 리더가 결정됐으니깐, 멤버만 모집하면 되는 건가?

*   *   *

"에휴~"

용병 길드를 나서는 팝콘의 입에서 그저 한숨만이 흘러나왔다. 등.급.만 따진다면 일급을 넘어 특급에 가깝건만, 일거리가 없다니… 하지만 일거리를 주지 않는 용병 길드의 입장도 충분히 이해가 된다.

최근 들어 하는 일마다 족족 실패하는 데다가, 특히 몇 달전 용병대 전원이 전멸하는 횡액을 당해 그나마 잔존해 있던 유저들이 전부 길드를 탈퇴, 길마인 레드와 부길마인 자신만

남게 되었으니, 제아무리 특급용병과 5서클 마법사로 이루어진 파티라 해도 달랑 두 명이서 뭘 할 수 있겠는가?

물론 자잘한 의뢰(예를 들어 가출한 고양이 찾기 같은…)야 가능하겠지만, 그런 일을 맡기엔 팝콘의 자존심이 용납하지 않았다. 무엇보다도 그런 일은 돈이 안 된다!

"역시 그때 그 어리버리한 대마도사를 꼭 잡았어야 했는데……."

생각하면 할수록 몇 달 전, 일이 아쉬운 팝콘. 그러나 이미 지난 일을 생각해 봤자 무슨 소용이 있겠는가? 그저 현실이 더욱 참담하게 느껴질 뿐. 아니, 실제로 상황은 이미 최악에 최악을 달리고 있었다.

"일단 용병대원이라도 모집해야 일거리가 생길 텐데… 그럴 돈도, 사람도 없으니… 이거야 진짜 사면초가네."

지금껏 틈틈이 모아둔 푼돈은 이미 의뢰 실패에 따른 위약금으로 전부 날린 상태. 자연 NPC 용병들을 고용해, 용병대원의 숫자 불리기는 애초부터 틀려먹었다. 그렇다고 유저인 용병들을 끌어들이기엔 지금껏 쌓아온 실패 전적이 너무 부각된다. 하긴 100여 차례에 걸친 의뢰 중 성공한 일이 열 손가락에 간신히 꼽힐 정도이니, 어느 누가 가입하려 하겠는가? 거기다 길마 녀석이 좀 더 똑똑하다면 희망이라도 있겠는데, 말썽이나 부리지 않으면 다행인 무대포에 무대책의 열혈 칼잡이 녀석이니⋯⋯.

"에휴휴~ 그나저나 이 녀석은 어디 간 거야? 이거 또 무슨 문젯거리를 달고 오는 거 아니겠지?"

기껏 무거운 발걸음으로 약속 장소인 마을 광장에 왔건만, 그림자조차 내비치지 않는 레드. 팝콘의 가슴에 뭔가 모를 불안감이 새록새록 솟구쳐 오른다. 그리고 그 불안감에 저 멀리서 연신 히죽거리며 다가오는 레드의 얼굴을 보는 순간, 급속도로 커졌다.

'설마⋯ 설마⋯ 아니겠지?'

몇 달 전, 용병대 붕괴의 직접적인 원인인 '엘프 사냥'을 의뢰랍시고 받아올 때, 저런 모습을 보였었는데⋯ 설마?

"크카카카. 기뻐해라. 내가 굵직한 일을 잡아왔다. '어둠의 숲' 탐사라고 하던데, 선금이 무려 100골드나 돼!"

"⋯⋯."

어둠의 숲(Dark Forest). 팔라스 연합의 최북단에 위치한 마물들의 집단 서식처. 그 위험도는 드래곤 산맥과도 비견되어 세간엔 이대금지구역으로 알려진 자살명소(?).

이 순간, 팝콘은 맹렬히 끓어오르는 살의를 참을 수가 없었다. 아니, 애초부터 참을 생각도 없었다.

"파이어볼!"

"으캬캬캬~"

콰콰콰쾅.

이후 마을 광장에서 펼쳐진 광경은 영혼의 비통한 울부짖음을 토하는 듯한 마법사의 대광란. 그 폭주 아닌 폭주는 마을 경비대가 팝콘을 제압, 레드와 함께 아늑한 감옥으로 긴급 호송할 때까지 계속 이어졌다. 그러나 팝콘의 불타오르는 분노는 감옥에 갇히는 정도의 사소한 장애로 꺼질 성질이 아니었으니.

일단 의뢰를 접수해 선금까지 받은 이상, 그것을 취소하기 위해선 위약금이 든다. 그것도 선금의 세 배로! 가뜩이나 쪼들리는 살림에 300골드는 말 그대로 청천벽력. 가만, 1골드가 현질로 얼마더라? 크억?!

…자연 팝콘의 입장에선 길길이 광분할 수밖에 없었고, 감옥에 갇힌 상태에서도 레드를 향한 살기는 시간이 갈수록 더욱 증폭되는 게 당연지사. 하지만…….

"의뢰인이 '질풍의 성검'이라고?"

"웅, 그래, 그러니깐 이제 제발 좀 그만 때려~ 훌쩍~"

감옥 안에서 간만에 스태프로 뭉둥이춤(?)을 추던 팝콘. 레드의 울음 섞인 대답에 잠시 뭉둥이 찜질을 멈추었다.

"질풍의 성검이라…….."

터무니없는 의뢰의 주인은 의외로 'NEW WORLD' 공식 랭킹 1위이자, 유저이면서 나인스타에 속한 전설적인 인물이었다. 이번 의뢰를 단순히 자신의 힘을 과신하는 자살희망자의 만용으로 치부하기엔 너무 거물인 것이다.

"흐흠~ 이거… 생각을 다시 해야겠는데…….."

나인스타썩이나 되는 인물이 아무 생각 없이 그런 위험한 곳에 갈 리 없으니… 일단 생각을 바꾸자, 의뢰의 성패가 급격히 성공 쪽으로 기울어지고 돈 냄새가 짙게 풍긴다. 하이 리스크 하이 리턴이 괜한 헛소리가 아닌 이상, 이건 대박이다!

"좋아, 어차피 이대로 가다간 먹고살기도 힘든데, 모험을 한번 해보자. 집결지는 어디지?"

"아웅, 그게… 어디냐 하면…….."

워낙 신나게 쥐어 터진 탓에 평상시 무대포적 열혈 모드와 달리, 화들짝 놀라 우물쭈물 대답하는 레드. 그 모습에 약간 미안해진 팝콘은 살살 달랠 수밖에 없었다. 그리고 그런 팝콘의 노력은 결실을 맺어, 재차 열리는 레드의 입. 그런데…

"그게 '라돈' 이라던데?"

"…가일 공국의 마물 방어용 최전선 군사도시?"

"응."

현재 팝콘 일행의 위치는 대륙의 최남단에서 아주 약간 위에 위치한 어느 이름 모를 마을. 반면 라돈은 인간이 거주할 수 있는 대륙 내 최북단 지역.

"…집결 일은 언제지?"

"사흘 뒤."

"…파이어볼."

콰콰콰콰쾅!

그로부터 이틀 뒤, 팝콘은 눈물을 머금고 거액의 뇌물로써 철창 신세에서 벗어날 수 있었다. 이어 근처 마탑에서 장거리 텔레포트를 이용해야 했으니… 뇌물을 비롯한 텔레포트 사용료 등, 총 소요비용은 127골드.

…만년 적자인생에서 도통 헤어날질 못하는 팝콘 일행이었다.

웅성웅성.

자신들이 지금의 결정을 결의했음에도 동요를 감추지 못하는 사람들. 그런 그들을 바라보는 로빈은 그저 담담하기만 했다. 그가 이 자리에 섰을 때부터 예상했던 결과, 단지 그 과정이 조금 오래 걸렸을 뿐이다.

"…죄송합니다."

한 집단의 수장 자리에서 쫓겨난 것치곤 너무나 평온한 시선으로 주위를 바라보던 로빈. 그런 그에게 평소 측근을 자처하던 간부 한 명이 울먹이며 고개를 숙였다. 어떻게든 지금의 결과를 막으려 했던 그는 다수의 힘에 밀려, 그저 이런 식으로 자신의 마음을 표현할 수밖에 없었던 것이다. 이에 메마른 목소리로 도리어 그를 위로하는 로빈.

"괜찮네. 어차피 내 잘못인 것을."

단 한 번의 실패. 그것이 설령 드래곤에 버금간다는 마족을 상대로 한 일이라도 해도 실패는 실패다. 완전무결을 지향하는 퍼펙트 길드의 명성에 너무나 치명적인 흠집. 이에 그 흠집을 지우기 위해 희생양이 필요했다. 그리고 그 희생양으로써 선택되어진 것은 길마인 로빈.

스윽.

로빈은 여전히 고개 숙이고 있는 간부를 뒤로 한 채, 천천히 발걸음을 옮겼다. 지난 3년간, 아니, 게임 속 시간으로 따지면 거의 10년간 공을 들여온 길드를 이렇게 허무하게 떠나려는 것이다. 그리고 그 와중에 일말의 아쉬움이 담긴 중얼거림이 로빈의 입에서 흘러나온다.

"…욕심이 지나쳤어."

그렇다. 욕심이 지나쳤다. 길드의 급격한 확장을 위해 너무 유능한 인재들을 마구잡이 포섭했던 것이다. 그리고 그 결과 길드 내 내부 갈등은 심화되었고, 길드를 창설한 자신의 영향력은 약화될 대로 약화되어, 지금의 결과를 낳았다.

"아니, 쓸데없는 변명이군. 어디까지 내 잘못인 것을."

로빈은 뭔가 변명거리를 찾는 자신의 간사한 마음을 억누르며, 재차 발걸음을 옮겼다. 바로 그때, 그런 그를 가로막는 가냘픈 인영.

"…이대로 떠날 생각인가요?"

평소 로빈과 사사건건 충돌을 일삼던 부길마, 후레지아. 그리고 몇몇 간부들과 함께 마지막까지 로빈을 변호하는 의외의 모습을 보인 그녀이기도 했다.

"꼭 길마 자리에 연연할 필요가 있나요? 당신이라면 십대 간부로서 길드를 이끌 수 있어요."

뭔가 복잡한 눈빛으로 로빈에게 애원하다시피 말하는 후레지아. 하지만 그런 미인의 애원에도 불구하고 로빈은 천천히 고개를 흔들었다(이런 존경스러운 놈을 봤나?!).

"아니, 난 자신을 잘 알고 있어."

"……."

평소 그 독선적인 성격과 자존심으로 말이 많던 로빈이다. 그런 그가 십대간부 정도에 만족할 리 없다. 아니, 길마 자리에서 쫓겨난 길드에 계속 남아 있는 것 자체가 괴로울 것이다. 거기다…

"나도 나름대로 생각해 둔 게 있거든."

"예?"

의미심장한 미소를 지으며 후레지아에게 뭔가를 내미는 로빈. 그의 얼굴엔 길드에서 쫓겨난 길마로서가 아닌, 새로운 도전 과제를 얻은 열혈모험가의 그것이 담겨 있었다.

"이건……?"

로빈이 후레지아에게 내민 건, 대자보에 흔히들 붙어 있는 벽보. 어중이떠중이를 방지하기 위해선지, 아무런 설명도 없이 달랑 한 줄만 적혀 있다. 하지만 그 밑의 서명인의 명성과 그 내용으로 인해 결코 무시할 수 없었으니…

'어둠의 숲' 탐사대, 최망자 급구.

─질풍의 성검.

"자세한 정보는 정보 길드를 이용하는 번거로움이 있었지. 아마 돈과 지위가 어느 정도 되는 사람만 원하는 모양이다. 하긴 꽤나 무모한 일을 벌일 생각이니, 그 정도야 당연한 건가? 뭐, 그래서 내가 주저 없이 선택한 거고."

"훗, 역시… 그럼, 이것을 기회로 새로운 길드를 창설할 생각인가요?"

"아아~ 이대로 게임을 접을 순 없으니깐."

퍼펙트 길드 역시 초기엔 불가능한 도전에 모여든 모험가들을 규합해, 지금의 성세를 이루었다. 그러니 이 말도 안 되는 도전의 결과가 제2의 퍼펙트 길드 창설의 동기가 될지 누가 알겠는가? 적어도 퍼펙트 길드의 전 길마였다는 간판은 실력있는 야인들을 끌어들이기에 충분하다.

"좋아요, 다음에 만날 때, 최소한 중급 길드의 길마로서 만나길 바라요."

"나 역시… 다음엔 같은 길마의 위치에서 만나자구."

서로 간에 전의를 다지며 헤어지는 두 사람. 'NEW WORLD' 내, 부동의 1위 자리를 고수하는 퍼펙트 길드의 길마였던 로빈과 부길마, 후레지아는 그렇게 헤어졌다, 자신들이 앞으로 겪을 대륙의 대파란을 짐작조차 못한 채.

"…이거 왠지 일이 너무 커지는 것 같은데요?"

'어둠의 숲 공략'이라는 빅이벤트로 대륙을 발칵 뒤집어 놓은, 오타쿠 입문 과정의 타락한 성기사, 란슬롯. 그는 점차 규모가 커져가는 현 상황에 점차 불안함을 드러냈다. 하긴 사방에서 그 일로 난리 법석이니. 심지어 교단에서조차 란슬롯이 개인적으로—적어도 겉으로 보기엔…—벌이는 이번 일에 큰 관심을 드러내고 있었다.

하지만 이 모든 일의 흑막이자 스폰서인 수진은 그렇게 불안에 떠는 란슬롯을 진정시키기는커녕 좌절의 구렁텅이에 몰아넣는다.

"클클, 걱정 마. 잘못되면 네가 다 뒤집어쓰면 되니깐."

"아, 그렇군요. 제가 다 뒤집… 악!! 그게 무슨 소립니까?"

그제야 자신이 벗어날 수 없는 마수에 걸렸음을 깨달은 란슬롯. 그저 이름만 빌려주면 된다는 감언이설에 너무나 큰 실수를 한 것이다. 지금껏 원고 마감 때마다 그토록 당했었는데, 또 이 마녀를 믿고 이런 실수를…….

…아니, 이건 단순히 실수라 치부할 일이 아니다. 애초부터 이런 일을 예상했어야 했다. 솔직히 이런 결과는 세 살 먹은 애들이라도 예상할 수 있는 일. 그저 '그녀'의 모습이 담긴 사진집과 피규어에 홀라당 넘어간 란슬롯 자신의 의지가 문제였다.

"클클클, 이미 늦었어. 어차피 지난번 흑탑 공략의 실패를 만회할 건수를 찾았었잖아. 자자, 이제 너도 일행에 합류하는 거야. 클클클."

"흑~ 이럴 수가……."

평소의 방정맞은 웃음소리가 아닌, 악당의 진중(?)하면서도 음흉한 웃음으로 더욱 란슬롯을 절망으로 몰아넣는 수진. 결국 란슬롯은 그 스스로가 무모하다 여겼던 어둠의 숲 탐사대에 합류하게 되었다. 그리고… 그렇게 현실을 받아들이는 순간, 적극적으로 나서는 란슬롯. 역시 시키는 대로 다하는 범생의 피는 어쩔 수 없다는 건가?

"지원자들의 신상명세 서류들 어디 있습니까?"

"웅? 아, 저기 책상 위에……."

수진이 가리키는 책상에 거의 날아가듯 달려들어 이력서(?) 묶음을 미친 듯이 읽기 시작하는 란슬롯. 방금 전까지 수진에게 농락당하던 입문과정의 어리버리한 오타쿠은 더 이상 존재하지 않았다. 그저 조금이라도 희생자를 줄이기 위해 노력하는 과묵한 성기사만이 있을 뿐. 그리고 잠시 뒤, 용병 길드에서 세 번에 걸쳐 솎아낸 백여 장의 이력서는 재차 십여 장으로 줄어들었다.

"엥, 이게 뭐야? 고작 십여 명으로 되겠어?"

"숫자만 많다고 능사가 아닙니다. 오히려 방해만 될 가능성이 높죠. 그래서 최대한 생존 확률이 놓은, 실력있는 사람들만 뽑았습니다. 전원 유저로……."

"에이~ 그래두~ 그렇게 돈을 뿌렸는데, 고작……."

이 일을 위해 무려 십.만. 골드나 동원되었다. 천도 아니고 만도 아닌, 십만 골드!! 용병 길드에 쓸 만한 자들을 추천받으면서 선금을 미리 내걸고, 대륙 전체에 전단지를 뿌리며 정보 길드에 일부러 정보를 흘리고. 단지 쓸 만한 탐험대원을 구하기 위해 이런 천문학적인 금액이 소요된 것이다.

…비록 과거, 어디 누군가의 도움으로 던전사냥을 해 얻은 공돈이라도 해도 어마어마한 금액임—골드로 쌓아도 작은 동산을 이룰 것이다—에는 분명했다. 그런데 그런 거금을 쓰고도 고작 십여 명을 고용하는 선에서 만족하다니…….

하지만 자기 돈이 아닌 탓인지, 아니면 돈의 소중함을 모르는 때문인지 끝끝내 자기 생각을 관철시키는 란슬롯. 아무리 자원자들이라고 해도, 단 한 사람의 희생도 용납할 수 없다는 각오다.

…역시 범생.

"에휴~ 알았어. 뭐, 아직 돈은 많으니깐."

끝끝내 고집을 꺾지 않는 란슬롯의 모습에 결국 재벌(?)다운 아량을 베푸는 수진. 대신 란슬롯이 뽑은 정예들의 명단을 살피기 시작한다. 그리고 명단 속에서 전혀 예상치 못한 인물을 발견하고 화들짝 놀라는데…

"어라? 이 녀석은 퍼펙트 길드의 길마잖아? 나, 이 사람 TV에서 본 적도 있는데……."

초절정고수(?) 주제에 게임 내 일들은 거의 무관심한 수진조차 아는 인물이다. 그런데 그런 초거물이 이런 의뢰에 직접 나설 줄이야. 물론 란슬롯은 그 사정이 어떻든 랭킹 5위권 안에 드는 진짜배기가 합류한 사실에 기껍다는 반응이었다.

"아, 예. 저도 놀랐습니다. 하지만 덕분에 생존 확률이 훨씬 높아졌지요. 솔직히 제 생각엔 그에게 탐험대의 지휘를 맡겼으면 합니다."

거대 길드의 수장직까지 한 사람인 만큼, 사람들을 통솔하는 데 탁월한 능력이 있을 터. 지난번 어둠의 탑 공략에서 군대를 전멸시킨 이후, 사람들을 지휘하는 데 학을 떼는 란슬롯의 입장에서 이보다 반가운 사람이 없다.

"음~ 뭐, 그거야 네가 할 일이고… 그것보다 얘네들은 또 누구야?"

"예? 누굴 말씀하시는 겁니까?"

어느새 로빈을 깨끗이 잊고, 새로운 인물들을 찾아내 관심을 표하는 수진. 평상시 미소년, 미청년들이 아니면 남자에게 하등 관심을 보이지 않는 그녀이기에 웬일인가 싶어 란슬롯이 쪼르르 달려온다. 그런 그에게 불쑥 이력서 두 장을 내미는 수진. 동시에 그 이력서의 이름들이 그녀의 입에서 흘러나오는 순간, 란슬롯은 그녀의 의문을 이해했다.

"레드? 팝콘? 얘네들은 레벨이 고작 200대 중반, 300대 초반이잖아? 정예만 투입한다면서?"

이 두 사람만 제외하고 최소 레벨이 300대 후반이다. 적어도 랭킹 1000위권 안에 드는 고수들뿐. 그런데 왜 이 두 사람은 차별(?)하냐는 물음이다.

"아, 오 작가님은 모르시겠지만, 그 두 사람들 제법 유명한 사람들입니다."

"응, 유명?"

성기사인 란슬롯이 용병인 이들을 알 정도면 정말 유명하다는 뜻이다.

…다만 문제가 있다면, 그 엄청난 명성(?)의 내용.

"게임오버를 최초로 100번 채운 유저들이죠. 즉, 그 만큼 어려운 퀘스트나 의뢰만을 해왔다는 뜻입니다. 아마 경험만 따진다면 저와도 비견될……."

교단의 마당쇠라는 성기사로서 온갖 잡무와 퀘스트를 해온 란슬롯. 그런 그와 비견되는 경험을 했다니, 레드가 지금껏 얼마나 생각없이 의뢰를 받았는지 알 수 있는 대목이다. 그리고 돈에 환장한 나머지 그것을 묵인한 팝콘 역시 대단하긴 마찬가지.

"이햐~ 100번이나 죽어? 한 번 죽을 때마다 패널티가 장난이 아니라서 죽지 않으려도 갖은 애를 쓰는 사람들이 태반인데? 그러고도 용케 그 레벨까지 올렸네?"

타게임들에 비해 사망 시 패널티가 극악 중에 극악인 'NEW WORLD'. 요즘은 그나마 완화되었다지만 그래도 레벨 3% 다운에 하루 동안 접속 불가라는 극악 조치—옛날엔 10% 다운에 5일간 접속불가였다—는 여전하다. 그런데 100번의 죽음을 겪고도 레벨 200대, 300대를 이뤘다니.

"그만큼 등급이 높은 퀘스트 위주로 해온 탓이겠지요. 뭐, 적어도 죽음을 두려워하질 않는 광전사(?)들임에는 분명합니다. 그래서 저는……."

"아, 그만. 어차피 대원 선택 문제는 네가 할 일이니깐, 알

앉어~"

란슬롯의 설명이 길어질 듯하니 재차 흥미를 잃는 수진. 란슬롯의 말을 가로막고, 이내 자기 할 일—대체 어디서 구했는지, 큼직한 화폭에 담긴 미소년 그림들을 감상하는 수진—을 한다. 이에 기껏 열심히 설명하던 란슬롯은 맥이 빠져, 죄없는 이력서를 뒤적였다. 그러다 우연히 발견한 또 다른 이력서 뭉치. 아마 탐험대 지원자 것들과 함께 용병 길드에서 우연히 딸려온 모양.

"응, 이런 게 있었던가? 어디 보자. 우와~ 트리플 S급? 그것도 네 명씩이나? 이거 웬만한 군단급 전력이군. NPC라도 이 정도 실력이라면 탐험대에 넣어도… 아, 안 되겠군. 이미 용병 길드를 탈퇴했잖아?"

이력서 밑, 선명하게 그려진 큰 가위표. 그 의미는 용병 길드의 추방이나 탈퇴를 가리킨다. 란슬롯은 그제야 왜 이런 중요한 서류가 함부로 다뤄졌는지 그 이유가 이해되었다. 동시에 막강한 전력이 될 뻔한 초특급용병대가 며칠 전, 어이없게 용병 길드를 탈퇴했다는 사실을 아쉬워했다.

…란슬롯은 그 네 명의 정체와 가위표의 진정한 의미를 전혀 모르고 있었다.

끼아악. 끼아악.

거대한 나무들 사이, 사방에서 들려오는 정체를 알 수 없는 괴음들. 새의 울음 같기도 하고 어느 이름 모를 마물의 경고음 같기도 한, 그것에 평범한 사람이라면 진작 겁을 먹고 줄행랑을 칠 상황이다. 하지만 숲을 가로지르는 네 명의 인영 중 어느 누구도 그것에 신경 쓰는 사람이 없었다. 대신 다른 것에 두려움 아닌 불만을 드러낼 뿐.

─후우~ 너무 덥군.

"아~ 정말이야. 이거 푹푹 찌는군. 최북단인 주제에 왜 이렇게 더운 거야? 원래 추워야 정상 아닌가?"

묵직한 검은 갑옷 속에서 사우나의 진수를 체감하는 다스 어벤저와 연신 손부채로 더위를 쫓는 두꺼운 로브 차림의 길란드. 심지어 그림자조차 연신 일렁이는 모습으로 더위에 괴로워하는 모습이다. 그런 그들의 모습에 결국 리버스는 쓴웃음을 지으며 신성력을 발휘했다.

"적응(Adaptation)!"

화아악.

일순 일행을 뒤덮는 빛의 물결. 이후 일행은 한결 몸이 시원해짐을 느꼈다.

"하아~ 이제야 살 것 같네. 마스터, 감사합니다. 제가 화계열 마법사라, 시원하게 만드는 건 영 자신이……."

─클~ 이건 게 있으면 진작 좀 쓸 것이지.

"글쎄……."

다스어벤저의 타박 아닌 타박에 늘 히죽거리던 리버스의 입가에 쓴웃음이 더욱 짙어진다. 이에 잠시 눈빛을 빛내는 다스어벤저, 그리고 그런 다스어벤저를 남몰래 노려보는 길란드. 그림자는 그저 묵묵히 그들의 숨겨진 속내를 바라만 봤다.

"그나저나 아직 멀었는가?"

일행 사이의 분위기에 뭔가 이상한 기미가 감지되자, 리버스는 금세 분위기를 환기시켰다. 그러자 황급히 지도를 꺼내, 대답할 말을 찾는 길란드. 하지만 어둠의 숲을 탐사한 사람은 손에 꼽힐 만큼 적었고, 자연 지도 역시 부실할 수밖에 없었다. 이에 말문이 원천 봉쇄되어 허둥대기만 하는 길란드. 결국 리버스는 내심 한숨을 내쉬며, 재차 사기 스킬을 남발해야 했다.

"탐색(Search)!"

단순한 탐색 마법 같지만, 그 적용 범위는 일반적인 그것이 아니었다. 아니, 이미 그것은 탐색 마법의 개념을 넘어선 지 오래였다. 대륙 전체 면적의 7%를 차지하는 어둠의 숲을 일순간에 장악한 리버스의 감각. 그리고 그렇게 잠시 뒤,

"좋아, 찾았다. 저기!"

"휴우～"

—휴우~

"……?"

두 눈 허옇게 뒤집은 채, 주위를 공포로 물들이던 리버스가 제정신을 차리자, 안도의 한숨을 내쉬는 길란드와 다스어벤저. 물론 그 속사정을 모르는 리버스는 그저 어리둥절할 뿐이다. 그런데 리버스와 일행 사이에 뭔가 미묘한 공기가 떠돌던 바로 그때!

"……!"

—이런, 습격이닷!

"응, 그게 무슨……?"

급격히 일렁이며 경고하는 그림자, 동시에 주위에서 뭔가 기척을 감지한 다스어벤저. 기사는 재빨리 검을 뽑아 들었고, 마법사 역시 얼떨결에 스태프를 치켜세운다. 순간, 그들을 노리는 수십여 개의 화살 세례.

쇄애애액—

"감히… 파이어 실드!"

—이런 미친……!

품위(?)없게 사전 경고도 없이 무작정 화살을 날린 상대에게 분노한 탓일까? 현재 자신들이 숲 중앙에 있음을 까맣게 잊은 채, 무턱대고 주위를 불바다로 만드는 길란드. 마법사는 순간 아뿔싸 했고, 기사의 입에선 절로 욕설이 튀어나왔다.

하지만…

"소화(Extinguishment)!"

리버스의 외침과 함께 허무하게 잦아드는 불길의 장벽. 덕분에 나무 위에서 기습한 무리와 길란드 등은 새파래졌던 얼굴 색깔을 본래의 그것으로 회복시킬 수 있었다. 그리고 워낙 놀란 탓인지 잠시 동안의 암묵적인 휴전 아닌 휴전.

하지만 그것을 평화로운 대화로 이어나가기엔 리버스 일행을 포위한 그들은 너무나 호전적인 존재였다.

쇄애애액! 쇄애애액!

"큭, 이놈들이……."

─봐줄 것 없어. 싹 쓸어버려!

무거운 침묵 속에서 긴장의 끈이 끊어지는 순간, 재차 이어지는 화살 공세. 길란드는 이를 갈며 허공에 화염구를 소환했고, 다스어벤저는 검에 오러와 뇌전을 일으켰다. 하지만 이번에 역시 리버스가 나서서 상황을 금세 정리해 버린다.

"결박(Binding)!"

"억?!"

─뭐야, 이게?!

다시 한 번 사기 스킬을 선보이는 리버스. 대인속박용 바인딩을 대범위 마법으로 구현해 버렸다. 이에 리버스를 중심으로 사방 100m 내 존재가 모두 속박되는데……. 그 영향력은 심지어 허공에 떠 있던 화살과 하늘을 날던 죄없는 새들에게 까지 미쳤고, 더불어 나무 위 존재들이 균형을 잃어 무더기로 추락하는 결과를 낳았다.

후두두둑! 쿠쿵!

나무 위에서 일제히 수직 이동해, 땅바닥을 구르는 습격자들. 놀랍게도 그들의 정체는…

"다크 엘프?!"

―…그냥 전설에서나 등장하는 녀석들일 줄 알았는데?

짙은 갈색의 피부에 회색의 머리칼, 그리고 결정적으로 기다란 귀. 바로 타락한 빛의 종족이라 일컬어지는 다크 엘프였다. 세간엔 이미 옛날 옛적에 멸절되었다고 알려진 그들이 이런 곳에 생존해 있었다니, 그야말로 놀랄 노자. 하지만 장내엔 그들의 정체를 이미 예전부터 알고 있던 존재가 있었으니…

"휴우~ 어떡하지? 이대로 계속 진입했다간 대판 싸워야 하는데… 할 수 없지. 디엘, 네가 나서줘."

속박된 상태에서도 여전히 이빨을 드러내는 다크 엘프들의 모습에 한숨을 내쉰 리버스. 그는 결국 그림자에게 도.움.을 요청할 수밖에 없었다. 그리고 리버스의 그런 요청에 10년 만에 그.림.자.를 벗으며 자신의 가냘픈 본신을 드러내는 그림자.

"허어~ 정말 오랜만이군."

―이건……?

과거 그림자, 아니, 디엘의 모습을 본 적이 있는 길란드는 탄성을, 최근 일행에 합류한 탓에 그 속사정을 모르는 다스어 벤저는 미간을 찌푸렸다. 그리고 땅바닥에 속박된 채, 나뒹구는 다크 엘프들은 디엘의 얼굴을 보는 순간 말 그대로 경악했다.

"디엘리아님?!"

디엘의 정체는 다크 엘프, 그것도 대륙 내 모든 다크 엘프들의 수장이었다.

―그렇군. 너.도. 계약자였던 거야.

"세상에… 저기 좀 봐! 나, 저 사람은 TV에서 본 적이 있어. 어떡하지, 사인해 달라고 그럴까?"

"음~ 일단 나중에 조용히 기회를 봐서… 그리고 이왕이면 한두 장 말고 여러 장 받아 놔."

가끔 터무니없는 사고를 치긴 했지만, 평소엔 그런대로 무게를 잡던 레드가 생전 처음 놀이공원에 놀러온 아이마냥 들떠 버렸다. 심지어 이를 말릴 팝콘조차 그에 동조해 버렸으니… 하긴 늘 마이너(?) 동네에서 빌빌거리던 그들이 어디 이런 거물 유저들을 만나본 적이 있겠는가? 하지만 그런 두 사람의 촌극은 옆에서 탐험대원 발표를 기다리며 나름대로 긴장하던 사람들의 심기를 은근히 불편하게 만들었다.

"크흠~ 거참, 조용합시다."

"아예, 죄송……."

평상시라면 대뜸 검부터 뽑아 들 레드였지만, 상황이 상황인지라 고개부터 숙인다. 그 모습에 속으로 이 녀석이 철들었다며 고개를 주억거리는 팝콘. 덕분에 주위의 눈총은 레드가 아닌 팝콘에게 집중되었다.

"쓰읍~"

"아, 죄송……."

그렇게 레드와 팝콘이 번갈아가며 주위의 미간을 찌푸리게 만들길 십여 차례. 점차 주위의 여론이 그들을 뒷골목으로 끌고 가자는 식으로 형성되기 직전, 그때서야 용병 길드의 벽에 합격자(?) 명단이 붙었다.

"아, 이럴 수가… 고작 열다섯 명이라니……."

"이거 정말 너무 하군요. 여기 모인 사람만 천여 명이 넘는데……."

너무나 적은 합격자 수에 불만의 원성이 높아져가는 장내. 하지만 이미 100골드라는 거금을 선금으로 받은 터라, 그런 소요는 이내 잦아들기 시작했다. 뭐, 적어도 교통비(?)는 벌었지 않은가?

그런데 그렇게 사람들 사이에 체념의 기운이 감돌 때, 그런 분위기를 와장창 깨버리는 망종들이 있었으니,

"끼야호~ 붙었어. 우리가 붙었다구!!"

"크커커커, 역시 이 정도 되는 곳에서 우리의 능력을 알아주는군."

사람들에게 밀려, 이제야 간신히 합격자 명단을 확인한 레드와 팝콘. 그들은 감격의 눈물을 흘리며 방방 뛰기 시작했다. 하긴 소도시의 작은 용병 길드에서조차 무시받던 그들이 주위의 거물을 제치고 이런 어마어마한 일거리를 맡게 되었으니, 그 감격이야 오죽하랴?

…다만 문제가 있다면 그런 감정 표현은 시간과 장소를 가려야 한다는 사실을 그들이 간과했다는 점이다.

"이, 씨벌~"

"아까부터 저놈들 마음에 안 들었는데… 묻어버려!"

화딱지를 주체 못해 살기등등한 표정으로 팝콘과 레드를 둘러싸는 사람들. 그런 화딱지와 전혀 무관한 자들조차 결원이 생기면 자신이 보충역으로 들어갈 거라는 기대에 그 무리에 점차 합류한다. 덕분에 생전처음 유저들에게 다굴당함으로써 죽음을 겪는 황당한 위기 상황이 팝콘과 레드를 엄습했다.

한편 멀찍이 떨어진 채, 그 광경을 약간 안절부절못하며 바

라보는 인영이 있었으니⋯ 그는 방금 전, 팝콘과 레드가 간절히 사인받길 원했던 로빈.

"이거 참. 내가 나설 수도 없고, 그냥 방관할 수도 없고⋯⋯."

예전처럼 퍼펙트 길드의 길마의 위치에 있었더라면, 그 영향력으로 진작 저들을 해산시켰을 것이다. 하지만 지금은 일개 야인(?)으로서 그럴 만한 힘이 없는 로빈. 물론 랭킹 4위에 드는 고레벨의 고수로서 약간 창피한 노릇이지만, 상대방 역시 레벨 300대 중후반의 고수들이다. 거기다 그 수가 무려 백여 명이나 달했으니.

자신의 팬(?)이긴 하지만 생면부지의 인물들을 위해 위기를 자처할 것인가? 아니면 높은 경쟁률을 뚫고 탐험대원으로 뽑혔으니, 최대한 몸을 사려 그대로 방관할 것인가?

하지만 그런 로빈의 고민은 금세 해결되었다.

"이런, 내가 여기 지원한 목적을 잊을 뻔했군."

애초부터 자신이 탐험대에 지원한 이유가 쓸 만한 인재를 포섭하기 위해서다. 그리고 저기 위기에 처한 자들은 이 엄청난 경쟁률을 뚫고 선택된 자들. 랭킹 1위씩이나 되는 질풍의 성검인 만큼 그 선택 기준이 까다로울 게 뻔한 일이니(실제로 합격자 수를 봐라!), 저들에게 특출한 뭔가가 있다는 건 불문가지. 그 정도 인재를 한 번의 죽음으로 얻는다면 어찌 손해라

하겠는가?

"이봐!! 멈……."

엑스트라를 구하기 위해 백만 대군 한가운데로 뛰어드는 주인공의 심정으로 로빈은 큰 소리로 군웅들을 제지하려 했다. 그런데 바로 그때, 한발 앞서 군웅들에게 뛰어드는 존재가 있었으니…….

"이히히히, 지금 뭐 하는 거야? 나두 끼워줘~"

슬쩍 보기에도 엄청난 미인에 검은 가죽옷으로 므훗 지수를 최대한 상승시킨 그녀. 하지만 그 두 눈엔 광기로 번뜩였고, 가냘픈 손에는 채찍이 날카로운 파공성을 내고 있었다. 그리고 그런 그녀를 보는 순간, 팝콘과 레드에게 다굴놓던 군웅들 중 반 수 이상이 비명을 지르며 도주하기 시작했다.

그렇다. 그녀는 이미 유명한 존재였던 것이다.

"분쟁의 여왕이닷! 도망가!"

"아악~ 왜 안 나타나나 싶었어!"

콰콰쾅!

이제 막 뛰어들려는 자세 그대로 굳어버린 로빈. 그의 눈앞에서 말 그대로 참상이 벌어졌다. 사방으로 날아다니는 전격과 간간이 터지는 거대한 화염구, 그리고 사정없이 군웅들을 유린하는 채찍의 난무.

그날, 로빈은 천외천의 진정한 의미를 깨달았다.

"헤헤헤, 이거 감사합니다."

"이하동문입니다."

팝콘은 그의 주특기 똥파리 자세를 취하며 열심히 양손을 비볐다. 심지어 평상시 단단하기가 무쇠 같던 레드조차 그 허리를 버들가지마냥 낭창낭창 숙였다. 하긴 그들의 눈앞에 있는 존재는 도시 한복판에서 레벨 300대 고수 100여 명을 일순간에 전멸시킨—솔직히 죽은 사람보다 도망간 사람이 훨씬 더 많았지만…—괴물인 것이다.

거기다 더 기가 막힌 건 이를 제지할 마을 경비대가 멀찍이 떨어진 채, 구경만 한다는 사실. 이를 통해 팝콘과 레드는 눈앞의 괴물, 아니, 여자가 얼마나 무서운 존재인지 절실히 느낄 수 있었다. 그런데 이 괴물 같은 여자가 하찮다면 하찮은 자신들을 아는 체하는 게 아닌가?

"흐흠~ 너희들이 레드와 팝콘이야?"

자연스럽게 흘러나오는 하대, 하지만 워낙 자연스러운 탓에 누구 하나 불만을 드러내지 않는다. 뭐, 혹여 불만이 있더라도 속으로 삭혀야 할 상황이지만.

역시 게임 속 세상에선 실력이 최고인 것이다. 그리고 어마어마한 고수가 자신들을 알아보자, 엄청 황송(?)해하는 팝콘과 레드.

"예? 아예. 영광입니다."

"에, 저는 광영입니다."

자신들이 무슨 말을 하는지조차 인지 못하는 두 촌닭(?).
이런 메지저급 인물을 만나니 정신을 못 차린다. 하지만 장내
에 남겨진 소수의 사람들 중 정신을 못 차리는 이는 정작 따
로 있었다.

'대체 누구지?'

두 눈을 부릅뜬 채, 사람들로부터 '분쟁의 여왕'이라 불린
정체불명의 괴물을 노려보는 로빈. 그의 머릿속으론 온갖 추
리가 난무했다. 폴리모프한 드래곤부터 은거고수까지. 하지
만 그 모든 가정은 괴물의 이마에 선명히 새겨진 불멸자의
인, 즉 유저로서의 표식을 보고는 새하얗게 변했다.

'저 괴물이 유저라고?! 말도 안 돼. 아무리 고렙이라도 레
벨 300대 고수 100명을 상대할 순 없어. 그런 건 질풍의 성검
도 불가능한 일이란 말이야!'

머릿속으로 교차하는 온갖 생각들. 그러나 아무리 생각해
봤자 답이 없다, 직접 듣기 전까진.

"당신… 대체 정체가 뭡니까?"

결국 정면 돌파로 자신의 의문을 해결하려는 로빈. 그는 당
당히 괴물에게 다가가 그 정체를 물었다. 하지만 상대는 그의
상식을 한참 초월하는 존재. 대답을 대신해 로빈을 혼란의 무

저갱으로 밀어 넣었으니……

"오호~ 또 다른 멤버(?)의 등장인가? 좋아. 이제부터 넌 '핑크' 다."

"에? 그게 무슨?"

잠시 상황을 파악 못해, 핑크란 단어가 자신을 지칭하는 말임을 인지 못했다. 하지만 괴물이 팝콘이라 불리던 자에게 혹시 카레 좋아하냐는 등 이상한 대화를 한 끝에 옥수수를 좋아한다는 말에 크게 웃으며 '옐로우' 란 호칭―레드에겐 당연히 '레드' 란 호칭이 붙었다―을 붙이는 순간, 로빈의 머리엔 깨달음의 벼락이 내리 꽂혔다.

'설마……?'

"아, 죄송하지만 사인 좀……."

"헤헤, 저두요."

옆에서 사인해 달라는 철없는 것의 말은 들리지도 않는다. 그저 핑크, 핑크, 핑크라는 단어가 삼 열 종대로 그의 머릿속을 장악할 뿐. 그리고 자신이 여기서 가만히 있을 경우, 지금 캐릭이 평생 핑크라 불릴 것 같은 예감과도 같은 그 무언가가 뒤따랐다.

그 사실은 늘 냉정을 유지하던 거대 길드의 길마로서의 평정심을 깨끗이 날려 버리기에 충분했고, 동시에 자존심 하나 때문에 거대 길마를 떠난 로빈을 완전히 무너뜨리기에 충분하다 못해 넘쳤다.

"잠깐! 왜 제가 핑크인 겁니까? 차라리 여자인 당신이……."

"어허! 지금 나를 보면 몰라? 난 블랙이야!"

로빈의 절규에 찬 반항을 무참히 짓밟으며 자신을 과장스레 내보이는 괴물.

…확실히 타이트한 검은 가죽 옷이나 그 성격을 보건대, 도저히 부정할 수 없는 '블랙'이다.

"크윽, 그럴 수가……."

왠지 반박할 수 없는 논리. 로빈은 도저히 이길 수 없는 상대를 만나, 그대로 좌절하며 땅바닥에 쓰러졌다. 바로 그때, 그에게 구원의 천사, 아니, 기사가 나타났으니.

"휴우~ 오 작가님, 장난 그만 하십시오. 아무리 그래도 핑크가 뭡니까? 그리고 로빈님이시죠? 자, 어서 일어나십시오."

"아, '화이트' 왔냐?"

"당신은……."

땅바닥에 좌절 포즈(?)로 쓰러진 로빈을 일으켜 세우는 란슬롯. 로빈은 그의 등 뒤로 눈부신 광휘에 뒤덮인 성기사의 포스를 볼 수 있었다.

물론 로빈은 이 순간, 전혀 알지 못했다, 괴물에게 로빈을 비롯한 세 사람의 프로필을 읊어 지금의 사태를 야기했다는 일말의 책임감 탓에 란슬롯이 이런다는 사실을. 하지만 진실을 모르는 그로선 자신과 함께 괴물에 맞서는 란슬롯이 고마울 따름.

결국 로빈의 피토하는 듯한 항전과 란슬롯의 지원 아래, 그의 호칭은 핑크가 아닌 '그린'으로 잠정 결정되어졌다. 그리고 마지막 순간, 간신히 제정신을 차린 로빈, 아니, 그린은 멀어져 가는 블랙을 향해 소리쳐 물었다.

"당신은 대체 누구십니까?"

"클클클, 미에 대한 의식이 남들보다 조금 특이한 글쟁이라고 할까?"

블랙, 아닌 수진은 조용히 자신에게 배정된 여관방으로 향했다. 그리고 꼼꼼히 방문을 걸어 잠근 뒤, 침대에 몸을 날렸다. 그 뒤 방 안을 장악한 건, 마녀의 기괴무쌍한 웃음소리.

"이히히히, 드디어 멤버를 다 모았다. 그럼, 이제 발족하면 되는 건가? 야오이전대, 던전 레인저를."

…게임에서조차 자신의 창작 욕구를 충족시키는 수진. 그녀는 진정 프로였다. 그리고 프로답게 자신에게 맡겨진 임무를 다시 한 번 점검하는데…….

"그나저나 이 녀석은 어디까지 갔을까? 너무 앞서 가면 우리가 뒤쫓기 곤란한데 말이야. 좀 천천히 느긋이 움직이면 좋겠는데⋯⋯."

   수진이 수한의 진입 속도에 대해 우려를 나타내고 있는 바
로 그 시각. 어둠의 숲, 어느 녹음이 우거진 나무들 사이에서
가슴 절절이 울려 퍼지는 절규.
   "크아아악~ 여기가 대체 어디야?!"
   ⋯마왕, 수한과 그의 권속인 토일과 시드는 현재 조난 중이
었다.

Chapter 3

미궁에 들어서다

"드디어… 드디어 도착했다."

지면에 있는 거대한 구멍, 아니, 무저갱을 바라보는 수한의 두 눈엔 감격의 눈물을 줄줄 흐르고 있었다. 지난 한 달 동안의 조난 생활은 마왕인 그조차 견디기 힘들었던 탓.

그러나 이제부턴 다르다. 더 이상 습기 만땅 밀림(?)을 축 늘어진 채 빙글빙글 돌 필요가 없었고, 돈도 안 되면서 한도 끝도 없는 이어지는 지겨운 마물사냥에서도 해방인 것이다.

―마스터, 이제 진정하시고 진입을…….

"아, 아예."

감격에 젖어 간만에 분위기를 잡던 수한. 그러나 그 시간이 지나치게 길자, 결국 보다 못한 토일이 나선다. 이에 제정신을 차린 수한은 토일과 시드를 잠시 역소환시킨 뒤, 무저갱에 뛰어들려 하는 순간, 딴지를 놓는 시드.

─로드, 잠시만…….

"응, 왜요?"

지금껏 고지식한 기사답게 아무 말 없이 따르기만 하던 시드. 그런 그가 간만에 입을 열자, 수한으로선 의아하다. 하지만 그런 수한의 의문을 바로 답하는 대신, 무저갱 주위를 돌며 뭔가를 꼼꼼히 살피는 시드. 그 분위가 자못 심각하여, 성질 급한 수한도 가만히 그를 지켜만 봤다. 그리고 그렇게 시간이 지나, 무저갱 주위를 한 바퀴 돌고 나서야 시드는 재차 입을 여는데…

─로드, 먼저 이곳을 들어간 자들이 있습니다, 그것도 아주 최근에.

덜컹.

기사 주제에 레인저 흉내를 내는 시드의 난데없는 폭탄선언(?)에 심장이 덜컥 내려앉는 수한.

아니, 이게 웬 말인가?

"설마… 반지를 노리는 또 다른 놈들이 있는 겁니까?"

─그, 글쎄요. 이곳을 알 만한 사람들은 저를 제외하곤 전무할 텐데…….

두 눈을 화둥잔만 하게 뜬 채, 토일을 바라보는 수한. 토일 역시 크게 당황한 듯, 말을 더듬는다. 하지만 그런 폭탄선언만으로는 뭔가 부족하다는 걸까? 시드의 말은 아직 다 끝난 것이 아니었다.

—두 종류의 흔적이 남아 있습니다. 약간의 시간 간격을 두고⋯ 아마 이곳에 진입한 것은 두 개 이상의 파티로 짐작되어집니다.

"크윽, 하나도 아니고 둘씩이나⋯⋯."

시드의 말에 머리를 짚으며 신음 소리를 내는 수한. 하지만 재차 이어지는 시드의 말에 두 눈에 광망을 번뜩인다.

—다행히 진입한 흔적은 있어도, 나온 흔적은 없습니다.

"그렇다면?!"

—예, 반지를 습득했든 하지 않았든 진입한 자들이 대미궁 내부에 있다는 뜻입니다.

"크크크, 좋아. 그럼, 어서 가죠! 역소환!"

아직 희망이 있다는 시드의 말에 기운을 되찾는 수한. 더 늦기 전에 서둘러 대미궁에 뛰어든다, 물론 육체적 힘이 약한 토일과 시드를 고려하여 역소환시킨 뒤.

쇄애애애애.

자신의 몸빵과 힘을 믿고 아무런 장비 없이 어둠만이 존재하는 무저갱에 뛰어든 수한. 하긴 천장낭떠러지에서 맨몸으로 떨어져서도 끄덕 없던 그이니만큼 무슨 걱정이랴? 실제로 그의 머릿속엔 무저갱의 끝도 없는 깊이에 대한 걱정 따윈 전혀 존재하지 않았다. 대신…

"크크크, 어둠의 숲을 뚫고 이곳까지 왔다는 건, 제법 고수란 뜻이겠지? 좋아, 이거 잘하면 부수입이 짭짤하겠어."

…그렇다. 수한은 수한인 것이다.

어둠 속에서 오직 손에 든 횃불만을 의지한 채, 어둠을 헤치며 전진하는 십여 명의 인영들. 지난 한 달간 온갖 고초를 겪으며 어둠의 숲을 탐사하다, 느닷없이 나타난 무저갱 안 던전을 재차 탐사하고 있는 란슬롯과 그의 탐험대원들이다.

솔직히 거대한 무저갱을 발견했을 당시, 그곳 탐사에 대해 의견이 분분하긴 했었지만 레벨 업과 득템의 즐거움을 최고로 치는 유저된 입장에서 어찌 던전을 그냥 지나칠 수 있겠는가? 거기다 결정적으로 스폰서인 수진의 노골적인 압박은 탐험대의 선택의 폭을 하나로 줄이기에 충분했다. 그 결과, 한 걸음마다 긴장의 끈이 팽팽해지는 이곳을 트랩 마스터도 없이 무작정 탐사하는 신세가 된 탐험대.

그 탓에 탐험대의 선두에서 일행들을 이끄는 란슬롯은 책임을 통감하고 있었다.

'실수했어. 레벨과 경력만 신경 쓴 탓에 직업을 미처 고려

하지 않았으니… 하다못해 오 작가님에게 탐사의 목적이라도
들었으면 이런 실수를 하지 않았을 텐데…….'

단순히 어둠의 숲 탐사가 목적인 줄 알았던 란슬롯. 그래서
탐험대원 대부분을 기사와 전사 위주로 구성했었다. 그런데
대체 어디서 구했는지 숲의 지도를 가지고 일행을 은근슬쩍
종용하더니, 이런 어마어마한 던전으로 이끈 수진. 덕분에 던
전 탐사의 선두를 몸빵지존인 자신이 책임지게 된 것이다.
뭐, 그나마 다행인 건 이곳 던전이 특이하게도 함정이 없고,
그저 마물들이 존재한다는 점. 하지만 도둑 계열의 캐릭이 없
는 탓에 마물들의 접근을 한 박자 늦게 아는 건 어쩔 수 없는
일이다.

…그러나 란슬롯이 진정 책임감을 통감하는 부분은 그런
것이 아니었다.

탐험대의 후미를 책임진 팝콘과 로빈, 아니, 이제 옐로우와
그린이라 불리는 두 남자는 아까부터 기분이 묘한 상태였다.
가장 뒤에서 따라오는 블랙, 수진의 행동이 영 심상치 않은
탓이다. 무슨 병이라도 걸린 듯, 연신 헐떡거리며 자신들을
바라보는데… 마치 변태 바바리코트에게 응시당하는 여고생
의 심정이 이러할까?

'저 여자가 대체 왜 저러는 거지?'

가슴속에서 새록새록 솟구치는 의문. 가만히 생각 보니 이

런 일이 한두 번이 아니었다. 이 정체불명의 던전에 들어서기 훨씬 전부터 마물들의 습격이 뜸할 때마다 이런 불순한(?) 시선을 감내해야만 했으니. 그러나 차마 당사자에게 이 시선의 의미를 묻기엔 왠지 겁이 나는 두 사람. 그저 함께 수진의 시야권 내에 있으면서도, 그 특유의 무신경으로 저 끈적끈적한 시선을 끝끝내 눈치 못 채고 있는 레드가 부러울 따름이다(…이제 레드도 슬슬 눈치 챌 때가 되었는지, 아까부터 미간을 찌푸리고 있었다).

그 광경에 란슬롯, 아니, 화이트가 어찌 책임감을 느끼지 않을 수 있으랴? 일행 중 유일하게 블랙의 본성을 아는 사람으로서 그저 안타까움과 동정에 찬 눈으로 그들을 바라볼 수밖에 없다. 그리고 앞으로 벌어질 참극(?)에 깊은 애도를 표하는데……

한편 탐험대 일부에게 극도의 불안감을 안겨주는 블랙, 수진은 대체 무슨 생각을 하고 있는 걸까?

'이히히히히. 역시 한 쌍만 맺어주는 걸로는 부족해. 이왕 전대물로 만든 이상, 삼각 이상의 관계를… 이히히히, 간만에 애정과 증오가 끈적이며 소용돌이치는 진흙탕을 연출해 볼까?'

앞서 가는 세 남자들을 바라보며, 망상 모드로 접어든 수진. 간간이 일행을 습격하는 마물의 존재조차 잊은 채, 창작 활동에 여념이 없다.

'레드와 옐로우를 엮어서 정석대로 강공과 병약수로 할까? 아니야, 이번엔 약간의 의외성을 가해 마법사를 강공으로 해서… 아참, 그린을 중간에 끼워야 하는데, 모델은 뭐가 좋을까? 강수, 약공, 멀티? 아, 대체 뭘 해야 잘했다 소문이 날까?'

100만 야오이 팬들을 등에 짊어진 대작가답게 탐험대 중 일부를 못내 불편하게 만드는 수진. 세상에 야오이를 싫어하는 여자는 없다는 신념하에 자신의 영혼을 불태운다. 그리고 그렇게 불타는 수진으로 인해 더 더욱 한기를 느끼는 세 남자.

훗날 야오이계의 삼대걸작으로 꼽히는 '금단법사'의 초안이 작성되는 순간이었고, 동시에 평범했던 세 남자가 절대 알고 싶지 않은 세상을 알아버린 날이기도 했다.

"파이어 실드, 파이어 필드, 메가 블레이즈."

화르르르륵! 콰드드득! 콰콰쾅!

간만에 터진 길란드의 주특기인 화계 마법의 작열. 가뜩이나 좁은 통로인 탓에 일순 리버스 일행의 주위는 시뻘건 불바다가 된다. 덕분에 비명 지를 새도 없이 통구이가 되어 쓰러지는 수십여 마리의 마물들. 그들 대부분이 레벨 300대를 넘어선 필드 보스급 몹인 것을 생각하면 너무나 어이없는 최후다. 하지만 이곳 대미궁 안에서 만큼은 그저 일반 잔챙이 몸에 지나지 않았고, 리버스 일행들 역시 그들을 잔챙이 취급(?)을 했다.

"후아~ 역시 숲보단 던전이 100배 나아. 숲에선 통 이런 짜릿한 맛을 느낄 수가 없거든."

─클, 확실히 덕분에 편하긴 하군. 자, 그럼 이번엔 내 차례인가?

우우우우웅.

흑기사의 검에 모여드는 경력, 이후 그 검엔 오러와 뇌전의 기운이 합일된다.

─극대뇌정검!

파지지직. 케에엑!

불지옥에서 그나마 생존했던 마물들이 이번에 뇌전의 전기 찜질과 오러의 절삭력에 의해 터져 나갔다. 마치 슬래셔 무비(Slasher Moive)의 한 장면을 연상시키는 광경. 그리고 그렇게 잔인하게 장내를 정리한 뒤엔 마물들의 체면(?)을 눈곱만치도 생각하지 않는 방만한 모습을 보이는 두 사람. 아니, 애초부터 자신들 같은 강자들이 이렇게 우르르 몰려올 필요가 있는지 의문이라는 태도다.

…그러나 그것은 어디까지 겉으로 보이는 모습일 뿐.

대미궁의 내부로 진입함에 따라 점차 전신을 압박하는 거대한 기운. 나인스타라 불리는 길란드나 다스어벤저조차 긴장하게 만드는 그 무언가가 대미궁의 중앙에 버티고 있다는 증거였다.

'훗, 저 안쪽에 그 무언가 때문에 우리 전부가 동원된 건가?'

내심 긴장되는 것을 억누르며, 전의를 다지는 다스어벤저. 어찌 보면 허세일 수도 있으나 나름대로 믿는 게 있는 듯한 태도다. 거기다…

"그래 봤자 저 괴물에겐 상대도 안 되겠지."

마물들의 시체들을 뒤적거리면서 왠지 구수한 냄새라며 연신 킁킁거리는 리버스를 응시하며 다스어벤저는 중얼거렸다.

"이런, 막아!!"

크허허헝—

"아아아악!"

누군가의 고함 소리와 마물의 울부짖음, 그리고 단발마적인 비명성. 혼란은 너무나 갑작스럽게 탐험대를 덮쳤다. 주위가 너무 조용했을 때, 눈치를 챘어야 했는데…….

던전 내 마물들이 잠복할 정도의 지능을 지니고 있음을 몰랐던 게 치명적이었다.

"칫, 당했다."

눈앞의 혼전에 로빈은 혀를 차며 등에 짊어진 자신의 쇼트 보우를 꺼내 들었다. 적아 구분이 힘든 난전에선 그리 쓸모가 없어 보이는 무기. 하지만 그것은 어디까지 일반적인 경우다.

피피핏!

크허헝!

백발백중의 멀티샷, 그것도 연속 속사다. 이미 5년 전에 보우 마스터를 달성한 사람다운 놀라운 실력. 덕분에 탐험대를 덮친 사자 모습의 마수들 대여섯 마리가 일순간 쓰러졌고, 로빈은 집중 표적이 되어 십여 마리의 성난 마수를 상대해야 했다. 하지만 그에겐 동변상련의 깊은 동질감을 느끼는 두 사람의 든든한 동료들이 있었으니…

"으랏차차차!"

"파이어볼!"

검을 마구잡이로, 그러나 위협적으로 휘두르며 마수들의 접근을 막는 레드. 그리고 어느 정도 거리가 있는 마수들을 향해 냅다 화염구를 날리는 팝콘, 로빈은 그 두 사람의 보호에 차분히 화살을 재장전, 십여 마리의 마수를 재차 쓰러뜨릴 수 있었다. 그 모습은 그야말로 숙련된 파티 플레이의 극치. 하지만 탐험대 중 가장 큰 활약을 한 존재는 그들 세 사람이 아니었다.

"오라, 신의 검이 그대들을 심판하리!"

우우우웅—

관객(?)을 의식, 제 딴엔 멋진 대사를 날리며 성기사의 포스를 자랑하는 란슬롯. 그의 몸을 감싸는 홀리 오라와 검에 깃든 홀리 웨폰의 기운은 그야말로 마수들에게 극성. 그는 단신으로 마수들의 물결 사이에 뛰어들어 종횡무진으로 검을 휘둘렀다. 가히 만부부당의 기세. 겁없이 달려들던 마수들조차 란슬롯에게만은 슬슬 피하는 기색이 역력하다.

…그러나 그 역시 이 전장의 주인공이 아니었다.

"이히히히히히."

동공을 지배하는 기괴한 웃음소리. 마수들도, 그에 대항하는 인간들도 그 웃음소리에 싸우는 와중에서도 흠칫흠칫거렸다. 그렇다. 그녀야말로 진정한 여왕. 누가 감히 그녀에게 대항하랴?

"이히히히히히히."

깨깽.

채찍이 난무하고, 화염구가 작렬하고, 이어 전격이 불꽃을 튀며 사방으로 그 영향력을 행사한다. 그 가공할 힘의 여파에 도망가기에 바쁜 마수들. 그들은 이 순간만큼은 사냥꾼이 아닌, 사냥감에 지나지 않았다.

"이히히히히히히~"

수적 열세와 습격받았다는 불리한 상황에도 불구하고 수진을 비롯한 란슬롯 등의 활약으로 압도적 승리를 장식한 탐험대. 하지만 그들이라고 피해가 전혀 없을 수 없었다. 아니, 피해가 극심했다. 란슬롯이나 수진 같은 압도적인 능력을 지니지 못한, 그리고 로빈과 레드, 팝콘같이 진형을 짜지 못한 나머지 탐험대원들 전원 사망한 것이다.

"이햐~ 이거 우리들만 남았는데?"

생존자들이 자신이 선택한 멤버들뿐이라는 사실에 새삼 자신의 선견지명(?)에 놀라는 수진. 그런 위험한 아우라에 란슬롯의 제외한 세 남자는 흠칫 몸을 떨었다.

이거, 차라리 죽는 편이 나은 건가?

하지만 세 남자의 불안한 눈동자들을 무시한 채, 재차 자기만의 세계에 빠져드는 수진.

뭔가 연신 히죽거리더니, 자신의 아공간에서 뭔가를 끄집어낸다.

"자, 일단 받아. 이렇게 전력을 줄었으니, 업그레이드라도 시켜야지."

손바닥만 한 작은 상자 네 개를 제각기 란슬롯 등에게 분배하는 수진. 그리고 이 난데없는 선물 공세(?)에 자연 어리둥절해지는 네 남자. 하지만 수진이 현재 걸치고 있는 아이템들을 생각하는 순간, 황급히 상자를 열어젖힌다. 보는 눈 없는 레

드조차 감탄하게 만든 템빨의 지존, 수진. 최소 레어급 이상
만 걸친 그녀를 생각하건데, 건네준 아이템 역시 보통 물건이
아닐 게 분명했다.

그리고 그런 그들의 예상대로 정말 보.통. 물건이 아니었
다.

"이, 이건?"

마치 머리띠 형태를 한 그것. 그런데 양옆에 뭔가 이상야릇
한 게 달렸다? 어찌 보면 뿔 같아 보이지만, 자세히 보면 마치
동물의 귀 같다는… 설마, 이건?

마음 한구석에서 솟구쳐 오르는 불안감. 그러나 이 위험한
상황에 설마 하는 마음에 연신 고개를 젓는 불쌍한 네 남자.
그들은 그 구체화되는 의심을 털어버리기 위해서, 서둘러 아
아템 정보창을 소환했다. 그래, 설마 아니겠지.

…그런데, 이게 웬일인가?

[고양이 귀(Cat's Ear)]
종류:헤어 밴드(Hear Band)
등급:일반
속성:無
제한:無
방어력:10

내구력:1,000

무게:1

설명:일.부. NPC의 호감도가 100% 상승. 단, 착용자의 외모가 받쳐 주지 않을 경우 호감도가 하락할 수도 있다.

정보창 내용에 불안은 동요로 이어졌고, 서로 간의 동요는 곧 확신으로 변했다. 그리고 장내에 뭔가 설명할 수 없는 미묘한 침묵이 감도는 가운데, 혼자 히죽거리는 수진.

이제 사람들은 확실히 깨달을 수 있었다, 수진이 어떤 인물인지. 그녀는 그들로선 감히 측정 불가능한 존재인 것이다.

"이히히히히. 궁극의 러브 아이템, 고양이 귀, 러브 게이지가 무려 100%나 상승되는 귀물(貴物)이지."

'귀물(鬼物)이겠지.'

수진의 웃음 섞인 설명에서 속으로 중얼거리는 로빈과 팝콘. 레드는 아무 생각 없이 그걸 머리에 씀으로써 좌중을 경악시켰다. 그리고 란슬롯은…

"아니, 지금 장난칠 게 따로 있지, 이게 뭡니까?!"

평소 순하디 순한 순둥이가 막상 화를 내면 정말 무서운 법이다, 바로 지금의 란슬롯처럼. 가뜩이나 희생자가 생겨 미안한 마음을 금치 못하고 있는데, 또 이런 장난—란슬롯이 생각하기엔 이것은 장난이었다—을 하다니… 결국 분기를 참지 못한 란슬롯은 감.히. 수진에게 대들기까지 했다.

"이제 저도 더 이상 못 참겠습니다. 지금까진 잠자코 있었지만, 이제 희생자가 생긴 마당에 언제까지 숨기실 생각입니까? 대체 무슨 목적으로 이곳에 온 거죠?"

아무리 생각없는 사람이라도 지금까지의 여정과 수진의 행동을 생각한다면 충분히 짐작이 가는 사실. 그녀의 의도가 단순한 '어둠의 숲' 탐사가 아니라는 것이 뻔히 보인다. 거기다 란슬롯에게 모든 인선을 맡기는 등 허술한 일처리를 고려할 때, 어쩌면 이 던전 탐사조차 뭔가 미심쩍다. 그렇다면 대체 그녀가 노리는 것은 뭐란 말인가?

"칫, 할 수 없지."

일시지간이지만 란슬롯에게 압도당한 수진. 연신 혀를 차며 마침내 그 속내를 드러냈다. 뭐, 어차피 지금 상황에서 묵비권을 행사해 봤자, 변할 건 아무것도 없으니깐.

"그래, 네 말대로 탐사 따윈 애초부터 핑계였어. 나의 임무는… 뭐, 그냥 임무라고 하자. 어쨌든 그것은 이곳에서 누군가와 합류한 뒤, 어떤 건방진 녀석들을 혼내주는 것. 그것이 전부야."

"그럼, 우리들의 역할은 대체 뭡니까?"

수진의 설명에 정색하며 묻는 로빈. 자신들이 고작 들러리라는 사실에 못내 충격을 받은 모습이다. 하지만 천상천하유아독존적 존재인 수진은 그런 반응을 무시한 채, 너무 간단한 나머지 일행에게 잔인하기까지 한 진실을 그대로 밝혀 버렸다.

"혼자 가기엔 심심하더라고. 그리고 이왕 하는 김에 틈틈이 작품구상도 좀 하고 싶었거든."

"고작 그런 이유로……?"

단지 심심하다는 이유로 십만 골드를 써버린 인물. 이 정도면 과소비란 말도 부족하다. 란슬롯을 비롯한 네 남자는 눈앞에 있는 수진이 마치 어디 4차원의 미지의 존재로만 보였다. 아니, 그 이전에…

"단순히 재미 때문이라고요? 어떻게 그럴 수가… 아니, 좋습니다. 어차피 이 일을 위해 그 엄청난 돈을 쓰셨으니, 그건 넘어간다고 치고… 그럼, 왜 처음부터 이런 곳에 온다는 사실을 말씀해 주시지 않은 겁니까? 만약 알았더라면 좀 더 많은 준비를 할 수 있었을 텐데……."

"뭐, 그거야… 귀찮았으니깐."

파직.

란슬롯의 분기탱천한 물음에 대한 수진의 어설픈 변명(?), 아니, 성의 전무한 대답에 간신히 살아남은 네 남자는 마침내 인내심의 한계에 도달했다. 대충 지금까지 수진의 말을 들어

보니, 자신들은 있으나마나 한 존재들이 아닌가? 마치 혼자서도 이곳까지 와서 그 임무인지 뭔지를 할 수 있지만, 혼자서 가기엔 심심하다는 이유—솔직히 창작 활동용 소재 확보의 일환이지만……—로 자신들을, 그리고 희생자들을 고용했다는 식으로 느껴졌다. 아니, 실제로 그랬다.

"으득, 그럼. 별. 볼.일. 없.는. 저희들은 이만 물러가도록 하겠습니다. 지금까지의 여정이라면 충분히 선금치 일을 했으니, 이곳에서 수진님과 헤어진다고 해도 불만은 없으실 듯합니다."

"쩝~ 뭐, 할 수 없지. 그러도록 해."

지은 죄가 있는지라 로빈의 일방적인 계약 파기 선언에도 불구하고, 선선히 승낙하는 수진. 하지만 그 모습은 더 더욱 네 남자의 분노를 자아내게 만들었으니. 수진의 지금 대답으로 인해 그녀의 생각 '너희들은 어차피 그리 도움이 안 된다'를 확인할 수 있었기 때문이다.

"크읔~ 그럼, 저도 가겠습니다."

"아아~ 그러든지."

상황에 이 지경이 되었는데, 범생 란슬롯이라도 수진 옆에 계속 있고 싶을 리 없다. 누가 뭐라 해도 그는 랭킹 1위의 유저, 어찌 보면 일행 중 가장 자존심이 상한 인물은 바로 그인 것이다. 거기다 겉으로 보기엔 지금까지의 일을 주도한 게 자신인 만큼, 나름대로 책임감을 느끼고 있는 란슬롯. 그는 적어도 로빈 일행만큼 무사히 이곳에서 벗어나게 하고 싶었고, 때문에 감.히. 수진을 거역하면서까지—후환이 두렵지 않다는 거냐?!—수진과 결별을 선언했다.

저벅저벅.

이제 더 이상 할 말도 없다는 듯, 냉정히 수진에게서 등을 돌리는 네 남자. 비록 일행 중 가장 강력한 전력인 수진을 일행에서 축출해야 했지만, 그들의 발걸음은 그저 가볍기까지 하다. 하긴 지금까지의 섬뜩한 시선을 감내한 그들로선 그게 당연한 반응일지도.

그리고 그렇게 네 남자를 떠나보낸 뒤, 홀로 남겨진 수진. 그녀는…

"이히히히히. 내가 그냥 보내줄 줄 알았지? 하지만 어쩌나? 이것도 창작 활용의 일환인데. 좋았어. 이번 기회에 미행과 도촬에 관한 자료를 수집하는 거야."

아직도 만족을 모르는 창작에 대한 욕구. 그녀는 진정 프로였으니… 어느 순간, 수진의 기척과 신형이 어둠 속으로 깨끗이 스며든다. 그것은 마스터 경지에 오른 상급 히든피스 유니크 스킬, 쉐도우 하이드(Shadow Hide)에 의한 결과.

그녀는 이미 예전, 아이템에만 의존하던 반쪽짜리 고수가 아니었다.

콰콰콰쾅!

동굴의 일각을 뒤흔드는 폭발음과 함께 터져나가는 암벽. 단순히 두 주먹으로 이룬 성과치곤 무서울 지경이다. 하지만 그 성과의 주인인 수한은 못내 불만이 많은 모양.

"아, 진짜 뭔 놈의 벽이 이렇게 많아?"

던전 내 함정(존재하지도 않지만…)을 헤쳐 나갈 능력도, 그렇다고 그럴 인내심도 없는 수한. 그는 대미궁의 중앙을 향한 지름길을 직접 만들어내는 방법을 선택했다. 오직 그만이 할 수 있는 무식하면서도 효율만땅의 방법. 덕분에 수한은 단시간에 대미궁의 중앙 근처까지 도달할 수 있었다. 다만 이 엄청난 효율성에 한 가지 불만이 있다면…

"에효~ 원래 이런 건 수하들이 해야 하는 건데… 명색이 보스인 내가 이 짓을."

―크흠~ 죄송합니다, 마스터.

―명목이 없습니다, 로드.

할 줄 아는 거라곤 저주, 그것도 생활저주(?)뿐인 리치, 토일. 데스 나이트 주제에 스켈레톤보다도 능력치가 뒤떨어지는, 한.때. 나인스타로까지 꼽히며 잘 나가던 시드.

현재 수한이 하는 파워풀한 굴착작업과는 너무나 동 떨어지는 존재다. 결국 일행의 선두에선 마왕이 주먹을 휘두르며 길을 내고, 그 뒤를 리치와 데스 나이트가 졸졸 따르는 행세다.

"에휴~ 뭐, 할 수 없죠? 그래도 혼자보다는 나으니깐."

약간의 불만이 있긴 하지만, 현실이 현실인 만큼 어쩔 수 없이 주먹에 힘을 주는 수한. 뭐, 솔직히 토일과 시드가 수한에게 도움이 되지 않는 것도 아니다. 비록 고렙 고수답게 어둠이 환히 보이긴 하지만, 던전 특유의 음산함 탓에 약간 간담이 서늘한 수한. 일반인보다 겁 많은 그에게 이렇게 말동무라도 돼주는 것만으로도 얼마나 큰 도움인지.

…물론 수한만의 비밀이다.

그런데 막 벽 하나를 뚫고, 재차 건너편 벽을 박살 내려는 찰나, 수한을 자극하는 그 무언가. 마치 그를 반기는 것 같기도 하고, 혹은 배척하는 것 같기도 한 기이한 기운. 수한의 몸을 휘감으며, 별의별 이상한 자극을 가한다.

…한 가지 분명한 사실은 썩 기분 좋은 느낌이 아니라는 점.

"뭐야? 이 끈적거리는 건… 이거 아무래도 제법 센 놈이 있는 거 같은데?"

웬만한 마물이나 마수가 아닌 한, 마왕인 수한에게 감히 접근조차 못한다. 비록 어둠의 숲에 접어든 이후, 마성을 주체 못해 덤벼드는 녀석들이 제법 많아지긴 했지만, 적어도 이렇게 노골적으로 기운을 내뿜는 존재가 없었다.

　─아무래도 보물들을 지키는 상급 가디언인 모양입니다.

　"역시 그렇겠지? 여긴 반지뿐만이 아니라 다른 것들도 쌓여 있다고 했으니."

　토일의 말에 더욱 확신을 가지는 수한. 하긴 이런 거대한 던전에 보스 급 존재가 하나 정도는 있어야 정상일 터. 수한는 내심 살짝 긴장하며 전의를 다졌다.

　뭐, 어차피 지금까지 패턴(?)을 보건대 쉽게 반지를 얻을 수 있다는 희망은 애초부터 가지지 않는 그이기에 별 불만은 없다. 단지 그 난이도가 조금이라도 낮길 바랄 뿐.

　"웃차, 그럼 다시 한 번……."

　콰콰콰콰쾅!

　재차 주먹을 말아 쥔 뒤, 통로개척 작업에 힘을 쓰는 수한. 그러다 문득 폭발음 사이에 뭔가 이질적인 기척이 감지된다. 이거 참, 자꾸 일하는 데 방해되게스리.

　"응, 이건 또 뭐야?"

　─로드, 누군가 접근합니다. 아무래도… 마물들이 아닌 것 같습니다.

　"오호~ 그래? 이거 반가운데."

　이곳에서 마물들이 아니라면, 필경 자신들보다 먼저 던전에 들어선 존재일 터. 잘하면 득템의 즐거움을 누릴 가능성이…

"…금 전에 무슨……."

"조심해야……."

"…경계를 한 뒤에……."

두런두런 말소리와 함께 수한을 향해 접근하는 몇몇 인영들. 적어도 말소리가 들리는 걸 보건대, 마물이나 마수가 아닌 인간, 혹은 유사 종족임에 분명하다.

그럼, 나름대로 준비를 해야겠지. 음흉한 미소를 지으며, 로브의 후드를 뒤집어쓰는 수한. 맨얼굴로 나서기엔 마왕으로서 위엄이 훼손된다는 생각인 모양이다.

그리고 그 판단은 전혀 엉뚱한 결과를 낳았다.

"억?! 너는?!"*2

"어어~ 당신은?"*2

"컥, 네놈들은?!"

서로 낯익은 얼굴들이라, 크게 당혹스러워하는 모습들. 설마 이런 곳에서 란슬롯과 그외 기타—엑스트라의 슬픔이라——를 만나게 될 줄이야. 나름대로 인연있는 자들이라, 반갑기도 하고 내심 찔리기도 한 수한. 반면 로빈과 란슬롯의 입장에선…….

수한을 놓친 탓에 결국 10년간에 공을 들인 길드에게 쫓겨나기까지 한 로빈.

수한이 벌인 '어둠의 탑' 사건으로 인해 제국의 병사와 기사 대부분을 잃고 그 자신도 렙따를 경험한 란슬롯.

　그 원한과 분노를, 그리고 저 가증스러운 검은 로브 차림을 어찌 잊을 수 있으랴?

　"이 저주받을 흑마법사! 그토록 많은 피를… 응?!"

　"역시 마족! 이런 곳에서 거주하며… 응?"

　수한을 향해 자신의 분노를 격렬히 분출하던 두 사람. 그들은 서로의 노호성에서 그제야 각자 수한과 악연이 있음을 깨달았다. 이에 서로 깊은 동질감을, 그리고 수한에 대한 분노를 한층 더 불태우기 시작하는 란슬롯과 로빈.

　"허어~ 마족이라고? 역시 용서받지 못한 존재. 신의 이름으로 그대를 심판하겠다!"

　"란슬롯님과 악연이 있는 흑마법사라면… 그렇군. 흑탑 사건의 주범이 너였어. 역시 마족. 대륙 내 모든 혼란을 네놈이 주도했구나!!"

　가뜩이나 악연이 있는 마당에 이젠 사명감까지 강림(?)한다. 이에 문답무용을 부르짖으며, 처음부터 전력을 다해 공세를 펼치는 두 사람.

　"마의 족속들에게 신의 분노가!!"

　성기사의 구호를 스킬명 대신 외치며 수한에게 달려드는 란슬롯. 홀리 웨폰으로 강화된 검을 앞세운 채, 홀리 오라로 온몸을 감싼 저돌적인 돌격은 수한조차 간담이 서늘할 지경. 거기에 로빈까지 가세한다.

"아이싱 멀티 애로우!!"

보우 마스터의 마법 화살 공격으로 수한의 눈만을 집중 공격하는 로빈. 어차피 자신의 공격이 수한에게 큰 타격이 되지 않음을 아는 탓에 신경을 분산시키는 것만이 목적이다. 하지만 지금과 같이 마족에 극성인 성기사를 상대하는 수한의 입장에선 귀찮기 그지없는 공격.

"윽, 이것들이……."

란슬롯의 공격을 회피하려는 찰나, 이루어진 화살 공격에 황급히 눈을 방어한 수한. 이어 그를 덮친 성속성 공격은 그의 입에서 절로 욕설이 튀어나오게 만든다. 하지만 마왕이 고작 성기사 한 명과 보우 마스터에게 당할 순 없는 노릇.

우우우우웅.

토일과 시드가 근처에 있는 탓에 십방장환을 쓸 순 없지만, 그렇다고 공격 수단이 없는 것도 아니다. 그리고 그 사실을 증명이라도 하듯, 수한의 양손에 생성되는 거대한 빛의 원반. 이어 란슬롯의 홀리 오라와 홀리 웨폰에 맞서, 무식하게 힘싸움에 들어가는 수한.

"크크크, 감히 나와 막싸움을 하다니. 그 용기가 가상해서 전력을 다해주마."

주위 시선을 의식해 마왕다운 강렬한 포스를 내뿜으며, 신법 따윈 쓸 필요도 없다는 듯 란슬롯과 정면으로 대치한 수한. 그의 양손에 생성된 장환은 이어 순수한 오러의 형태가 되어 란슬롯의 검과 방패를 감싸며 밀어붙이기 시작했다. 자신의 극성인 홀리 오라와 홀리 웨폰을 말 그대로 무시한 무식한 방법. 하지만 그것은 의외로 효과가 있었다.

아무리 불의 극성이 물이라곤 하지만, 그것은 어디까지 일반적인 경우. 만약 불의 힘이 월등하다면, 물이 도리어 증발되는 게 이치다.

마의 극을 이룬 마왕으로서 넘치는 마력을 말 그래도 퍼부은 끝에 성기사의 홀리 오라까지 집어삼키는 수한. 이에 광휘의 성광은 거대한 어둠에 덮여 꺼질 듯이 작아진다. 가히 미약한 선(善)을 유린하는 강성한 악(惡)의 모습이라……

하지만 강성한 악에 대항하는 선이 반드시 하나일 필요는 없다. 그렇다. 세상은 미약한 선을 위해 '다굴'이라는 개념을 널리 퍼뜨렸던 것이다.

"파이어볼!!"

콰콰쾅!

"크억?!"

정면에 오러를 집중한 탓에 미처 등 뒤를 신경 못 쓴 수한. 화염구의 작열과 함께 등 뒤에 제법 큰 타격을 입는다. 이에 분노에 찬 시선을 화염구의 주인에게 돌리자, 이번엔 정면의 란슬롯이 말썽.

"신이시여, 제게 힘을!!"

화아아악!

"크아아아악!"

수한의 기세가 잠시 주춤하는 틈을 타, 스스로에게 힐링 마법과 축복을 건 란슬롯. 그 여파에 어이없게도 수한이 타격을 입는다. 하긴 언데드의 군주 후보자에게 그보다 더 치명적인 공격이 어디 있으랴? 결국 계속 란슬롯을 밀어붙이는 대신, 한발 물러나 거리를 두는 수한. 이어 방금 전, 등판을 갈긴 공격자에게 분노의 광망을 드러낸다.

"으득, 감히 은혜를 원수로 갚다니……."

힐끔 쳐다본 거지만 방금 전, 공격이 누구의 것인지 모를 순 없다. 하긴 장내에 마법사라곤 팝콘밖에 없으니.

"야야, 대마도사라며? 그런데 이래도 돼?"

한편 팝콘의 난데없는 행동에 슬쩍 옆구리를 찌르는 레드. 그로선 얼마 전, 용병대에 끌어들이려고 애를 썼던 대상을 사정없이 공격한 팝콘의 행동을 도통 이해할 수 없는 모양이다. 이에 내심 머릴 흔들며, 팝콘은 철없는(?) 레드에게 작게 속삭인다.

"야, 사람이 줄을 잘 서야지. 마족하고 성기사가 싸우는데,

그럼 마족에게 붙으랴?"

다행히 레드는 이런 설명을 듣고도 이해 못할 둔탱이는 아니었다. 성기사가 선, 마족이 악. 이보다 더 확실한 이분법이 어디 있으랴? 레드는 방금 전까지의 혼란을 깨끗이 털어버리고, 팝콘의 행동에 적극 동참했다.

"좋아, 그럼 정의를 위해 싸워야지!!"

"야, 미쳤어?!"

힘차게 검을 뽑아 들어 무작정 수한에게 달려드는 레드. 그 열혈바보의 행동에 팝콘의 입에선 그저 한숨만 새어 나온다. 그리고 지극히 당연한 일이겠지만, 레드는 수한의 근처에 접근도 못한 채, 마왕과 성기사의 격렬한 충돌의 여파에 휘말려 저 멀리 튕겨져 나갔다.

"켁~"

"이그~ 내 저럴 줄 알았지."

마족이나 되는 거물을 상대하는 데 저리 생각없이 움직이다니, 정말 바보다. 그나저나… 우리 네 명이서 저 괴물을 상대할 수 있을까?

레드의 행동에 지끈거리는 머리를 부여잡으며, 란슬롯을 일방적으로 몰아붙이는 수한의 모습을 걱정스럽게 바라보는 팝콘. 가만히 생각해 보면, 방금 전 선택이 꼭 옳은 것이 아닐지도… 상대는 누가 뭐라 해도 드래곤과도 비견된다는 마족.

어찌 보면 처음에 오해했던 대마도사보다도 더 강한 존재인 것이다.

'이거 혹시 줄을 잘못 선 거 아니야?'

하지만 팝콘이 배신의 유혹에 몸을 맡기기 직전, 로빈의 고함 소리가 그를 인정사정없이 몰아붙인다.

"팝콘, 홀드 마법을 아나?"

"예? 아니요, 그런 상급 마법은 아직······."

"그럼, 슬로우는?"

"아, 그건 할 줄 압니다."

"그럼, 뭐 하고 있는 겐가? 어서 마족에게 걸어!"

"아, 예. 슬로우! 슬로우!!"

아직 레벨 200대의 마법사에 지나지 않는 팝콘이 마법을 걸어봤자, 마왕인 수한에게 무슨 소용이 있으랴? 하지만 예전 홀드 마법 때처럼 무작정 물량으로 밀어붙이니, 간혹 한 번씩 걸린다. 거기다 마왕 특유의 항마력으로 인해, 고작 1, 2초씩 유지되는 슬로우라 할지라도 약간의 빈틈을 만들기에 충분했으니··· 로빈이 노렸던 게 바로 그런 빈틈이었다.

피피피픽.

"아씨, 이게 정말!"

어차피 공격이 먹히지도 않는다는 생각에서인지, 아예 물량으로 밀어붙이는 화살 공세. 그러나 그 하나하나가 백발백

중 보우 마스터가 쏘는 것이라, 수한으로선 여간 성가신 게 아니다. 그리고 그런 성가심과 슬로우로 인해 잠시잠깐 느려진 몸을 끈덕지게 물고 늘어지는 성기사.

몸빵과 격수, 그리고 견제가 적절히 조화를 이룬 광경. 거대 길드의 길마였던 로빈이 레이드 전문 스페셜 리스트다운 면모를 마음껏 과시하는 순간이었다.

'역시 사람은 정의를 지켜야 해.'

전황이 다시 유리해지자, 자신의 선택이 탁월했다고 자화자찬하는 팝콘, 신이 나서 열심히 슬로우를 남발한다. 이에 란슬롯을 상대로 더욱 애를 먹는 수한. 이형환위를 쓰려고 해도, 타이밍이란 게 있는 법인데 이래서야…….

한편 세 사람이 제각기 역할을 분담해 수한을 몰아붙이자, 저 구석에 처박혔던 레드가 슬그머니 로빈에게 접근한다.

"저도 뭐 할 일이 없는 가요?"

전사 캐릭으로서 몸빵을 하거나 근접전을 벌여야 하는데, 격렬한 싸움의 여파로 도통 접근할 수 없는 레드. 그렇다고 가만히 손만 빨고 있자니, 정의감이 투철한—다른 말로는 단순무식이라고도 한다—그로선 도저히 견딜 수가 없다. 하지만 가뜩이나 수한을 견제하기 바쁜 로빈에게 그런 투정은 미치고 팔짝 뛸 노릇. 메인 몸빵이자 격수인 란슬롯이 위험하거나 밀릴 때마다 적절한 타이밍에 활을 날려야 하는데, 옆에서 자꾸 뭐라 꿍얼거리니 어찌 신경 쓰이지 않을 수 있겠는가?

"스크롤이나 찢게나!"

황급히 아이템창에서 뭔가 뭉치를 꺼내 레드에게 던져 준 로빈. 이어 재차 전황에 집중하며 화살을 날린다. 이젠 귀찮게 하지 않겠지 하며… 한편 레드는 로빈이 던져 둔 것을 확인하고, 크게 경악했다.

"으허~ 이건……?!"

대략 백여 장에 달하는 마법 스크롤들. 공격, 방어, 회복, 기타 가지각색의 마법들이 담겨져 있다. 이것들 전부 돈으로 치면 대체 얼마나 될지 상상조차 되지 않는 레드. 그런데 이런 걸 훌쩍 던져 주다니…….

"이햐~ 역시 재벌(?)은 다르구나."

비록 수진만큼은 아니지만, 제법 부자인 로빈. 레드같이 늘 빈털터리 유저로선 감히 상상조차 할 수 없는 재산인 것이다. 하긴 게임랭킹 4위에 거대 길드의 길마로서 10년 가까이 있었던 그가 빈털터리라면 그게 더 이상한 일.

어쨌든 이로써 레도조차 수한 공략에 끼어들게 되는데… 수한으로선 정말 미치고 팔짝 뛸 노릇.

란슬롯의 공세에 잠시 휘청거리면, 로빈의 화살 공격이. 거기에 시도 때도 없이 걸리는 슬로우는 기사의 단순 돌격조차 회피하기 어렵게 만들었다. 그리고 이젠 뒤죽박죽 마법 공격―비록 스크롤 뒤적이는 시간이 길긴 했지만―까지 이어지니… 수한의 짜증 지수는 한계점을 돌파할 수밖에 없다.

"으득, 이제 더 이상 못 참아. 십방장……!"

분노에 눈이 뒤집힌 나머지, 막 십방장환을 구현하려는 수한. 하지만 그 광경에 같은 편인 토일이 기겁한다.

―마스터, 참으십시오. 여긴 던전 안입니다!!

수한의 폭주에 놀라, 부랴부랴 소리치는 토일. 그의 외침에 꼭지가 잠시 돌았던 수한도 이성을 되찾았다.

"아차, 그렇지."

십방장환의 위력을 고려하건데, 이런 던전 안에서 터뜨렸다간 당장 매몰될 게 뻔하다. 그러면 제아무리 마왕이라도 생매장당할 판. 적어도 이곳에서만큼은 십방장환의 사용을 자제할 필요가 있었다.

…그런데 수한이 모여든 경력을 일소하며 잠시 어정쩡하게 서 있는 그 짧은 순간, 그것을 빈틈으로 활용, 재차 결정타를 날리는 란슬롯.

"힐링!!"

"크아아아악!"

밀고 당기는 팽팽한 공방전을 한 지, 십여 분. 설마 그 시간 동안 상대에게 뭐가 치명적인지 모를 리 없다. 하물며 랭킹 1위씩이나 되는 고수가 말이다.

이에 수한의 극성 중에 극성인 힐링을 퍼부어주는 란슬롯. 수한은 온몸이 찢기는 듯한 고통에 몸부림치며, 억지로 그와 거리를 벌렸다. 하지만 그 순간, 비정상적으로 느려지는 몸. 하필 그 순간, 슬로우에 걸린 것이다. 거기다 이 좋은 기회를 놓칠 수 없다는 듯, 간만에 자신의 최고 필살기를 날리는 로빈.

"익스플로젼 샷!"

콰콰콰쾅!

"크아악!"

스킬 발동까지 시간이 제법 걸린다는 단점을 충분히 상쇄할 만한 데미지. 힐링만큼은 아니지만, 수한에게 제법 큰 피해를 주었다. 그리고 그 충격에 비틀거리는 수한에게 재차 돌격하는 성기사, 란슬롯.

"이제 끝이닷!!"

이번에야말로 결정타, 혹은 마무리를 짓겠다는 듯, 란슬롯은 홀리 웨폰의 기운을 극성으로 끌어올렸다. 그리고 마침내 수한의 심장에 검을 찔러 넣는데… 수한에게 닥친 절체절명의 위기 상황!!

하지만 지금까지 누구도 간과한 사실이 상황을 완전히 뒤집어 버린다.

—스토머케이크(Stomachache:복통)!

"커억!!"

토일의 외침과 함께 갑자기 위장을 쥐어짜는 듯한 고통에 검까지 놓친 란슬롯. 그리고 그런 갑작스런 변화에 로빈 등이 경악하는 그 순간, 어느새 팝콘의 목에 검을 들이대는 시드.

—멈춰라. 움직이면 이자의 목숨은 장담할 수 없다.

"이런, 당했다."

로빈은 속으로 아뿔싸를 외치며, 자신의 실수를 통감했다. 마족 옆에 분명 리치와 데스 나이트가 있었건만, 워낙 존재감이 약해 그들을 잠시 잊은 것이다.

—마스터, 죄송합니다. 개입하기엔 저희들 실력이 워낙 부족해서… 계속 틈을 보고 있었습니다.

란슬롯에게 연신 저주를 걸며, 어리둥절해하는 수한에게 사죄를 하는 토일. 기사의 명예와 군주의 안위 사이에 갈등하면서도 팝콘을 더욱 확실히 제압하는 시드.

이에 로빈과 란슬롯는 이를 갈며 주춤 물러날 수밖에 없다. 그들로선 지금까지 마물들과 함께 싸우며, 수진의 야릇한 시선까지 공유했던 팝콘을 도저히 포기할 수 없었던 것이다. 결국 이로써 장내는 수한과 그의 패거리가 장악하는 듯 보였으니…….

하지만 장내엔 잊혀진 또 한 명의 존재가 있었다.

"에… 와일드 힐(Wild Heal)?!"

"크아아아악?!"

—크억!

—큭, 이건?!

한쪽 구석에서 스크롤이나 뒤적이던 레드, 얼떨결에 한 건한다.

비록 일반 힐링보다 회복량은 적지만, 그 적용 범위가 넓어 파티 전체 회복용으로 쓰이던 와일드 힐. 이번에 레드가 스크롤을 찢으며 구현한 그것은 수한을 비롯한 토일과 시드 모두를 뒤덮었고, 그들을 잠시잠깐 악성 피부 질환자로 만들기에 충분했다. 그리고 그 틈에 시드의 검에서 후다닥 물러서는 팝콘.

"으다다닷~ 저, 빠져나왔어요~"

"좋았어! 란슬롯, 회복계나 축복으로 마무리하시오!"

"예! 자, 이 사악한 족속들아! 너희들의 최후가……."

다시 한 번의 반전에 사기 만땅이 된 란슬롯과 그의 일당들(?). 로빈이 신이 나서 란슬롯을 부추겼고, 란슬롯은 더욱 감정이 고조되어 성기사의 대사를 남발한다. 그런데!! 그렇게 분위기가 업된 상황 속에서도 부동의 어리버리함으로 일을 개판으로 만드는 사람이 있었으니… 그의 이름은 레드라 하더라.

"에, 이게 뭐지? 그룹 텔레포트?"

우우우웅—

가만히 구경이나 하면 될 텐데… 하도 스크롤 많이 찢은 탓에 손이 심심한 나머지, 무의식적으로 또 하나의 스크롤을 찢어버리는 레드.

"악, 안 돼! 이 바보!"

"억, 설마 이건?!"

"신의 분노를……!'

자신을 감싸는 빛의 기둥에 비명을 내지르는 팝콘과 도저히 상황을 받아들일 수 없어 연신 설마를 중얼거리는 로빈. 그리고 성기사 모드에 취해 아직도 상황 파악을 못한 란슬롯. 그들은 황당해하는 마왕과 그의 수하들 앞에서 빛기둥과 함께 그대로 사라졌다.

"…쟤들 대체 뭐냐?"

점차 흩어지는 빛기둥의 잔재를 멍하니 바라보다, 뭐라 설명할 길이 없는 묘한 감정을 느끼는 수한. 자신도 모르게 혼잣말을 중얼거린다.

…그런데 그런 엉뚱한 물음에 대한 대답이 바로 등 뒤에서 흘러나왔다.

"아, 쟤들? 이번에 내가 구상한 던전 레인저 멤버들이야."

휘익—

마왕이 된 이후, 아니, 태을검선의 진전을 습득한 뒤, 누군가가 이렇게까지 접근할 때까지 눈치 못 챈 적이 있었던가?

수한은 절로 간담이 서늘해졌다. 그리고 등 뒤로 돌아봤음에
도 여전히 보이는 않는 상대에게 두려움마저 느껴졌다.

"누구냐?!"

"누구긴 누구야. 바로 나지."

바싹 긴장한 채 정체불명의 그 누군가에게 소리치는 수한.
그리고 그의 눈앞에서 서서히 일어서는 그림자. 그녀는…….

수한에게 절망과 좌절의 상징이자 수영과 더불어 가장 두
려워 마지않는 존재였으니.

"이히히히, 우리 한번 제대로 놀아볼까?"

"…수… 진 누나?"

Chapter 4

연패를 하다

세상엔 극성, 혹은 천적이란 게 존재한다. 즉, 그 어떤 강력한 존재라 할지라도 약점이 있다는 뜻이다. 그런 의미에서 볼 때, 세상 무서울 게 없어 보이는—물론 몇몇 괴물들을 제외하고—수한에게 현실과 게임 세상을 넘어 절대적 천적이 존재했으니…….

　"어, 어떻게 여기에……."

　"이히히히. 너도 이곳에 있는데, 내가 못 올까?"

　창작 활동의 일환이란 미명하에 늘 벗겨 먹으며(?), 수한으로 하여금 독립에 대한 욕구를 고취시키는, 어찌 보면 수한이 청제국에서 팔라스 연합으로 넘어오는데 지대한 공헌을 한 존재. 그녀의 이름은 바로 수진이라.

그런데 그런 수진이 팔라스 연합, 그것도 이곳 대미궁에 나타났다. 예전 청제국에서의 캐릭 모습 그대로인 것을 보건대, 설마 자신처럼 장백산맥을 넘어왔다는 건가?

"여긴 왜… 온 거지?"

머릿속으로 온갖 의문이 휘몰아쳤지만, 그중에서도 가장 절실한 의문. 수한은 뭔가 불길한 마음을 억누르며, 수진을 추궁했다. 그리고 그런 수한의 불안한 얼굴에 더욱 짙은 미소를 지으며―아, 어쩜. 저 아이는 저리도 겁먹는 표정이 귀여울까?―천천히 입을 여는 수진.

"글쎄, 내가 그걸 말해줄 이유가 있었던가? 이건 어디까지 게임이고, 나는 그것을 즐기는 것뿐인데. 내가 어딜 가서 무얼 하든 상관없잖아?"

말하는 뉘앙스는 그저 우연이라고 주장하는 듯하지만, 절대! 우연히 이런 곳에서 마주칠 리 없다. 만약 지금 상황이 우연이라면, 그것은 '작가의 농간'이라는 말로도 예단할 수 없는 그야말로 신의 장난일 터. 그리고 그런 사실을 누구보다도 잘 아는 사람이 바로 수한이다.

그래, 여기서 흥분하면 저 마녀에게 말려들 뿐이야.

"으득~ 좋아. 어차피 내가 뭘 묻더라도 제대로 된 대답은 얻을 수 없겠지. 서로 갈 길을 가자고."

　지금까지 겪은 온갖 고난과 역경이 아주 쓸모가 없던 게 아닌지, 눈앞의 천적에도 불구하고 냉정을 되찾은 수한. 이에 당황한 것은 수진이다.

　'어라? 얘가 이렇게 상황 판단이 빨랐던가? 이러면 재미없는데?

　수한을 놀리는 재미에 말을 질질 끌려던 것이 도리어 역효과를 낳았다. 이래서야 은근슬쩍 동행하려고 했던 그녀의 계획에 중대한 차질이……

　'안 되지, 안 돼. 내가 왜 이 일을 받아들였는데. 할 수 없지. 약간 억지긴 하지만……'

　"아아~ 잠깐~!"

　천적을 일별한 뒤, 서둘러 발길을 돌리려는 수한. 수진은 그런 그를 황급히 제지한다. 그리고 그녀의 주특기인 억지, 아니, 만물을 내려다보며 모든 상식을 거부하는 여왕(?)의 권능을 발휘하는데…….

　"계약을 잊은 건 아니겠지? 하루, 한 시간은 바로 내 것이란 것을."

　지금의 오피스텔을 마련하기 위해 진 막대한 빚, 그 이자를 대신해 수한은 하루 한 시간씩 수진의 자료집 모델이 되어왔었다.

…수한의 독립의 의지를 한없이 고취시키는 이유이자 모든 일의 발단이 된 계기 아닌 계기다.

"하아~? 그래서 매일 누나 집에 가잖아. 그런데 뭐가 문제야?"

수한으로선 당당하다. 게임을 하는 와중에 잠자는 시간까지 줄여가며 늘 수진의 집에 출근을 했었던 그다.

…적어도 약점을 잡히면 어떻게 되는지 잘 아는 탓.

그러나 수진의 억지는 그의 상상을 초월했다.

"아아, 그건 어디까지 현.실.에서의 하루를 기준으로 한 거고… 일단 이곳에 접속 한 이상, 하루의 기준이 달라지잖아?"

그녀의 말인즉, 'NEW WORLD'를 접속하는 것으로 기준으로 재차 하루 한 시간을 할애하라는 소리. 뭐, 아무리 봐도 뻔히 보이는 속셈이다. 게임에 접속하는 동안 내내 붙어 있겠다는 의도. 수한으로선 절로 이가 갈리는 헛소리였다!

"으드드득! 계약상엔 게임에서까지 그래야 된다는 이야기는 없었는데?"

이를 가는 건지, 말을 하는 건지. 어쨌든 자신의 내재된 분노를 마음껏 표출시키며 말하는 수한. 하지만 그런 마왕의 기세를 맨몸으로 받아내면서도, 수진은 빙글거릴 따름.

"그렇다고 그러지 말라는 이야기도 없었지. 자자, 포기하라고. 뭐, 정 안 되면 실력 행사를 하든가?"

"…정말?'

실수인지, 아니면 일말의 양심 탓인지, 마지막에 뭔가 미묘한 희망을 던져 주는 수진. 당연히 수한은 뭔가 미심쩍어하면서도 낚이고 만다. 그리고 이에 속으로 더 더욱 음흉한 미소를 짓는 수진.

"오호~ 자신이 있는가 보지? 하지만 네가 지면 하루 두 시간이란 걸 명심해."

"윽, 그런…….'

수진의 자신만만한 모습에 덜컥 겁이 나는 수한. 하지만 청제국 시절보다 적어도 두 배 이상 강해진 자신이 질 것 같진 않다.

'그래, 1년 전에도 내가 수진 누나를 압도했었는데, 그때보다 훨씬 강해진 내가 질 리가 없어.'

아무리 냉정히 전력을 비교해도 압도적으로 우세한 상황. 거기에 재차 이은 수진의 도발 아닌 도발은 수한으로 하여금 더 이상 고민할 수 없게 만든다.

"뭐, 하기 싫으면, 그냥 이곳과 현실에서 하루 한 시간씩…….'

"좋아, 한판 해보자!! 내가 이기면 딴말하기 없기야.'

가만히 있다간 정말 게임상에서도 하루 한 시간씩 저당 잡힐 판국. 결국 수한은 수진을 매섭게 노려보며 자세를 잡기 시작했다. 다행히 토일과 시드는 알아서 분위기를 파악을 했는지, 멀찍이 떨어진 상태. 수한은 마음 놓고 전력을 다할 여건이 마련되어졌다.

"크크크크, 난 이미 예전보다 훨씬 강해졌어. 아마 누나 정도는 한 손으로 이길걸?"

일단 수진과 싸운다고 생각하자, 자신감 만땅 상태가 되어 의기양양해하는 수한. 하긴 그의 생각엔 지고 싶어도 질 상황이 아니다. 그러나… 수진 역시 아무 생각 없이 이런 행동을 했을 리 만무.

"이히히히, 너야말로 착각하고 있구나. 내가 지난 1년 동안 놀았을 거 같니?"

"뭐?"

수진의 자신만만한 외침에 수한이 두 눈을 부릅뜨는 순간, 서서히 지면에 스며드는 수진의 신형. 아차 하는 순간, 수한은 그녀의 기척을 완전히 놓쳐 버렸다, 바로 코앞에서!!

"이건……?!"

마왕, 아니, 초월자인 자신에게서 이렇게까지 완벽하게 기척을 지워?

"어때? 이제 다리가 좀 후들거리지?"

당황하는 수한의 귀로 무협에서 흔히들 말하는 육합전성(六合傳聲)처럼 사방에서 들려오는 수진의 음성. 수한의 등 뒤로 그도 모르게 식은땀이 흐르기 시작했다.

"이런, 말도 안 되는……."

도저히 믿을 수 없는 상황에 감각을 집중해 보지만, 전혀 느껴지지 않는다. 그야말로 완벽한 은신. 최소 유니크 스킬의 능력이 아니고선 불가능한 일이다.

'칫, 오늘을 위해 제법 준비를 한 모양이군. 하지만… 어차피 아이템에 의존하는 이상…….'

내심 긴장의 폭이 높이며, 언제 어떻게 튀어나올지 모르는 수진의 공격을 경계하는 수한. 하지만 아직까진 일말의 여유가 있다.

수진은 자타가 공인하는 템빨의 지존. 즉, 본신 능력이나 스킬 대부분을 아이템에 의존했었고, 때문에 스킬 운용 시간이나 횟수가 스킬을 직접 익힌 것보다 제한이 많았었다. 그러니 초월자의 감각마저 속이는 이 사기 스킬 역시 그리 오래갈 리가 없다는 수한의 판단이다.

'후우~ 긴장을 풀고 장기전을 생각하자. 어차피 MP나 HP, 그리고 방어력, 공격력 모두 내 쪽이 월등해.'

청제국 시절에서조차 초월자와 비등한 능력치를 자랑하던 수한이다. 그런 그가 지금은 초월자가 되어 사기 스탯이 두 배나 늘어났다. 아무리 아이템으로 도배를 했다곤 하지만, 능력치의 압도적인 차이는 어쩔 수 없는 것이다.

…하지만 그런 뻔한 사실을 수진이 모를 리 없지 않은가?

파앗!

"그쪽이냐?!"

콰콰쾅!

순간적으로 좌측에서 튀어나온 그 무언가. 수한은 암중에 모아둔 경력으로 사정없이 내갈겼다. 그러나 기대했던 비명 성이나 신음성은 없고, 폭음만이 요란하게 터져 나올 뿐.

"어라?"

장력의 여파로 허망하게 사라지는 그 무언가를 바라보며, 수한은 어리둥절해졌다. 분명 뭔가 나왔었는데? 그러나 생각할 틈도 주지 않겠다는 듯, 재차 우측에서 튀어나오는 수진의 신형.

"윽, 방금 전에는 뭘 했는지 모르겠지만, 이번엔……."

이번에 재빨리 고개를 돌린 탓에 수진임을 확인할 수 있었다. 때문에 자신있게 장력을 날리는 수한. 하지만 이번 역시 그 결과가 허망하다.

피시식.

"어라, 이게 뭐야?! 어억?!"

장력과 마주치는 순간, 허깨비마냥 사라지는 수진의 신형. 그리고 수한이 헛손질하는 그 순간, 배에서 느껴지는 극악의 고통.

"말도 안 돼. 언제……?"

"이히히히히, 어떻게 된 게, 넌 그렇게까지 잘 속니?"

수한이 자신의 배에 꽂혀 있는 비수를 믿을 수 없다는 듯 바라보는 그 순간, 그의 정면에서 들려오는 수진의 비웃음 소리. 수한은 망연자실한 표정으로 그녀를 바라봤다.

자신의 배에 비수가 꽂힌 다음에서야 미약한 기척을 포착할 수 있었다. 거기다 방금 공격은 크리티컬이 정말 제대로 터졌는지, 금강불괴와 호신강기조차 무용지물. 전체 HP의 10% 이상이 날아갔다.

이제 수한은 더 이상 수진을 단순히 템빨 캐릭으로 취급할 수 없었다. 아니, 생사대적으로 취급해도 모자란 감이 있었다.

"으득, 좋아. 은신술 하나만은 확실히 인정해 주지. 거기다 크리티컬을 제대로 노리는 걸 볼 때 칼질 연습을 제법 한 것 같아. 하지만……."

우우웅―

대충 해서는 절대 수진을 이길 수 없음을 확실히 깨달은 수한. 호신강기를 더욱 견고히 구축, 자신의 모든 몸을 감싸 안았다. 마치 바늘 하나도 허용할 수 없다는 듯. 거기에 덧붙여 양손에 큼직한 장환까지 소환하는 수한.

'일단 은신을 하면 정말 방법이 없어. 그러니 단 일격으로

끝을 내야 한다.'

수진의 기척을 그나마 느낄 수 있는 것은 오직 자신을 공격하는 그 찰나의 순간뿐. 그러니 지금 상황에선 살을 주고 뼈를 벤다는 식의 무식한 몸빵 특공만이 최선이다. 하지만 그렇다고 수진의 공격을 여러 번 허용하기엔 그 데미지가 결코 만만치 않았으니… 수진을 만나기 전, 란슬롯 등에게 워낙 크게 당한 탓.

다시 말해, 수한은 단 일격만 허용하고, 수진을 확실히 격살할 생각이었다.

…문제는 그런 수한의 생각이 뻔히 보인다는 거지만.

"오호~ 그런 식으로 나온다고? 그럼, 나도 전력을 다해야겠네?"

스스스슥—

시퍼렇게 빛나는 호신강기에 둘러싸인 채, 파괴의 총체인 장환을 들고 바싹 긴장하고 있는 수한. 그 모습이 도리어 귀엽다는 듯, 수진은 은신을 풀고 자신의 모습을 드러낸다. 물론 그냥 드러낸 게 아닌, 약간의 꼼수를 부리면서.

"…이게 뭐지?"

자신을 둘러싼 열여섯 명의 수진을 바라보며, 수한은 허탈해졌다. 제각기 다른 움직임과 기척으로 마치 실체같이 느껴지는 열여섯 개의 개체. 예전엔 이런 기술이 없었는데… 거기다 아무리 유니크 아이템이라도 이런 것까지 구현한다는 건… 설마…….

"수진 누나… 혹시 이것도 아이템 옵션에 의한 거야?"

"그럴 리가! 이건 어디까지 내가 익.힌. 스킬이야."

"…혹시 직업이 뭔지 알 수 있을까?"

직접 익힌 스킬이란다. 그렇다면 예전처럼 아이템에 전적으로 의존하던 때와는 달리 직업도 얻어, 그에 따른 부가 능력치 상승과 특화 스킬을 익혔다는 의미. 템빨의 힘만으로 이미 1년 전, 청제국 십대고수 중 세 손가락 안에 들던 그녀가 직업까지 얻었다면…….

다행인지 불행인지, 수한을 애태우지 않고 이번만큼은 바로 대답해 주는 수진.

…그러나 차라리 듣지 않는 편이 나았다.

"'닌자' 야."

"……."

독문병기이자 여왕의 증표(?)인 채찍을 무기로 옥화편제(玉花鞭帝)라 불리던 여자가 이젠 닌자? 뭐, 그것도 나름대로 어울리긴 하지만… 아니지, 지금은 이럴 때가 아니다.

"그런 직업이 있다는 소린 듣지 못했는데?"

"히히히히히~ 히든피스거든. 청제국의 자객 상급 스킬 세 개 이상을 익힌 상태에서 팔라스 연합의 상급어쌔신이 되면

이 직업을 얻게 돼. 그리고 직업 특화 스킬로 방금 전까지 널 애먹인, 은신술의 최고봉이라는 '쉐도우 하이드'과 지금의 '분신술'을 습득하지. 참고로 닌자는 '무황(武皇)', '대마도사(Arch Mage)'와 함께 삼대 사기 직업 중 하나니깐… 각오하는 게 좋을 거야."

"그런……."

대체 무슨 수로 그런 황당한 일을 해낼는지는 중요한 게 아니다. 그저 지금 이 순간, 자신이 저주 캐릭임을 다시 한 번 절감할 뿐. 왜 자신이 상대하는 녀석들은 전부 사기캐릭들뿐이란 말인가?

*　　　*　　　*

"하아~ 미치겠네. 하라는 일은 안 하고 뭐 하는 짓인지… 아주 쌍으로 삽질을 하는구나. 루나를 그렇게 닦달해서 직업하고 스킬을 얻더니, 고작 한다는 게……."

모니터, 수한의 시선을 통해 수진의 삽질을 바라보는 수영. 그녀의 입에선 한숨 소리가 그칠 날이 없다.

*　　　*　　　*

"자, 설명은 충분히 들었지? 그럼, 간다!"

열여섯 명의 수진이 동시에 입을 열자, 장내가 들썩이는 듯하다. 이어 자신의 운빨에 절망하는 수한에게 달려드는 그들의 모습은 그야말로 검은 해일. 수한의 입에선 절로 욕설이 튀어나왔다.

"젠장!"

상대는 높은 민첩 스탯과 헤이스트(Haste)를 남발해 자신의 이형환위에 버금가는 움직임을 보이는 존재. 어설픈 회피는 도리어 빈틈만을 보일 뿐이다. 하물며 지금처럼 실체와 구분이 안 가는 열다섯 개의 분신까지 달고 있는 상황이니.

"으아아아! 이건 어떠냐?!"

파파파파파팡!

비명 같은 기합성과 함께 수한이 양손을 부지런히 놀리자, 좌우사방팔방을 뒤덮은 손 그림자. 십방장환만큼은 아니지만, 범위방어계 스킬 중 1, 2위를 다투는 장막이다. 이에 수한을 향해 달려들다, 혀를 차며 뒤로 훌쩍 물러서는 열여섯 명의 수진. 하지만 그녀가 근접전만 고집할 필요가 있었던가?

"칫, 그렇게 나온다 이거지? 체인 라이트닝(Chain Lightning)!!"

"으캬캬캬캬~"

아이템에 달린 옵션 스킬을 간과한 탓에, 수한은 피할 틈도 없이 짜릿한 전기 찜질을 당해야 했다. 그나마 마왕의 특징인 항마력으로 그 데미지가 적긴 하지만 아픈 건 아픈 거다.

결국 온몸을 짜릿하게 만드는 아픔에 자신도 모르게 테크노 댄스를 추는 수한. 기껏 구현한 장막은 그렇게 깨졌고, 그 모습에 옳다구나 하고 달려드는 수진.

"이히히히, 어디 한번 막아봐! 헬파이어!!"

한번 마법으로 재미를 보자, 육박전 대신 이번에도 재차 큼직한 화염구를 집어 던진다. 이글거리는 헬파이어의 열기는 그야말로 공포 그 자체. 하지만 방금 전, 광격 공격 스킬인 체인 라이트닝과는 달리 단순한 움직임인 헬파이어는 비교적 회피가 쉬운 마법 공격이다.

"으다다닷!"

마왕 체면이고 뭐고 후다닥 몸을 날려, 헬파이어를 피한 수한. 간발의 차이긴 하지만, 헬파이어의 영향권에서 벗어나 재차 자세를 잡을 수 있었다. 하지만 이미 그의 등 뒤엔 서너 명의 수진이 장악한 상태였으니.

"이히히히~ 어서 와."

배후에서 들리는 하이소프라노의 합창에 절로 식은땀이 흐르는 수한. 하지만 난전의 스페셜 리스트답게 쇄도하는 세 개의 단검을 본능적으로 회피한 뒤, 장력을 내갈겨 반격한다. 그러나 어차피 확률은 3/16. 안타깝게도 꽝이다.

피식~

"크윽~ 분신인가?"

수한의 장력에 피식 꺼져 버리는 수진. 그리고 절망스럽게도 재차 생성되는 또 다른 수진의 신형들. 눈앞에서 다시 생성된 분신들이건만, 너무나 사실적인 움직임과 기척을 보여 도저히 실제와 구분을 할 수 없다. 왜 분신술이 유니크 스킬인지 절실히 느낄 수 있는 대목.

"이히히히, 뭐야? 제대로 못해?"

분신을 상대로 허우적(?)거리는 수한의 모습에 마음껏 비웃음 터뜨리며, 의기양양해하는 열여섯 명의 수진. 수한은 불현듯, 지금 상황에 부조리를 느끼며 이를 악물었다. 그리고 그 분노를 수진들을 향해 터뜨리는데.

하지만 정작 수진은 분신들만을 조종해 수한을 약 올리거나, 간간이 원거리 마법 공격을 할 뿐이다. 하긴 죽으면 캐릭삭제인 수한을 상대로 전력을 다할 순 없지 않겠는가?

…하지만 그런 방심이야말로 치명적인 실수!

"이히히히히~ 헬파이어!!"

분신으로 눈앞을 가린 뒤, 정작 뒤에선 헬파이어를 던지는 수진. 만약 수한이 이형환위를 익히지 않았다면 진작 통구이가 될 완벽한 파티(?) 플레이다.

그러나 그것도 한두 번이지, 서너 번이 넘으면 누구나 패턴을 눈치 채는 게 당연지사. 조금 멍청하고 우유부단하며 폼 잡기를 잘하지만, 적어도 바보가 아닌 수한인 것이다(어이, 어 이…).

"크크크, 좋아, 거기구나!!"

아무리 실체 같은 분신이라도 스킬까지 진짜를 구현할 수 는 없는 법. 눈앞의 분신을 처음부터 무시한 채, 등 뒤의 분신 들에게만 집중하던 수한. 그는 재빨리 헬파이어를 피한 뒤, 조금 전 마법을 구현한 수진을 향해 신형을 날렸다. 이에 당 황한 수진은 분신들 사이에 끼어들려고 하지만 일단 그 움직 임이 포착된 이상, 천하제일고수였던 수한의 동체시력에서 어찌 벗어나랴?

퍼억!

"까아아악～"

스킬을 시전할 시간조차 아깝다는 듯, 돌진하는 속도 그대 로 수진의 배를 들이받아 버리는 수한. 그 충격에 수진의 분 신들은 일제히 사라졌고, 수한은 이에 쾌재를 부르며 싸움의 방향을 근접전으로 몰아넣는다.

애초부터 암습에 능한 어쌔신인 수진, 자연 정면 대결에 약 할 수밖에 없다(어디까지 상대적인 거지만…). 반면 수한의 주 공은 권법. 근접전이야말로 그의 가장 큰 장기가 아니던가?

콰당! 퍼억. 퍼퍽.

"켁! 실수를……."

비틀거리는 수진의 멱살을 잡아 그대로 바닥에 내리꽂은 뒤, 재차 정권을 날리는 수한. 이어 정말 사정없이 수진을 두들겨 팬다. 지금까지 당한 모든 분풀이를 한다는 듯, 인정사정이 없는 수한. 상대가 여자니 뭐니 하는 문제는 애초에 논외다.

"크카카카! 뭐야? 싱겁잖아, 누나? 설마 이게 끝이야?"

생전 처음으로 느끼는 통쾌함에 웃음을 주체 못하는 수한. 샌드백 신세를 면치 못하는 수진을 비웃으며, 기어이 광소를 터뜨린다.

…하긴 얼마나 좋겠는가?

하지만 아까도 말했다시피 방심이야말로 가장 큰 적이었으니… 아주 쌍으로 같은 실수를 두 사람.

"애, 앱설루트 실드(Absolute Shield)!!"

따앙~

"악!!"

막 결정타를 날리려던 찰나, 수한의 주먹을 가로막는 반투명막. 수한은 방어력 50,000의 벽과 충돌해 퉁퉁 부은 손을 부여잡으며, 팔짝팔짝 뛸 수밖에 없다. 스킬을 썼다면 모를까, 두들겨 패는 재미에 그냥 맨주먹—그래도 공격력은 5,000이 넘는다—으로 때렸으니 당연한 일. 그리고 그것은 수진이 블링크를 써, 재차 모습을 감추기에 충분한 시간이었다.

"으득, 수한아. 네가 감히……."

방금 전처럼 감쪽같이 은신한 상태에서 거칠게 이를 가는 수진. 수한은 그제야 자신의 실수를 통감했다. 단 일격에 끝을 내기로 해놓고, 화풀이에 정신이 팔려 크나큰 실수를 한 것이다. 이런 경우를 뭐라고 해야 하나? 적절한 예인 줄은 모르겠지만, 상처 입어 분노한 호랑이를 깊은 산에 그대로 풀어 준 격.

"하, 하하하. 수진 누나, 이제 할 만큼 했으니 끝내는 게 어때? 솔직히 히트 포인트(?)는 내가 많이 쌓았잖아."

어떻게든 상황을 모면하기 위해, 말도 안 되는 게임 방식을 도입하는 수한. 하지만 수진이 받아들일 리 없다.

"문답무용(問答無用)!"

수한의 말을 씹으며 그의 눈앞에서 재차 형성되는 열여섯 명의 수진. 이어 일제히 수한을 향해 돌진한다. 덕분에 열여섯 명의 수진에게 다굴당하는 입장이 된 수한. 물론 열여섯 명 모두가 실체가 아닌 이상, 공격 데미지는 일 인분(?)이겠지만, 수한이 느끼는 압박감은 가히 절망 수준이다. 거기다…

"오호호호호~"

짜자자작.

드디어 자신의 독문병기를 꺼내 든 수진. 분신들과 함께

3m 채찍을 들고, 사방에서 수한을 공략한다. 일단 스킬을 쓰지 않는 한, 분신들의 공격 역시 실체처럼 보였고, 워낙 멋에 치우친 화려 만발한 공격이기에 허실을 구분하기는 더 더욱 어려운 상태. 결국 수한은 밀려드는 채찍의 물결에 온몸을 맡기는 신세가 되었다.

…그렇다고 해서 딱히 데미지를 입는다는 건 아니다. 스킬도 쓰지 않고, 마구잡이로 공격해 봤자 수한의 호신강기, 금강불괴를 뚫기엔 택도 없는 일. 신나게 얻어맞는 것 같지만, 솔직히 수한으로선 간지럽지도 않은 공격들이다.

'그래도 기분은 아주 더럽지.'

지금의 채찍 난무는 어디까지 화풀이성 공격. 수진도 애초에 수한에게 데미지를 입히려는 게 목적이 아닌지, 스킬운용을 끝끝내 하지 않는다. 그래서 더 더욱 수진의 실체를 찾지 못하는 수한. 그저 멍하니 채찍을 맞으며, 기회를 노릴 수밖에 없다. 그러나… 그것도 10분이 넘어가자, 못할 노릇이다.

"크흠~ 이제 화가 풀린 것 같은데… 내가 이긴 걸로 하면 안 될까?"

별다른 변화가 없이 계속 이어지는 채찍 공세에 슬그머니 속내를 드러내는 수한. 데미지가 없다곤 하지만, 계속 맞아주기엔 기분이 묘한(?) 탓이다. 그런데… 뭔가 좀 이상하다?

"어라, 가만… 숫자가……."

수한을 둘러싼 채, 열심히 채찍을 휘두르는 수진들. 그런데 그 숫자가 열다섯 명밖에 없다? 그렇다면 설마…….

누차 얘기하는 거지만, 방심만큼 큰 적은 없었다.

"이히히히히~ 이런, 수한아, 아무래도 내가 이긴 것 같은 데…….."

수한의 등 뒤에서 들리는 싸늘한 음성. 그리고 목에 느껴지는 차디찬 비수의 감촉.

'당했다!'

애초에 수진을 자신과 같은 수준(?)이라 착각한 게 패착이었다. 단순히 화풀이라고 생각했던 게 오히려 미끼였다니.

"자~ 이 거리에서 급소를, 그것도 크리티컬 확률 90%인 스킬 시전 중에 당하면 대체 어떻게 될까? 신중히 생각해라, 수한아."

겉으론 자상하게 권유하는 듯하지만, 수한에게 지옥 아수라의 울부짖음이라… 이대로 패배를 인정해? 하지만 그랬다간 하루 두 시간씩 노리개(?)가 되어야 한다. 그것도 게임 속에서까지!!

분노와 좌절, 공포. 수한의 얼굴이 다채롭게 인생 행로의 일면을 보이며, 갈등에 갈등을 거듭한다. 그리고 마지막 순간, 마침내 결단을 내리는 수한.

"좋아, 내가 누나를 이.길. 수 없다는 걸 인정하지."

"오~ 그럼, 이젠 하루 두 시간?"

의외로 수한이 쉽게 패배를 인정하는 기색을 보이자, 왠지 시원섭섭한 수진. 이왕이면 좀 더 놀고 싶은 그녀로선 수한의 패배 선언이 마냥 반갑지는 않은 모양이다. 하지만 수영이 시킨 일도 있고 하니. 뭐, 이 정도에서 끝내볼까?

그러나… 수진의 생각과는 달리, 수한이 그리 호락호락 포기할 인물이던가?

"아니, 그렇다고 내가 졌다는 것도 아니거든. 역소환!"

ㅡ마스터?

ㅡ로드, 설마?!

뭔가 심상치 않은 아우라를 내뿜는 수한. 자살특공대의 이판사판 포스를 내뿜는 그는 만류하는 토일과 시드를 무시한 채, 자신의 아공간으로 역소환했다. 그리고 그 광경에서 그제야 뭔가를 깨달은 수진.

"어? 너… 너… 설마……."

"크크크크, 이번 승부는 무승부로 하지. 만약 살.아.남.는.다.면."

"안 돼!"

양손을 서서히 펼치는 수한의 모습에 황급히 그의 입을 틀어막으려는 수진. 하지만 수한의 외침이 좀 더 빨랐다.

"십방장환 트리플!!"

콰콰콰콰콰콰쾅!

'하아~ 설마 했지만…….'

다스어벤저는 자신의 옆에 서 있는 거대한 얼음 기둥을 바라보며, 내심 절망했다. 도무지 그 끝이 보이지 않는 능력. 대체 이자의 한계는 어디까지란 말인가?

"자아~ 이제 귀찮은 녀석은 처리했으니, 전리품을 챙겨볼까?"

다스어벤저의 좌절의 원인인 리버스. 그는 얼음 기둥을 톡톡 두들긴 뒤, 장난스러운 어조로 등 뒤를 가리켰다. 그리고 그의 등 뒤에 있는 건…

"허어~ 이거 대체……."

세상에 놀랄 게 없다는 대마도사, 길란드의 입을 쩍 벌어지게 만든 광경. 말 그대로 산더미같이 쌓여 있는 아티팩트들과 보물들이다. 황궁의 보물창고, 아니, 드래곤 레어의 그것도 눈앞의 이것에 비하면 하찮게 느껴질 정도.

"흑마법사가 멸절하고 고위급 마족이 더 이상 지상계를 나올 수 없게 되자, 주인들을 찾지 못한 무구들, 즉 마기를 품은 아티팩트들이 지난 50년간 이곳에 집결했지. 여기 있는 하나하나가 전부 나름대로 영성을 지닌, 최소한 레어급 물건들이야."

"아무리 50년이라지만, 어떻게 이런 많은 양이……."

리버스의 설명을 들었지만, 그렇다고 해도 너무나 엄청난 양. 길란드의 생각엔 대륙의 모든 레어급 아이템을 모은다 해도 이 정도는 되지 않을 것 같았다. 하지만…

"큭~ 뭐, 그렇게 생각할 수도 있지. 하지만 이곳이 어딘지 생각한다면, 이해가 갈 텐데."

"아, 그렇군요."

리버스의 알 듯 모를 듯한 말에 그제야 이해가 간다는 듯, 길란드는 고개를 끄덕였다.

그렇다. 이곳은 단순히 '대미궁'이라는 이름으로 일개 던전 취급을 할 수 없는 장소. 바로 마계와 지상계의 접경 지역, 어비스의 미궁(Labyrinth Of Abyss)이자 세상의 모든 주인없는 마속성 아티팩트를 보관하는 마족들의 보물창고인 것이다. 거기다 방금 전까지 이곳을 지키던 가디언을 생각할 때, 어찌 보면 이 정도는 당연한 물량일지도.

─뭐, 확실히 대단하긴 하군. 하지만 정작 쓸 만한 물건은 없는 것 같은데…….

한껏 흥분하는 길란드에게 찬물을 끼얹으며 분위기를 요상하게 만드는 다스어벤저. 그러나 그의 불퉁거림이 영 틀린 말도 아니다.

산더미같이 쌓인 아이템들이 눈앞에 있긴 하지만, 그 대부분이 마(魔) 속성에 특이한 능력치를 요구하거나 착용 제한을 지녔고, 혹은 극악의 저주가 걸려 있는 상태. 적어도 다크 엘프인 디엘을 제외한 나머지 사람들이 쓸 수 있는 물건은 없었다. 즉, 디엘이나 전리품을 챙길까, 나머지 사람들은 빈손으로 돌아가야 할 판.

하지만 정작 그런 다스어벤저의 불평은 다른 일행들에게 공허하기 그지없었으니. 애초에 그들이 이곳에 온 것은 그런 단순한 득템 목적이 아니지 않은가?

"피식~ 뭐 대충 뒤져 봐. 혹시 모르잖아? 그럼, 난 나대로 할 일을 해볼까? 탐색!"

다스어벤저의 어리광(?)을 무시한 채, 탐색 마법을 시전하는 리버스. 재차 강림하는 '그분' 모드에 사람들은 후다닥 뒤로 물러선다. 그리고 그렇게 1분 정도, 원하는 물건을 탐색하던 리버스는…

"어라, 없어?"

"예? 그게 무슨 말씀입니까?"

뭔가 당혹스럽다는 듯, 입가의 미소를 지우는 리버스. 그리고 그런 그의 말에 당사자보다 더 경악하는 길란드. 이에 한참 아이템들을 뒤적이던 다스어벤저도 슬그머니 관심을 가진다. 대체 무슨 물건이기에, 저 만능괴물과 템빨 사기 마법사 녀석이 당황하는 거지?

"흐흠~ 이거 예상치 못한 일인데… 설마 지상계에 '그것' 을 감당할 정도의 고위급 마족이 남아 있다는 건가?"

"설마, 그럴 리가요? 항마전쟁 이후, 마물은 넘어가도 마족 과 흑마법사만은 절대 용납하지 않았던 게 벌써 50년이나 됩 니다. 그런데 어찌……."

"아니, 내가 잘못 생각했어. 아무리 토벌을 한다고 해도, 작심하고 숨어든 존재까지는 무리야. 거기다 '삼대재앙' 녀 석들 고려했어야 했는데……."

"설마, 그들이……?"

다스어벤저의 의문을 더욱 증폭시키는 리버스와 길란드의 대화. 다스어벤저의 두 눈은 더욱 깊게 빛나기 시작했다. 하 지만 더 이상 정보를 줄 수 없다는 듯, 입을 꾹 다무는 두 사 람. 결국 장내엔 오직 그림자의 아이템 뒤적이는 소리만 울려 퍼진다. 그리고 그렇게 시간이 지나 그림자가 마음에 드는 아 티팩트를 찾은 듯, 일행에게 다가오자 그제야 입을 여는 리버 스.

"아무래도 팀을 나눠야겠군."

"예? 하지만……."

"아니, 다른 것의 위치는 이미 파악됐지만, 이곳에 있어야 할 '그것' 은 어디 있는지 몰라. 자칫 시간이 부족할 수도 있 어."

―이봐, 대체 무슨 소릴 하는 거야?

리버스와 길란드들만의 대화에 참다못해, 결국 끼어드는 다스어벤저. 하긴 아무것도 모른 채 이곳까지 온 그의 입장에선 복장이 터질 수밖에. 다행히 리버스는 계속 그를 무시할 생각이 아닌지, 그를 향해 고개를 돌렸다. 다만 문제가 있다면, 다스어벤저가 원하는 대답 대신 엉뚱한 말만 한다는 점.

"흐흠~ 이곳까지 왔는데, 그냥 가기 섭섭하지?"

―…무슨 소리지?

"아까 들었다시피, 우린 이곳에 어떤 물건을 찾기 위해 왔지. 그런데 지금 확인해 보니, 그게 없어. 이거 참, 곤란하다고 해야 하나? 하지만 그렇다고 빈손으로 가기엔 좀 아쉽잖아?"

―…그래서?

도통 알 수 없는 말을 하는 리버스. 그러나 그의 말에서 뭔가 느낀 다스어벤저는 잠자코 맞장구를 쳐준다. 이에 신이 난 건지 몸을 폴짝 날려, 아이템의 산에서 뭔가를 집어 든 리버스. 그는 재차 다스어벤저에게 다가가 손에 든 그것, 사악한 기운이 넘실거리는 작은 반지를 가리키며 말을 이었다.

"뭐, 별건 아니고… 작은 전리품이라도 가져가야 적자가 아니라는 거지. 예를 들어 이렇게… 절대정화(Absolute Purification)!"

파아악!

다스어벤저의 눈앞에서 일순 터져 나오는 눈부신 빛의 향연. 그리고 그 찬란한 빛의 유희가 끝났을 땐, 리버스의 손에 있던 반지가 환골탈태(?)한 뒤다.

—이건…….

방금 전까지 음침 사악한 오라를 내뿜으며, 꼈다간 바로 저주라도 걸릴 것 같던 반지. 그러나 지금은 보는 것만으로도 상쾌한 기분이 드는 웰빙(?) 반지로 변했다. 그리고 그런 변화에 누구보다도 경악하는 다스어벤저.

'하아~ 아이템의 속성마저 바꿀 수 있다는 건가? 대체 이 녀석이 못하는 게 뭐지?'

하지만 다스어벤저의 그런 혼란스러운 마음도 모른 채, 뭔가 수상한 제의를 하는 리버스.

"훗, 일단 한번 껴봐. 제법 마음에 들 거야."

—음~

뭔가 불안하지만, 리버스의 강요 아닌 강요에 결국 다스어벤저는 반지를 낄 수밖에 없었다. 그리고 반지를 끼는 순간 그의 전신을 감싸는 마나의 포만감. 이건……?

"뭐, 대충 손을 좀 봤지. 아마 마나 총량이 증가하고 스킬 시전 시 마나 소모가 최소화되었을 거야. 자, 어때, 내 선물이?"

—…….

리버스의 자신만만한 말에 다스어벤저는 잠시 할 말을 잊었다. 비록 최상급 아이템이 지닌 부가 스킬이나 다양한 옵션은 없지만, 적어도 그에겐 너무나 절실한 내용들. 하지만 그렇게 최고의 아이템을 얻었음에도 순수하게 기뻐할 수가 없는 그다.

'…설마 알고 있는 건가? 내가 '그것' 때문에 고민한다는 걸? 아니면 그냥 우연히……?'

리버스가 자신의 비밀 무기의 존재를 아는 듯하자, 다스어벤저는 내심 절망했다. 이제 이 괴물을 이길 방법은 없다는 건가? 하지만 그런 다스어벤저의 심정을 아는지 모르는지, 재차 자기 할 말만 하는 리버스.

"자자~ 그럼, 선물도 받았으니깐 내 작.은. 부탁 하나 정도는 들어줄 수 있겠지?"

—……?

"뭐, 별건 아니고… 이곳에 있었던 어떤 물.건.을 찾아주는 거야."

—……!

리버스의 말이 채 끝나기도 전에, 다스어벤저의 머릿속에 섬광 같은 깨달음이 스쳐 지나갔다. 자신에게 부탁을 한다? 세상 그 어떤 일도 해낼 것 같은 완벽한 녀석이?

'…아직 기회가 있다.'

그렇다. 눈앞의 만능괴물도 전지전능한 존재는 아닌 것이다. 그렇다면… 언젠가 이 괴물도 빈틈을 드러내리라.

─크크크. 좋아, 어떤 물건이지?

"응, 그러니깐… 대충 이 정도 크기의 '단검' 이라고 할까?"

두 손으로 대충 어림짐작 크기를 보여주는 리버스. 그러나 정작 그 단검의 정체나 그 효용에 관해서 입을 열지 않는다. 물론 다스어벤저도 어설프게 그것을 묻지 않았다. 대신 지금 상황에서 가장 중요한 것을 물을 뿐.

─단서는?

리버스가 시간 부족을 이유로 찾지 않은 물건이다. 즉, 시간만 충분하다면 찾을 수도 있다는 의미. 자연 그 단검을 찾을 수 있는 방법도 알고 있으리라.

"아, 그건… 잠깐만, 어디 보자. 옳지, 이게 좋겠다."

품 안에서 한참 뭔가를 뒤적거리던 리버스, 이내 뭔가를 꺼내 든다. 그리고 그의 손에 있는 건… 바늘과 실.

─…그게 무슨 의미지?

"하하하하. 미안, 미안. 적당한 게 없네. 하지만… 이걸 이렇게 해서……."

스스로 생각해도 민망한지, 서둘러 바늘과 실로 뭔가를 하는 리버스. 이윽고 그가 공들인 작품이 선보여진다.

—…그래 봤자 바늘 중간에 실을 묶은 거뿐이잖아?

"하하하. 옛날엔 이게 나침반 대용이었다고."

—…그래서 그 원.시.적.인 나침반으로 뭘 어떻게 하라는 거지?

리버스의 손에 매달려 있는, 궁상의 극을 달리는 나침반을 바라보며 어이없어하는 다스어벤저. 대체 장난하는 것도 아니고. 하지만 리버스의 손이 재차 빛을 발하자, 그의 두 눈은 순간 번뜩인다.

"설정 인식(Feature Cognizance)!"

파아아악—

빛무리를 뒤집어쓴 뒤, 재차 드러난 바늘과 실, 아니, 어설픈 나침반. 비록 겉모습은 크게 변한 건 없지만, 은은히 성광을 내뿜는 것을 보건대 그 때깔이 조금 전과 확연히 다르다.

"후우~ 이제 이건 단순한 나침반이 아니라, 단검 전용 위치 포착 레이더야! 보는 방법은 알고 있겠지? 바늘의 끝을 따라가면, 언젠가(?) 나올 거야."

—클~ 별로 마음에 들지 않는 작명 센스와 설명이군. 그나저나 꽤나 부실해 보이는데, 괜찮은 건가?

"아아~ 걱정 마. 이래 봬도 내구도는 무한이니깐. 드래곤의 브레스 앞에서도 멀쩡할걸."

—뭐, 그렇다면야…….

벌써부터 남쪽을 향해 꼿꼿이 가리키는, 하지만 너무 건성으로 만든 티가 팍팍 나는 레이더. 하지만 지금껏 보인 리버스의 능력을 고려하건대, 그리 걱정할 필요가 없을 것 같다.

"자, 그럼… 이만 팀을 나눠볼까? 길란드와 내가, 그리고 다스와 디엘이 당분간 한 팀으로 행동하는 거야. 어때 불만 없지?"

─응? 나와 그림자가?

리버스의 말이 약간 의외인지 고개를 갸웃하는 다스어벤저. '계약자'들끼리 한 팀으로 만들어도 문제가 없다는 자신감인가? 아니면 계약자들에게 숨겨야 할 일을 하겠다는 의미? 하지만 그의 의문과는 별개로 일행 중 누구도 불만을 표하지 않았기에, 결국 리버스의 제안대로 일행이 나누어졌다.

"좋아, 그럼 다스 일행은 그 단검을 찾아줘. 우린 우리대로 할 일을 하지. 아참! 단검을 찾은 뒤엔 이걸로 연락해. 또 다른 물건도 찾아야 하거든."

마치 이제야 생각났다는 듯, 주먹만 한 수정구를 내밀며 말하는 리버스. 다스어벤저는 그 뻔뻔함에 기가 막혔다.

─클~ 그럼, 찾아야 할 물건이 한 개가 아니라는 건가? 아티팩트 하나 주고 너무 부려먹는 거 아니야?

"아아~ 그래 봤자 고.작. 세 개야. 솔직히 그 반지는 그만한 가치가 있잖아?"

—칫.

리버스의 마지막 말에 혀를 차며 수긍하는 다스어벤저. 확실히 그의 말대로 지금 손에 낀 반지는 그 무엇보다도 필요한 물건. 결국 다스어벤저는 맥없이 고개를 끄덕일 수밖에 없었다.

"좋아. 그럼, 이제 이 어두침침한 곳을 벗어나 볼까? 길란드, 텔레포트 준비를."

"예, 마스터."

리버스의 지시에 황급히 텔레포트 마법진을 그리기 시작하는 길란드. 그 모습에 별안간 다스어벤저의 두 눈이 번뜩인다.

'호오~ 이것 봐라. 자기가 직접 하지 않는다? 저번엔 분명……'

다스어벤저의 입가에 서서히 떠오르는 의미심장한 미소. 하지만 그 탓일까? 그는 등 뒤에서 자신을 바라보는 그림자의 차디찬 시선을 눈치 채지 못했다.

"휴우~ 다 했습니다. 이제 마나만 주입하면 됩니다."

대략 30분에 걸친 중노동 끝에 간신히 마법진을 다 그린 길란드. 그나마 그가 대마도사이기에 그 정도 걸린 것이지, 만약 일반 마법사였다면 반나절이 걸렸을 것이다. 그러나 그런 사정을 아는지 모르지 불평불만을 늘어놓는 다스어벤저.

―클~ 역시 늙으면 죽어야지. 왜 그렇게 행동이 느려?

"뭐라?! 이놈이……."

다스어벤저의 도달에 스태프를 치켜드는 길란드. 하지만 그를 향해 고개를 젓는 리버스의 모습에 분기를 억지로 내리누른다.

"흐휴~ 어디 나중에 두고 보자."

―클클. 좋아, 기대하지.

길란드를 이겼다는 생각 때문인지, 연신 괴소를 흘리며 즐거워하는 다스어벤저. 이에 길란드는 속으로 고개를 흔들며, 스태프를 마법진에 꽂으려 했다. 그런데 바로 그때!

―응? 잠깐!!

"엥? 이번엔 또 뭐냐?"

다스어벤저의 갑작스런 제지에 짜증이 가득 배인 음성으로 응대하는 길란드. 하지만 이어지는 리버스의 말에 그 짜증이 쏘옥 들어간다.

"이런, 누가 오는데?"

"에고, 에고~ 허리가……."

연신 허리를 주무르며, 허리 디스크를 걱정하는 인영. 나이도 젊어 보이는데 벌써 허리 걱정을 하다니, 앞으로 일이 참으로 걱정된다. 하지만 그도 나름대로 사정이 있었으니.

수백 톤에 달하는 바위 잔해에 깔린 채, 맨손으로 그 사이를 뚫고 나온다면 누구라도 허리가 아플 수밖에 없다.

…그렇다. 그는 얼마 전, 수진과 함께 자폭(?)했던 수한인 것이다.

"이햐~ 이거 참, 십방장환이 원래 방어 스킬이라는 걸 깜빡하다니… 거기다 일단 매몰되었더라도 손발만 조금 고생하면 그만인데… 이럴 줄 알았으면 진작 쓸걸 그랬어."

─후우~ 마스터, 이번엔 어디까지 운이 좋았던 겁니다. 폭발이 일어난 그 부근만이 무너졌기에 망정이지, 혹 연쇄붕괴로 이곳 전체가 무너졌다면…….

수한의 철없고 대책없는 생각에 토일이 기가 막힌지, 따끔히 경고한다. 하지만 이미 심법운용(일명 운기조식)을 통해 체력, HP, MP를 모두 회복시킨 수한에겐 그저 잔소리일 뿐. 그 정도 위협으론 그의 주체 못할 자신감을 통제할 수 없었다.

…쉽게 말해 수진과의 일전에서 쪼그라들었던 간이 다시 탱탱 부었다는 소리다.

"걱정하지 마세요. 고작(?) 바위에 매몰됐다고 죽기야 하겠어요?"

─하지만 만약의 경우란 게…….

"하하, 글쎄, 걱정할 필요가 없다니깐요."

격전 끝에 기어이 수진을 물리쳤다는 기쁨 탓인지 연신 들뜬 모습을 보이는 수한. 하긴 그의 인생에 오늘만큼 기쁜 날을 없었을 것이다. 하지만 그런 수한의 태도가 영 미덥지 않은지, 끝도 없이 퍼부어지는 토일의 잔소리. 결국 수한도 두 손을 들 수밖에 없다.

"아아~ 알겠어요. 이곳에서만큼은 더 이상 십방장환을 쓰지 않을게요."

어차피 수진이 도주한 지금, 더 이상 십방장환을 쓸 일은 없을 것이다. 그리고 혹여 만난다 해도, 워낙 크게 놀란 터라 당분간 자신을 찝쩍거리지 않으리라.

…물론 수한의 희망이다.

"그나저나 이제 슬슬 뭐가 나와도 나와야 하는데……."

길이 매몰된 탓에 한참을 돌아가야 했지만, 그것을 감안한다고 해도 꽤 많이 걸은 상태. 이제 곧 이 거대한 던전의 중앙 부분에 도착할 때가 됐다. 하지만 점점 조급해지는 수한을 탓하기라도 하듯, 정작 그 끝은 보이지 않았으니.

그나마 조금 전까지 길잡이 역할을 했던 가디언의 끈적끈적한 기운도 이젠 감감무소식. 덕분에 어둠의 숲에서 길치 중급의 자격(?)을 획득한 수한으로선 더 더욱 길 찾기가 어렵다.

'이 녀석이 화장실이라도 갔나? 혹시 변비?'

도통 길을 못 찾자, 엉뚱한 상상만 하며 현 상황의 심각성을 훼손시키는 수한. 하지만 다행스럽게도 그들 일행 중엔 기사 주제에 레인저나 트랩 마스터를 흉내 내는 인재가 있었기에, 수한의 망상은 더 이상 발전하지 않고―대체 어디까지 갈지 걱정이었다―이내 끝을 맺는다.

―로드, 아무래도 로드께서 찾으시는 곳이 현 위치의 아래층에 있는 것 같습니다.

"에? 이 밑에 있다고요?"

던전의 지면을 짚으며 열심히 궁리한 끝에, 수한에게 새로운 이정표를 제시하는 시드. 평상시엔 존재감이 약해 잊혀진 존재지만, 역시 할 때는 하는 캐릭임을 증명한다.

한편 시드의 말에 드디어 자신이 갈 길을 깨달은 수한, 그 급한 성질만큼 바로 행동에 돌입하는데… 당연 옆에서 지켜보는 두 상식적인 캐릭은 기겁을 한다.

"좋아!! 잠시만 물러서요!!"

―헉, 마스터 잠시…….

―로드, 그렇게 무턱대고…….

콰콰콰쾅!

토일과 시드의 만류가 채 끝나기도 전에 양손에 강환을 생성, 그대로 바닥을 내려치는 수한. 당연한 말이겠지만(?) 그를 중심으로 20m 공간은 폭삭 내려앉았고, 수한 일행은 급격히 어둠 속으로 추락한다. 그리고 그런 그들을 맞이한 것은 놀랍게도…

철푸덕, 쿠쿵!

"아야야야~ 조금 약하게 할 걸 그랬나? 그나저나 여기
가… 허걱?! 이게 뭐다냐?!!"

잠시 엉덩이를 쓰다듬으며, 자신의 성급한 행동을 반성하
려던 수한. 하지만 그런 생각도 극히 잠시뿐이다. 눈앞에 펼
쳐진 놀라운 광경에 두 눈이 화등잔만 해지는 수한. 그것은
그야말로 그가 꿈에서도 바라 마지않는 광경이었으니. 오른
쪽을 봐도, 왼쪽을 봐도 끝이 보이지 않은 아이템들의 동산.
그렇다. 이것은…

"크카카카! 심봤다!!"

저녁 반찬용 도라지를 캐기 위해 산에 올랐다가 산삼 밭을
발견한 마을 처녀(?)의 기쁨이 이러할까? 전혀 예상치 못한
대박에 수한의 두 눈은 그야말로 뒤집힌다. 그리고 이어 그의
평상시 행동 패턴답게 아이템들을 향해 몸을 날리는데…

휘이익. 풍덩(?).

"크카카카카. 크크크크크!"

전신을 날카롭게 찔러대는 병장기의 날 따윈 하등 문제될
게 없다. 그저 지금의 감동을 더욱 깊게 음미하고 싶을 뿐. 수
한은 그렇게 아이템의 바다를 횡단하며, 게임 인생의 진정한
행복을 만끽했다. 하지만… 이내 그의 뇌리를 관통하는 하나

의 깨달음.

'헉?! 과연 내게 이런 행운이 허용될까?'

자신이 저주 캐릭의 지존이자 그 표본과도 존재임을 누구보다 잘 아는 수한이다. 자연 이 갑작스럽게 들이닥친 어마어마한 행운에 일말의 의심이 스쳐 지나간다.

"혹시… 설마……."

헤엄치다 말고, 손에 잡히는 아무 아이템—수한의 손바닥만한 초거대 귀고리였다—이나 집어 드는 수한. 그리고 떨리는 마음으로 정보창을 소환한다.

"정보창!"

[타락의 유혹(Temptation Of Depravity)]

종류:귀고리(Earring)

등급:레어

속성:마(魔)

제한:마(魔) 속성 제외한 타속성 소유자[단, 정보창은 마(魔) 속성 소유자에게만 공개된다]

방어력:10

내구력:무한

무게:1

설명:멀쩡한 사람을 폐인 혹은 광인으로 만드는 데 극히 탁

월한 효과를 발휘하는 저주 물품. 타락 시리즈 중 두 번째로 인기가 높은 상품으로 착용 시, 착용자에게 환각과 환청들을 부여, 온갖 번뇌를 일으키며 한 시간만 착용해도 능력치 70% 다운이 확실히 보장된다. 참고로 고위 사제의 탐색 마법에 의해 정보창이 공개되거나 저주가 해제될 수 있으니, 사제와 인연없는 사람에게 선물(?)할 것(레벨 400 이상의 초고수나 특수 직업을 가진 자에겐 효과가 없을 수 있으니 상품의 성능을 의심하지 말 것. 유사품 주의).

"으앗!! 이게 뭐야?"

손에 든 아이템의 정보를 파악하는 순간, 징그러운 송충이라도 된다는 듯 후다닥 내팽개치는 수한. 이건 쓰레기 아이템 정도가 아니라, 완전히 극악 저주 수준이 아닌가?

"설마… 다른 것들 역시……."

겉으로야 설마 하지만 수한의 머릿속엔 이미 불길한 예감이 무럭무럭 피어오른다. 이에 후다닥 또 다른 아이템—이번엔 큼직한 대검이다—을 집어 든 수한.

"정보창!!"

[미친 달의 저주(Curse Of Lunatic Moon)]
종류:투 핸드 소드(Two Hand Sword)

등급:유니크

속성:마(魔)

제한:마(魔) 속성, 레벨 300 이상의 기사.

공격력:1,000

내구력:50,000/50,000

무게:200

설명:시전자를 항시 버서커 상태로 만드는 저주받은 대검. 일반 유니크 아이템의 보너스 스탯을 능가하는 스탯 상승이 있는 대신, 소유자의 생명력을 취한다.

근력 +500, 민첩 +250, 공격력 100% 상승, HP 90% 다운, 모든(속성 불문, 자체 방어력 무시) 데미지를 세 배로 받음. '만월광무(滿月狂舞)(발동 시, 시전자의 마나가 전부 소모될 때까지 근방 3m 내 전체 공격력의 다섯 배 데미지를 구현. 일단 시전하면 중간에 중단할 수 없고, 시전 후 한 시간 동안은 완전 무기력 상태가 됨)' 사용 가능.

"…이걸 뭐라고 해야 하나? 무대포 특공 정신의 표본?"

한마디로 몸빵에 최강자를 자부할 사람이 아니면 제대로 쓸 물건이 아니다. 아무리 옵션이 사기급이라지만, HP 90% 다운에 무조건 데미지 세 배라니… 그나마 수한 정도는 돼야 쓸 수 있는 물건이랄까? 거기다 마(魔) 속성 한정이란 제한은 그야말로 절망 그 자체.

그리고 그런 수한의 절망감은 다른 아이템들을 확인할수록 더욱 커져만 갔다.

"…그렇군. 여긴 이런 물건밖에 없는 거야."

미친 듯이 아이템들을 확인한 것이 십여 차례. 수한은 그제야 현실을 인정했다. 이곳은 팔 수 있는 물건이 단 하나도 없다. 죄다 마속성 한정에 저주를 걸려 있는 물건들뿐, 정상적인 일반유저들이 탐낼 만한 건 전혀 없었던 것이다.

"에휴~ 그럼, 그렇지. 내 팔자에 무슨 대박이라고……."

잠시나마 좋았던 만큼 그 끝을 모르게 추락하는 기분. 결국 간만의 대박이 정작 아무 짝에 쓸모가 없다는 사실에 수한은 축 늘어진다. 거기다 이 어마어마한 아이템들 사이에 그가 찾는 절대반지가 있음을 깨닫고, 말 그대로 좌절 우울 모드로 접어드는데… 이거야말로 완전 '어둠의 성소'에서의 정보 찾기 재현이 아닌가?

"에휴~ 이걸 언제 다 뒤지나……."

그 끝도 보이지 않은 어마어마한 아이템의 산, 그 사이에서 손가락에 끼는 작디작은 반지를 찾으라니… 이번엔 대체 얼마나 걸릴까? 일주일? 한 달? 설마 1년?

하지만 수한이 그렇게 좌절하는 그때, 다른 한편에선 신이 날대로 난 존재들이 있었으니…….

―헉! 이건은 전전대 흑마법사 협회의 회장이 지녔다던 광마의 로브? 억! 세트 아이템이잖아?!

자신이 입던 넝마를 벗어 던지고, 삐까번쩍 템빨 캐릭으로 거듭나는 토일.

―음~ 이거라면 내 부족한 근력을 대신할 수 있겠군.

부족한 능력치를 아이템의 옵션으로 대체하며, 과거 나인스타의 무위를 되찾으려 노력하는 시드.

그렇게 주섬주섬 아이템들을 쓸어 담고 있는 둘의 모습에 잠시 멍하니 있던 수한도 정신이 번쩍 든다.

'아차, 팔 수 없으면, 그냥 내가 착용하면 되잖아. 크크크크, 이제 드디어 나도 주인공의 특권(?)을 누리는 건가?'

그렇다. 지금까지 자신은 본신 능력치에만 너무 치중했었다. 적어도 주인공이라면 아이템으로 도배를 해야 정석이건만, 지금까지 고작 로브 하나에만 만족해 왔다니.

"크카카카. 어디 보자, 내가 쓸 만한 게……."

조금 전까지 한여름의 배추 이파리마냥 축 늘어졌던 수한. 그러나 이제 다시 기운을 되찾고, 아이템의 바다에 재차 몸을 던진다. 그리고 잠시 뒤엔 지금보다 한층 더 강해진 템빨 마왕으로 재탄생하려고 하는데… 하지만!! 이 무슨 운명의 장난인가?

막 팔찌, 귀고리, 반지―솔직히 권사에게 갑옷과 무기가 무슨 쓸모가 있으랴?─등을 체크하며, 자신에게 어울리는 사양을 찾던 수한. 그런 그의 귀에 어디선가 들어본 적이 있는 낯익은 음성이 들려온다. 그것은 최근 들어 그가 수진 이상으로 가장 증오하는 자의 음성이었으며, 동시에 눈앞의 아이템조차 깡그리 무시하게 만들 정도의 위력을 지니고 있었다. 그렇다. 그것은 바로…

"아드드득~ 리버스지 뭔지 하는 그 녀석이 여기 있다는 건가?"

우우우우웅─

생각하는 것만으로 치밀어 오르는 극악의 분노. 그에 따라 마기의 정화이자 강기의 회오리가 일어나, 마치 홍해를 가르듯 아이템의 바다를 밀어버린다.

"토일, 시드!"

─예, 마스터. 준비됐습니다.

─예, 로드. 저도 됐습니다.

수한의 마기가 진동할 때부터 어느 정도 상황을 짐작한 두 권속. 이미 자신에게 맞는 아이템들을 챙긴 듯 무장을 충실히 갖춘 채, 수한의 명을 기다리고 있다.

"크크크, 좋아, 갑시다."

믿음직한 두 권속의 모습에 고개를 한번 끄덕인 뒤, 수한은 보무도 당당히 어디론가 걸어가기 시작했다. 복수를 위한 2차

전. 이번엔 결코 호락호락하지가 않을 것이다.

하지만…….

우우우우웅―

"어라, 쟤네들이 지금 뭘 하는 거지?"

수한이 느긋이 리버스 일당이 있는 곳으로 왔을 땐, 이미 때가 늦었으니… 텔레포트 마법진 위에서 마법이 가동되기만을 기다리고 있는 리버스 일당들. 둔하디 둔한 수한이 생각하기에도 이대로 있다간 닭 쫓던 개 꼴이 될 판이다.

"안 돼!! 잠깐만~"

"싫어~"

우우우우웅―

수한의 간절한(?) 외침에도 불구하고, 리버스의 장난기 어린 대답과 함께 가동되는 텔레포트 마법진. 마법진 주위에 펼쳐진 방어 실드를 두들겨 봤자, 수한의 손만 아플 뿐이다.

…하긴 뭐 하나 얻는 것도 없는데, 누가 수한같이 끈질기면서도 귀찮은 녀석을 상대하겠는가? 물론 다스어벤저의 경우엔 수한의 외침에 마음을 흔들리는 듯 보였지만, 대세(?)를 기울기엔 역부족. 결국 확장하는 빛무리와 함께 리버스 일당의 몸은 서서히 투명해져 갔다.

"크윽~ 조금만 더 빨리 올걸!"

바로 코앞에서 놓쳤기 때문일까? 땅을 치며 분통을 터뜨리는 수한. 보다 멋진 등장을 위해, 일부러 느긋이 걸어온 게 이렇게 억울할 수가 없다.

그런데 바로 그때! 그런 수한의 모습에서 뭔가 재미있는 장난이 떠올랐는지, 슬며시 짓궂은 미소를 짓는 리버스. 텔레포트 전송 마무리 직전, 갑자기 따악 소리와 함께 손을 튕기며 뭔가 의미심장한 소릴 한다.

"우리가 그냥 가니깐 심심하지? 걱정 마. 너와 놀아줄 녀석은 남겨줬거든. 제법 사납긴 하지만, 한동안 재미있을 거야."

"그게 무슨……?"

리버스의 난데없는 말에 절로 의문성을 튀어나오지만, 그에 대한 대답을 할 사람은 이미 사라진 뒤다. 하긴 대답이 없더라도 하등 문제될 게 없었다.

…이미 그에 대한 대답이 수한 등 뒤에서 들리기 시작한 탓이다.

쩌쩌적.

리버스 일행이 사라짐과 동시에 어디선가 얼음이 갈라지는 소리가 들린다. 그리고 수한 일행을 덮치는 폭풍같이 밀어닥치는 마기(魔氣). 수한은 이 질식할 것만 같은 마기의 해일에 저항하며 천천히 등 뒤를 돌아봤다. 거기엔 얼음 기둥 속에서 서서히 기지개를 켜는 화염의 거인이 있었다.

…바로 흑염(黑炎)의 군주였다.

*　　　*　　　*

푸우우우~

"으악~ 뜨거!"

최강준은 정말 운이 없었다. 하필 수영에게 뜨거운 커피를 갖다 바치는 그 타이밍에, 하필 모니터에서 저런 황당한 장면이 나왔으니 말이다. 덕분에 수영의 입에서 분수처럼 터져 나온 뜨거운 커피를 그대로 뒤집어쓰는 영광(?)을 누렸다.

"켁켁~ 말도 안 돼! 하필 왜 저게 거기 있는 거야?!"

모니터 가득 메운 거대한 불덩어리 괴물을 보며 수영이 소리쳤다. 그리고 그런 그녀의 음성엔 70%의 황당함과 20%의 공포, 그리고 10%의 원망이 담겨 있었다.

"대체 저게 뭐기에 그러시는 겁니까?"

수영의 반응이 워낙 격렬한 탓에, 아픔조차 잠시 잊은 채 호기심을 드러내는 최강준. 평상시라면 당장 불호령이나 그에 상응하는 조치가 떨어질 행동이다. 하지만 그에게 다행스럽게도 수영은 그럴 힘을 잃은 듯 축 늘어진 채, 그의 의문을 답해줬다.

"예전에… 3운영팀의 오타쿠 녀석이 카오틱 드래곤을 상대하기 위해 만든 실패작이야."

"아, 예. 그렇군요. 그런데 용케 아직 폐기처분되지 않고
남아 있네요."

지금껏 무수히 박살난 메카닉 유닛들과 실험 개체를 상기
하며, 최강준은 생각없이 중얼거렸다. 물론 수영의 면박을 받
는 건 당연지사.

"이그~ 저건 단순한 실패작이 아니야. 저건… 에휴~ 카
오틱 드래곤보다 약.해.서 실패가 아니라 통제가 불가능해서
실패였다는 의미야."

"예에?!"

"휴우~ 덕분에 저 녀석 수습한다고 길범 녀석이 얼마나
애를 먹었는데… 얼핏 듣기론 무슨 설정상 조치를 취해서 어
딘가 처박아두었다고 들었는데, 하필 저기에다… 내가 진짜
미쳐."

"…큰일이네요."

"그래, 정말 큰일이지."

할 말이 없다는 듯, 중얼거리는 최강준의 말에 수영 역시
힘없이 동조한다. 그러다 문득 그녀의 뇌리를 스치는 의문.

'가만, 그 자이드 제국 녀석은 어떻게 저 녀석 손에서 무사
할 수 있었던 거지?

                    *   *   *

　그것의 형상은 결코 눈으로 판단할 수 있는 것이 아니었다. 단지 시각에만 의존한다면, 흡사 어둠 속에 잠겨든 거대한 그림자처럼 보일 뿐. 하지만 그것은 분명 존재하는 것이었고, 동시에 활활 불타오르고 있었다.

　─벌레만도못한좀도둑녀석들.

　휘이이익─ 철썩.

　벽력같은 이명의 노호성이 울려 퍼지고, 오른손에 든 화염의 채찍이 지면을 내려치는 순간, 극심한 공포가 좌중을 뒤덮었다. 그렇다. 수한 일행의 눈앞에 있는 건…

　─이런, 말도 안 돼는… 발록(Barlog)이 어째서 여기에? 설마 이곳은……?

　언데드인 주제에 공포를 못 이겨, 부들부들 떨기 시작하는 토일. 그는 기억 저편에 있는, 잊고자 노력했던 끔찍한 기억을 떠올리며 전율했다.

　아무리 부정하고 싶어도 부정할 수 없는 위압감과 외형. 사자(死者)들이 지옥의 염화에 고통 받을지언정, 결코 만나지 않길 바라는 존재. 그렇다. 눈앞의 존재는 말로만 듣던 숨겨진 군주, 혹은 마계의 6번째 대군주라 칭해지는 어비스의 수문장.

토일은 이제야 자신의 실수, 아니, 얕은 지식을 뼈저리게 통감했다. 왜 기록을 보고도 기억해 내지 못했단 말인가? 하다못해 방금 전, 그 많은 보화와 무구를 보고도 떠올리지 못했단 말인가? 이곳, 대미궁이 바로 마계의 입구이자 '아비스의 미궁임'을.

—마스터, 어서 피하셔야 합니다. 어서!!

상대는 세계최강이라는 카오틱 드래곤과도 비견되는 절대적 존재. 지금의 마스터, 아니, 신물을 얻어 진정한 데스로드로 거듭난 마스터라 할지라도 버거운 상대다.

하지만 눈치없는 수한은 그런 토일의 절규와 상대의 프로필(?) 따윈 무시한 채, 눈앞의 거체를 화풀이 상대로 선택했으니…….

"크크크크, 좋아. 가뜩이나 열불이 터지는데, 거기다 기름을 끼얹는군. 네가 누군지 모르겠지만, 잠시 샌드백이 돼줘야겠다."

이런 걸 보고 하룻강아지 범 무서운 줄 모른다고 해야 하나? 아니면 무식엔 약도 없다고 해야 하나? 어쨌든 현실상의 진리(?)가 이곳 세상에도 통용됨을 다시 한 번 증명하는 수한은 발록을 향해 거침없이 다가가기 시작했다.

…물론 이런 무지에 대한 응징(?)은 가감없이 그를 강타한다.

휘리리리릭—

"억!!"

수한의 만용을 비웃으며 왼손에 든 채찍을 거칠게 휘두르는 발록. 채찍은 마치 무협 고수의 그것마냥 영활한 뱀이 되어 수한의 몸을 감기 시작했다. 이에 수한이 어떻게든 벗어나려고 안간힘을 쓰지만, 그럴수록 더 더욱 강하게 조여오는 채찍. 어디 그뿐이랴? 채찍의 화기(火氣)는 놀랍게도 금강불괴를 이룬 수한의 저항력을 뚫고, 서서히 그의 몸에 고통을 주기 시작했다.

"으으윽, 뭐야? 이거 점점 뜨거워지잖아!"

그제야 사태의 심각성을 알아차린 수한. 그는 이제 채찍에 대항, 전신에 강기를 운용하기 시작했다. 이미 장환을 자유자재로 다루는 경지이기에 어느 정도 가능한 일. 그러나 채찍의 강도는 강기조차 무시한 채 그 튼튼함을 자랑했고, 여전히 수한의 몸을 압박했다. 그나마 다행이라면 그 압박이 조금 작아진 정도?

"이거 진짜 괴물이잖아?!"

토일의 경고가 결코 허튼소리가 아님을 깨달았지만, 그런 깨달음은 너무 늦은 감이 있었다. 벗어날 방법조차 없는 압박감. 이대로 가다간 마왕 체면에 고작 채찍에 감겨, 최후를 맞이할 판이다.

'젠장, 역시 채찍 쓰는 사람들과는 궁합이 안 맞아.'

어디선가 채찍을 휘두르며 난동을 부리고 있을 수진과 친누나에 버금가는 카리스마를 지닌 이블린을 떠올리며, 자신의 운 없음을 탓하는 수한. 그렇다고 마냥 포기한 건 아니다. 어떻게든 이 위기를 벗어나기 위해, 나름대로 맷돌을 굴리는데… 하지만 수한이 뭔가 뾰족한 수를 떠올리기도 전에, 상황은 새로운 국면을 맞이했다.

―아이싱 스피어(Icing Spear)!!

―어서 로드를 놓아라! 어둠의 불꽃이여!!

템빨의 위력을 빌려 발록의 등짝에다 얼음창을 난사하는 토일(비록 그 한번의 공격으로 마나가 바닥났지만…), 그리고 발록을 향해 검을 앞세운 채 돌격하는 시드(귀찮은 듯 휘두른 발록의 오른손에 저 멀리 튕겨 나가긴 했지만…). 그들의 분전은 비록 발록에게 큰 타격을 주진 못했지만 채찍에 가해지는 힘을 일시지간 줄이는데 성공했고, 그것은 호시탐탐 기회를 노리던 수한이 채찍에서 벗어나기에 충분했다.

"으찻! 좋았어!! 정말 잘했어요! 두 분 다. 자～ 그럼, 이젠… 설욕전을 해야겠지?"

큰 활약을 한 두 권속에게 치하를 하며, 발록에게 달려드는 수한. 방금 전 위기는 어디까지 자신의 방심에 기인된 것이라는 오해, 혹은 착각이 낳은 또 한 번의 만용이다. 하지만…

"으아아아아~ 십방장환 트리플!"

수한이 비록 강자를 제대로 알아보는 안목은 없지만, 그렇다고 바보는 아니다. 이미 상대가 심상치 않은 존재임을 아는 탓에 자신이 구현할 수 있는 최강의 스킬을 발동한다. 물론 그 여파로 인해 던전이 무너질 것을 고려, 나름대로 신경을 써서…

우우우웅—

첫 번째는 강기를 최대한 응축해, 정면의 목표를 향해 방출시켰다.

우우우웅—

두 번째는 목표 전체를 뒤덮어, 처음 십방장환의 위력을 더욱 위력을 증폭시키는 역할을 맡았다.

우우우웅—

세 번째는 공격보다 자신의 몸을 감싸며, 혹시나 모를 반격에 대한 방어 수단으로 삼았다.

알게 모르게 늘어난 강기의 운용 능력에 따른 묘기 아닌 묘기. 필멸자가 지닌 공능이 이 순간, 절묘하게 맞아떨어진 결과다. 그리고 그 세 십방장환의 경력이 모두 수한의 몸에서 벗어나는 순간…

콰콰콰콰쾅!

"크윽, 뭐야? 이 충격은?"

전혀 예상치 못한 엄청난 반탄지력. 마지막 십방장환으로 방어했음에도 전신이 욱신거리는 느낌이다. 강기막으로 몸을 보호한 자신이 이 지경인데, 하물며 다른 이들은?

"설마… 모두 괜찮아요?!"

—크윽, 무사합니다, 마스터.

—저 역시…….

불길한 예감에 황급히 자신의 권속들을 찾는 수한. 다행히 토일은 수한에 버금가는 몸빵의 위력으로 반실신 상태이나마 그의 부름에 답했다. 시드 역시 발록에 의해 멀찍이 날아간 덕에 폭발의 영향권에서 벗어나 무사했다.

"휴우 다행이네. 하지만 이거 아무래도 신경 쓰여서… 역소환!"

—엇, 마스터 잠시만…….

안도의 한숨을 내쉬는 한편 혹시나 모를 불상사에 대비, 토일들을 역소환하는 수한. 그 탓에 토일의 간절한 애원, 아니, 경고를 듣지 못했다.

…정말 치명적인 실수였다.

"쿨록~ 이거 흙먼지가 장난이 아니네. 하긴 이렇게 좁은 곳에서 터뜨렸으니…….'"

폭발의 제2 여파가 뒤늦게 들이닥친 탓일까? 아니면 긴장이 풀린 탓일까? 토일들을 역소환한 다음에서야 자신이 먼지

구름 한가운데에 있음을 자각한 수한. 그나마 수진 때와는 달리 던전이 무너지지 않은 것을 다행으로 여기며, 자신이 만든 역작(?)을 기다렸다.

"후우~ 방금 전엔 내가 생각해도 정말 제대로 터뜨린 거니깐, 회색으로 물들었겠지? 뭐, 적어도 빈사 상태는 됐을 거야."

간만에 터진 최상의 공격. 비록 마지막 순간 반탄지력이 조금 걸리긴 했지만, 수한은 정말 자신했다, 설령 카오틱 드래곤이라도 방금 전 공격은 감당해 내지 못할 거라고.

…그러나 언제 그의 생각대로 된 적이 있었던가?

―하찮은벌레가그래도제법꿈틀거릴줄은아는구나.

수한의 뇌리에 직접 울리는 기이한 이명. 그리고 서서히 불길을 키워 나가는 흑염의 거인. 방금 전, 장내를 몰아쳤던 격렬한 강기의 폭풍에 전혀 영향받지 않은 모습이었다.

수한은 그 순간, 자신이 저지른 터무니없는 실수를 깨달았다. 토일이 경고를 했을 때, 진작 도망갔어야 했다.

쿵쿵쿵!

서서히 잠식해 들어가는 공포에 그저 멍하니 서 있는 수한. 그런 그를 향해 발록은 천천히 다가가기 시작했다. 그리고 그 모습에 수한은 다시 한 번 좌절했다. 발록은 지금껏 단 한 걸음도 움직이지 않은 채, 그를 상대했던 것이다.

그런데 자신은 그런 괴물을 상대로 감히…

—오랜만에작은즐거움을느끼게해주었으니고통없이보내
주마.

여전히 멍하니 서 있는 수한을 향해 채찍을 치켜드는 흑염
의 군주. 하지만 수한은 이미 발록의 기세에 제압당해, 옴짝
달싹할 수 없는 상태였다.

이제 끝인가? 이렇게 허망하게…….

자신의 마지막을 짐작하고, 비감을 금치 못하는 수한.

하지만 역시 주인공이란 건가? 언제나 늘 그렇듯, 주인공
의 위기 순간에 등장하는 도우미.

"헬파이어! 체인 라이트닝! 월영난무!"

화염구는 채찍을 멈칫하게 만들었고, 번개의 그물과 화려
한 채찍의 춤은 찰나의 순간이지만 발록의 몸을 속박했다. 이
어 수한을 끌어안는 인영.

"하루에 세 시간이다."

"어? 수진 누나?!"

예상치 못한 상대의 정체에 경악해 마지않는 수한. 수진은
그런 그를 무시한 채, 품 안에 있는 스크롤을 찢으며 마지막
대미를 장식했다.

"매스 텔레포트!!"

　　　　＊　　　　＊　　　　＊

　간발의 차이로 위기에서 벗어난 수한의 모습에 모니터를 바라보던 최강준은 절로 안도의 한숨이 흘러나왔다. 이번엔 정말 끝인 줄 알았는데… 하지만 4운영팀의 비장의 무기라는 수진은 그 긴박한 위기 순간에서 수한을 구해낸 것이다.

　"휴우~ 다행이네요."

　"칫~ 실컷 삽질이나 하다가, 마지막에 간신히 만회한 것뿐이야."

　"그래도 저게 어딥니까? 자칫 조금만 늦었어도 수한 군의 캐릭이 소멸당할 뻔했습니다."

　얼마 전 수진에게 훈육(?)을 당한 탓인지 그녀의 편을 들어주는 최강준. 하지만 이미 그 일은 수영의 관심에서 벗어난 지 오래다. 지금은 그보다 더 중요한 일에 관심을 둘 때.

　"아무래도 자이드 녀석들을 처리하려고 했던 건 취소해야겠어."

　"예? 어째서요?"

　"아무래도 마음에 걸려. 수한과 수진이 힘을 합치면 충분히 해결할 수 있다고 생각했는데… 하지만 그 녀석들이 길범 녀석의 키메라를 무력화시켰던 걸 볼 때, 그 둘만의 힘으론 무리일 것 같아."

"으음~ 그럼, 어쩌실 생각입니까?"

"일단 모든 인력을 저들의 감시로 돌려. 적어도 무슨 꿍꿍이인지는 알아야 대처할 수 있을 테니깐."

"…저… '반지 원정대' 팀도 저쪽으로 돌리실 생각입니까?"

"아~ 칫, 그것도 나름대로 중요한 건데… 하지만 인력이 워낙 부족하니… 할 수 없지. 그건은 당분간 포기해."

"예, 알겠습니다."

수영의 지시를 받고 막 물러나려던 최강준. 그러다 불현듯 떠오른 의문에 재차 고개를 돌렸다.

"그럼, 수한 군에 대한 서포터는 당분간 어떻게……?"

"휴우~ 그냥 내버려 둬. 수진이 알아서 하겠지."

…마왕은 그렇게 죽음 대신, 마녀의 손아귀에 떨어졌다.

*　　　*　　　*

"흐음~ 이거 참… 설마 흑염의 군주에게서 벗어날 줄이야. 예상 밖의 변수가 있긴 했지만, 어쨌든 이번 경쟁자 역시 만만치 않은 건가? 확실히 후보자로 간택될 만해. 하지만…

그것만으로 부족하지."

어둠 속에 은신한 또 다른 군주 후보자. 그는 그렇게 조용히 모든 것을 관망하고 있었다.

Chapter 5

용병이 되다

청명하기 이를 데 없는 푸른 하늘에 하얀 뭉게구름이 지나
갔다. 평화롭다 못해, 지루하기까지 한 광경. 하지만 지금 그
모습을 멍하니 바라만 보는 수한의 가슴엔 그 평화로움을 음
미할 여유가 없었다.

"에휴~ 혹시… 나 약한 게 아닐까?"

한숨을 푹푹 내쉬며 중얼거리는 수한. 그런데 그 혼잣말에
크나큰 문제가 있다. 그가 지닌 그 말도 안 되는 스탯과 능력
치, 그리고 마교주 전용 유니크 무공과 졸개 무한생산용 소환
마법까지. 그 모든 것을 아는 자라면 누구라도 버럭 역정을

낼 헛소리.

…하지만 수한은 나름대로 진지했다.

연전연패. 카오틱 드래곤과 로드 타이거, 그리고 자이드 제국의 망할 놈들, 최근엔 대미궁이란 곳에서 성기사와 그 떨거지들에게까지 밀렸으며, 발록이란 괴물에겐 거의 죽다 살아났다. 하지만… 그중에서도 수진과의 일전은 수한에게 가장 큰 정신적 충격을 주었다.

카오틱 드래곤과 발록은 애초부터 말도 안 되는 괴물이니 논외로 치고… 로드 타이거는 거대 메카닉이라는 사기 아이템을, 자이드 녀석들과 성기사 패거리들은 치사하게 다굴을 난발했으니 그냥 넘어가자. 하지만 수진의 경우엔…

대미궁에서 벗어난 뒤, 재차 벌인 수진과의 제2차전. 어떻게든 하루 세 시간의 족쇄에서 벗어나기 위해, 수한이 애원한 끝에 벌어진 일이었고, 대미궁에서의 설욕전을 원하는 수진 역시 바라는 대결이었다.

…그리고 그 결과는 놀랍게도 수진의 일방적인 승리.

초반부터 십방장환을 마구잡이 날리며 승부를 결정지으려던 수한. 그런 그를 상대로 은신한 상태에서 멀찍이 떨어진 채, 조롱만 하던 수진. 결국 수한의 마나가 바닥나자, 수진은 슬그머니 다가와 손쉽게 수한을 제압했다. 그야말로 어처구니없는 결과. 하지만 수한의 행동 패턴을 뻔히 아는 그녀로선 너무나 쉬운 일이기도 했다.

수한은 좌절했다. 청제국에서 천하무적을 부르짖던 자신이 이렇게 어처구니없게… 하지만 이미 승부 난 마당에 그 결과를 번복할 순 없는 노릇. 수한은 울면서, 정말 울면서 하루 세 시간의 계약을 동의할 수밖에 없었다.

그런데 하루 세 시간을 우려먹을 대로 우려먹을 줄 알았던 수진, 그녀가 웬일인지 단발성 부탁 세 가지로 대체하길 원했다(물론 현실에서의 한 시간 계약은 유지된다). 그리고 수한으로선 그 제의를 거절할 수 없었으니… 뭔가 찜찜한 구석이 없지 않아 있지만, 그래도 게임하는 동안 만큼은 그녀의 손아귀에서 벗어나고 싶었기 때문이다.

결국 그렇게 새로운 협약은 이루어졌고, 뭔가 의심쩍은 미소를 지은 채 수진은 사라졌다. 그 뒤, 수한에게 남겨진 건 절망에 가까운 패배감과 그 정체를 알 수 없는 불안함뿐. 그나마 불안함은 시간이 갈수록 점차 엷어졌지만 패배감은?

"하아아~"

길고 긴 한숨. 수한은 자신의 현 위치를 돌아보며, 반성했고 동시에 고민했다.

이대론 안 된다. 설령 자신이 '죽음의 세례', 일명 절대반지를 얻어 데스로드가 된다고 해도 결정적인 그 무언가가 부족하다. 하물며 그 절대반지조차 발록으로 인해, 습득 불가능판정을 받은 상황이니…

"아무래도 수련을 해야겠어."

지금의 자신에 만족하지 않고, 그 이상을 꿈꾼다. 더 이상 패배를 하지 않기 위해, 진정한 마왕으로서의 위엄을 갖추기 위해 수한은 그렇게 특훈을 결심했다.

다만 문제가 있다면 그 특훈의 방법인데…….

현재 수한은 지니고 있는 스킬들을 거의 마스터한 상태. 무공의 경우엔 올마스터고, 마법들 역시 그 숙련도가 99.9%를 기록하고 있다. 솔직히 마법 역시 마스터하고 싶지만… 그의 지난날 경험을 비추어 보건대, 스킬 마스터는 뭔가 특별한 계기가 필요한 일. 때문에 수한은 과감히 마법의 마스터를 포기했다. 하긴 그의 주공이 무공인 만큼 마법에 연연하는 것 자체가 시간 낭비일 터.

그렇다고 새로운 스킬을 익히자니, 익힐 만한 게 없다. 아니, 익힐 필요가 없었다. 현재 수한이 익힌 스킬, 즉 무공들은 마교주 전용 무공들로써 현존하는 최강의 유니크 스킬들. 그보다 더 강한 무공 스킬들을 대체 어디서 구한단 말인가?

결국 수한의 선택은 애초에 정해진 것이나 다름없었다. 거기다 대미궁에서의 경험, 란슬롯과 대결에서 보인 장환의 변형과 발록의 상대로 얻은 십방장환의 새로운 운용 방식은 이미 그에게 특훈의 실마리를 준 상태.

스킬의 운용엔 결코 정해진 방식이란 게 없다. 보다 다양한 운용 방식. 자신에겐 사고의 전환이 필요하다!!

수한은 이제 자신이 새로운 계기를 맞이했음을 직감했다. 그 위력이 아무리 강하다고는 하나, 단순일변도의 공격은 진정한 고수에게 아무런 소용이 없다. 어둠에 구애받지 않는 시야와 민감한 감각만으론 은신의 극에 도달한 자의 기척을 잡을 수 없다. 그 이상의 그 무언가, 그것이 자신에게 필요했다.

"일단은… 강기의 운용부터 생각해 보자."

어차피 잔챙이가 아닌 진짜 강자들을 위한 수련인 만큼, 자신이 가진 가장 강력한 무기부터 손보기로 결심한 수한. 그의 특훈은 그렇게 시작되었다. 물론 그전에 권속들 단속부터 하고.

"…상황이 이렇게 됐으니깐, 당분간 여기서 수행할 겁니다."

―으음~ 할 수 없지요.

―예스, 마이 로드.

절대반지를 포기하는 대신 이곳, 어둠의 숲에서 특훈한다는 수한의 말에 토일과 시드 역시 선선히 고개를 끄덕였다. 그들 역시 발록을 겪은 만큼, 절대반지를 빼내오는 것이 얼마나 어려운 일인지 잘 아는 탓이다. 동시에 이번 기회를 통해 그 스스로 나름대로 갈고닦을 생각인 그들. 하긴 지금까지 자신들의 무력함을 뼈저리게 느꼈으니, 그게 당연한 일인가? 어찌 보면 수한 이상으로 특훈이 필요한 자들이 이들이리라.

—그럼, 마스터. 저는 이만…….

—로드, 저 역시…….

"아, 예. 그럼……."

자신보다 더 적극적으로 특훈을 받아들이는 권속들. 거기다 뭔가 특훈 메뉴얼이라도 이미 짜놨는지, 알아서 자기 구역(?)으로 떠나는 그들의 모습에 수한은 슬쩍 위기감마저 들었다.

"이거… 정말 열심히 해야겠는데……."

특훈을 시작한 지, 일주일이 지났다.

우우우우웅—

그 특유의 공명음과 함께 수한의 양손에 생성된 두 개의 장환. 하지만 그 모양은 단순한 환(環), 즉 고리 모양이 아니었다. 지난 일주일간의 시간이 영 쓸모가 없던 게 아닌지, 수한의 의지에 따라 자유자재로 변하는 장환. 하긴 이미 예전부터 장환의 크기를 자유자재로 다루는 경지에 오른 만큼, 그것은 어느 정도 쉬운 일이었을 터. 그러나 이로 인해 수한의 강기에 대한 운용 능력이 큰 발전을 이룬 것은 부인할 수 없는 사실이다. 그리고 그중에서도 가장 큰 성과는…….

우우우우웅—

기이한 공명음과 함께 서서히 얇게 펼쳐지는 장환, 이어 거대한 평면식 방패가 되어 수한의 정면을 가로막는다. 그리고 옆에 있던 또 다른 장환은 여전히 원반형을 유지한 채, 수한과 거리를 두더니 이내 그를 향해 돌진했다.

휘이이익— 콰콰쾅!

방패형 장환과 원반형 장환의 충돌. 거침없이 방패를 뚫을 것 같던 날카로운 창은 방패와 함께 폭음을 낳으며 사라졌다. 물론 방패로 보호받던 수한에겐 하등 피해가 없다.

"하아~ 역시 게임 설정은 과신할 게 못되는군."

이런 결과에 뭔가 만족하면서도 불안한 속내를 드러내는 수한. 그렇다. 본래 장환은 방어용으로 쓸 수 없는, 오직 공격형 스킬. 그런데 방금 전 결과를 보니, 그것이 꼭 사실만은 아니질 않는가? 그렇다면 세간에 은근히 퍼진 설정집의 내용은 전부 헛소리?

"아니야. 아직 그에 관한 이야기가 전혀 없는 걸 볼 때… 이런 경우는 내가 처음일 가능성이 높아. 그렇다면 내가 특별 케이스란 건데……."

자신이 지닌 캐릭이 히든피스임을 다시 한 번 자각한 수한. 그는 필멸자가 지닌 가장 큰 공능을 이제야 깨닫고 있었다.

설정의 족쇄에서 벗어나, 창공을 나는 자유로운 존재. 그렇다. 그는 자유였다.

다시 일주일이 지났다.

우우우우웅─

수한의 주위를 감싸는 십여 개의 장환. 양손에 통제를 맡기는 탓에, 최대 두 개만 생성할 수 있는 기존의 법칙을 넘어선 광경이다. 하지만 수한의 필살기이자 궁극기인 십방장환이 다수의 장환을 운용해 그와 같은 위력을 발휘한다는 설정을 볼 때, 그 법칙은 그저 고정관념일 뿐.

"후우우~ 단순히 의념만으로 장환을 조정한다라… 설마 진짜 가능할 줄이야."

설마 했던 게 실제로 이루어진 탓일까? 수한은 약간 허탈한 음성으로 자신의 성취에 대해 평가했다. 확실히 예상을 뛰어넘는 성취. 물론 여기서 만족한다는 의미는 아니다.

"곤륜 검선은 수천 개의 검환을 일시에 구현한 채, 날 농락했었는데 이 정도에 만족할 순 없지."

과거, 청제국 시절에 겪은 팔선 중 일인의 무위를 떠올리며 재차 장환의 수를 늘리는 수한. 그의 목표는 최소 수백 개의 장환을 구현하는 경지였다.

어둠의 숲에서 특훈을 시작한 지, 한 달째 되는 날.

"끙끙~"

뭐가 그리 불편한지, 연신 앓는 소리를 내는 수한. 평소 쓰질 않던 머릴 최대한 굴려, 뭔가를 궁리하는 모습이다. 그리고 그가 이렇게 머릴 쥐어뜯게 만든 그 고민거리란…

"으으으~ 새로운 필살기가 필요해!!"

장환 운용은 이미 마나 량과 컨트롤 능력을 검토한 끝에 동시에 백 개를 운용하는 게 가장 효율적인 것으로 잠정 결정되어졌다. 하지만 그런 운용 방법은 어디까지 다수의 넓게 퍼진 상대를 공략할 때나 유리할 뿐, 정작 실제 위력은 십방장환보다도 떨어졌다. 역시 괜히 십방장환이 궁극기가 아닌 것이다.

결국 지금의 성과로는 강자들, 적어도 나인스타 급 인물을 상대하는 덴 그리 큰 효용이 없다는 의미. 이에 수한은 단순한 강기의 운용을 넘어선 그 이상의 것에 관심을 두기 시작했다.

즉 다시 말해, 뭔가 나만의 새로운 필살기가 필요하다!

…라는 게 수한의 고민인 것이다.

십방장환. 분명 훌륭한 필살기, 아니. 궁극기이긴 하다. 하지만 방어와 공격을 동시에 구현하는 스킬답게 다른 궁극기, 예를 들어 이기어검(以氣御劍)이나 일도단천(一刀斷天)에 비해 그 공격력이 약한 면이 없지 않아 있었다. 자연 수한과 동급인 존재들, 즉 초월자들을 상대론 뭔가 부족한 느낌이 든 게 사실.

이에 수한은 그에 대한 반작용으로 십방장환을 능가하는, 아니, 초월자조차 일발격중에 회색으로 물들 정도의 일격필살, 무지막지한 궁극의 필살기. 그것도 캔슬 같은 사기 스킬에 대항 가능한, 아예 낌새조차 느끼지 못할 정도로 먼 거리에서 목표를 저격 가능한 장거리 공격 스킬을 원하게 되었다(본래 꿈은 크게 가지는 법이다).

…물론 희망사항이 그렇다는 거지, 어느 누가 그런 무지막지한 사기 스킬을 만들 수 있겠는가? 하지만 이 포기할 줄 모르는 망상가, 수한은 그 꿈에나 나올 사기 스킬을 만들기 위해 열심히 머릴 굴리고 있었다.

"끄응~ 끄응~ 뭔가 좋은 방법이 없을까?"

고민에 고민을, 궁리에 궁리를 거듭하는 수한. 자신의 모든 능력을 쥐어짠, 아니, 초월하는 그 무언가!! 수한은 간절히 그것을 원하며 사흘 밤낮을 지새웠다.

그리고 마침내 사흘째 되는 날, 로그아웃 직전. 서서히 떠오르는 일출을 바라보며, 수한은 그에 단서를 과거 자신이 가장 존경했으며, 후엔 가장 저주하며 미워했었던 호적수에서 찾았다.

"천무검황. 그래, 바로 그를 모델로 해서……."

과거 청제국 무림맹, 정천맹의 맹주였으며 제국의 황제 직까지 노리던 대효웅, 천무. 수한을 수차례 함정에 빠뜨리고 농락했던 그의 능력은 실로 대단해, 수한조차 인정할 수밖에 없는 존재다(물론 마지막 순간 수한에게 패배, 천하공적이 되어 지금은 게임 접었다는 소문이 파다하지만…). 그리고 그런 그의 주특기는 바로 스킬 조합!!

레벨 200대에 레벨 300의 무공인 검막을 구현하고, 평상시엔 일반 유저나 NPC를 훨씬 능가하는 검력을 자랑했으며, 최후의 순간엔 깨달음이 아닌, 스킬 조합만으로 '이기어검'을 구현해 낸, 수한과 다른 의미에서의 사기캐릭. 다행히(?) 수한은 그 사기캐릭의 스킬 조합법을 어느 정도 알고 있었다.

…기존의 만화나 애니에 등장한 스킬 조합법은 대부분 상이한 성질의 그것을 합쳐, 보다 큰 위력을 발휘한다는 개념이다. 하지만 그런 식의 스킬 조합을 써먹기엔 위험 부담이 지나치게 크다. 자칫 잘못하면 도리어 몸만 망치는 게 비일비재하고, 설령 성공한다고 해도 과연 그 위력이 제대로 살아날까? 그럴 도박에 시간 낭비할 바에는 차라리 비슷한 유형의 스킬들을 상호 보완적으로 합쳐, 단계적으로 접근하는 게 궁극적으로 볼 때……

"찾았다!"

로그아웃 후, 책상을 한번 뒤엎은 끝에 마침내 찾아낸 '천무어록'. 과거 프로게이머, 천무의 팬클럽에 있을 때—…사람에겐 누구나 씁쓸한 과거가 있는 법이다—구입한 게임가이드북이다. 뭐, 그렇게까지 귀한 건 아니고, 프로 게이머로서의 마음가짐과 게임 적응을 위한 가장 기초적인 지식을 담을 것이라고 보면 된다.

…하지만 지금의 수한에겐 너무나 절실한 내용을 담은 책이기도 했다.

"…뭐, 한때 적이었지만 배울 점은 배워야지."

어둠의 숲 특훈, 한 달 하고도 사흘.

우우우우웅—

"으으윽~ 조금만 더……."

1m 크기의 두 장환을 생성한 채 수전증이라도 걸린 듯, 두 손을 부들부들 떨고 있는 수한. 분위기를 볼 때, 뭘 하려는지 뻔히 보인다. 그리고 그 결과 역시…

콰콰콰쾅!

"케에엑~"

역시나… 두 개의 장환이 합쳐지려는 순간, 대폭발과 함께 뒤로 나뒹구는 수한. 그나마 몸빵의 지존이었기 망정이지, 그렇지 않았으면 진작 회색으로 물들 뻔했다. 하긴 그런 몸빵이기에 이런 무모한 일을 하는 거지만.

"이상한데… 언젠가 분명 장환 두 개를 합친 적이 있었는데, 왜 지금은 안 되는 거지?"

확실히 과거, 묵천지회를 위한 마교 총단 돌파 시 장환의 합일에 성공한 전적이 있다. 하지만 그때는 장환의 크기가 고작 손가락 하나 정도로 반발력이 최소화되었기에 가능한 일. 지금처럼 무식하게 크기를 키워서는 불가능한 일인 것이다.

"휴우~ 이거 넘어야 할 산은 많은데, 초장부터 이렇게 태클이냐?"

방금 전 폭발로 인해 체력이 떨어지자 잠시 휴식을 취하며, 연신 투덜거리는 수한. 문제의 원인을 분석하기에 앞서, 산더미같이 쌓인 과제들에 대해 일말의 불안감을 드러낸다. 하지만… 그것은 어디까지 그가 추구하는 수한표 궁극기를 위한 필수사항.

그렇다. 수한은 천무어록을 기반으로 자신의 상상을 총동원한 끝에 마침내 자신만의 궁극기를 구상하는 데 성공한 것이다. 물론 실제로 구현 가능한지는 누구도 알 수 없는, 이론에 전적으로 의존한 조합 방법이지만.

그리고 그 수한표 궁극기의 첫 번째 단계가 바로 두 장환의 합일(合一)! 솔직히 위력을 극대화시키기 위해 스킬 조합의

주재료를 십방장환으로 하고 싶지만, 그 터무니없는 마력 소
모량을 고려해 수한이 양보(?)한 결과다.

그런데 그렇게 양보를 했음에도 첫 단계부터 막히고 있으
니… 지금까지의 특훈으로 장환의 운용 능력을 거의 한계치
까지 향상시켜 놓은 상태이기에 그 답답함은 더욱 커질 수밖
에 없다. 거기다 특훈을 한 지 한 달이 넘은 시점이기에 이젠
점차 모종의 불안함까지 느끼는 상황이다.

"하아~ 이러다가 복수는커녕, 수련만 실컷 하다가 게임
접는 거 아니야?"

"걱정 마. 그럴 리는 없을 테니."

휘이익—

수한이 숨겨진 속내를 혼잣말로 드러내던 바로 그 순간, 등
뒤에서 들리는 낯익은 음성. 수한은 화들짝 놀라 등 뒤를 돌
아봤다. 그리고 그곳에 있는 건, 바로…

"이히히히, 오랜만이네. 첫 번째 부.탁.을 하러 왔어~"

"수진 누나……."

…마왕의 짧은 특훈은 그렇게 끝을 맺었다.

따가닥. 따가닥.

"하아~ 이제 겨우 감을 잡았는데……."

대로 위를 빠르게 지나가는 마차 안에서 수한은 쉴 새 없이

한숨을 내쉬었다. 수진이 오기 직전 일말의 불안감을 드러내
긴 했지만, 동시에 장환을 합일하는데 요령을 얻기 직전의 상
황이었다. 그런데 이제 막 심득(?)을 얻기 직전, 물 좋고 공기
좋아 수련하기 적합한—간간히 마왕에게도 덤벼드는 마물이 있
어서 탈이지만…—어둠의 숲이 이렇게 연신 덜커덩거리는 마
차 안으로 옮겨지게 되었으니… 간만에 잡은 심득은 하늘 저
너머로 훨훨 날아간 지 오래다.

　하지만 그렇다고 수진의 부탁을 거절할 수도 없는 노릇. 자
칫 그럴 경우, 대체 무슨 불상사 벌어질지는 감히 상상조차
되지 않는다. 이에 결국 울며 겨자 먹기 식으로 수진의 부탁,
어느 도시의 용병 길드를 향하는 수한과 그의 일행이었다.

　"걱정하지 마십시오. 비록 마스터의 수련이 그 성과를 거
두지 못했다곤 하지만, 저희들이 있지 않습니까?"

　"로드, 제가 약간 성과가 있어, 로드의 검으로써 제대로 활
약할 수 있게 되었습니다. 그러니 너무 걱정하지 마십시오."

　수한이 그렇게 축 늘어지자, 토일과 시드가 옆에서 열심히
그를 위로한다. 나름대로 특훈 기간 동안 성취를 이루었는지,
자신만만한—수한의 염장을 제대로 지르고 있는—두 언데드.

　그런데 뭔가 이상하다? 평소의 기이한 울림이 있던—언데드
에게 성대가 있을 리 없지 않은가?—음성이 마치 정상인의 그것
과 같지 않은가? 거기다 지금과 같은 벌건 대낮에도 아무런 위

화감이 없다. 설마 특훈의 성취가 이 정도로 대단하단 건가?

…그럴 리가 있겠는가? 이와 같은 변화는 어디까지 수진이 던져 준 매직 아이템으로 인한 결과. 착용자의 속성을 숨겨주는, 제법 귀한 매직 아이템인 '은신의 반지'는 그들을 일반인과 거의 비슷한 모습으로 변환시켰던 것이다. 아마 고위사제가 작정하고, 이들에게 탐색 마법을 쓰지 않는 한, 이들의 정체를 알 수 없으리라.

권속들이 이렇게 완벽히 변장(?)을 했는데, 수한이라고 가만히 있을쏘냐. 각 도시 곳곳에 붙여진 몽타주를 고려해서라도—대미궁 이후 란슬롯 일행이 가만히 있을 리 없지 않은가?—변장은 필수다. 이에 나름대로 변장을 한 수한인데… 문제는 그 변장의 컨셉을 수진이 잡았다는 점.

"휴우~ 아무리 그대로 또 여장이라니……."

청제국에서의 천상천화 사건 이후, 절대 여장만은 하지 않으려 했던 수한이건만 토일 등에게 주어진 매직 아이템을 미끼로 끝끝내 자신의 주장을 관철시키는 수진에게 대항하기엔 그 각오가 억만 년은 부족했다. 이에 현재 수한의 모습은 치렁치렁 레이스가 화려 만발한 드레스 차림의 온실 안 화초, 즉 귀족 영양의 모습이라.

솔직히 수진도 이런 치렁치렁 불편 버전이 아닌, 천 낭비를 최대한 줄인 섹시버전—수한이 결사반대했지만……—으로 가고 싶었다. 하지만 수한의 정체를 감추기 위해선 필히 '로브'를 걸쳐야 하는 상황. 그러나 수천, 수만 장이 깔린 몽타주 상의 로브를 그냥 걸칠 순 없다. 결국 타협점은 드레스 안에 로브를 대충 걸친다는 것인데, 그러자면 이런 치렁치렁 버전만이 유일한 대안인 것이다.

그리고 그런 치렁치렁한 드레스 차림으로 먼지투성이대로를 그냥 걸을 수도 없는 노릇. 어찌어찌 정신을 차려 여장의 후유증(?)에서 벗어났을 땐, 마차까지 구해 목적지를 향하게 되었으니, 결국 수한 일행의 모양새는 귀족 영양과 그녀를 호위하는 기사와 마법사의 그것이라. 그런데 엉뚱하게도 그 여파가 생각보다 심각했다.

"시드, 앞으로 얼마나 가야 도착이죠?"

"음~ 대략 반나절만 더 가면 도착입니다. 혹 지루하십니까?"

"아, 아니에요. 그냥 좀……."

마차 안에서 연신 꼼지락거리는 수한. 그런 그를 보다 못해 시드와 토일이 뭐라도 해주고 싶지만, 천상 기사와 마법사인 그들이 별안간 재담가로 전직할 순 없는 노릇. 결국 마차 안은 그저 어색한 침묵만이 감돈다. 그리고 그 어색함은 전적으로 수한에게서 기인된 것이었으니.

'에휴~ 차라리 수진 누나라도 있으면, 적어도 이런 분위

기는 아닐 텐데…….'

얼마나 분위기가 어색하면, 수한이 이런 생각을 다 할까? 하긴 여장한 차림으로 이런 밀폐된 공간에 있으니, 뭔가 므훗한 기분이…

'허걱, 내가 무슨 생각을… 이건 전적으로 수진 누나에게 세뇌한 탓이야.'

뭔가 알 듯 모를 듯한 요상한 감정에 화들짝 놀라, 부르르 몸을 떠는 수한. 그는 이 위기(?)에서 벗어나기 위해 마차 안에서 할 수 있는 일을 궁리하기 시작했다. 그리고 주인공으로서 절대 알아선 안 될 세상(?)을 알게 되기 직전, 마침내 자신이 할 일을 찾았다.

'그래, 이럴 땐 수련을 해야지.'

밀폐된 공간인 만큼 격렬한 행동은 무리겠지만, 특훈의 마지막 날처럼 장환의 합일에 관한 감각 수련 정도는 할 수 있을 터. 또 아는가? 어쩌면 운이 좋아(그럴 리는 없겠지만…), 날아간 심득을 다시 한 번 느낄 수 있을지.

우우우우웅—

'작게… 작게… 작게…….'

난데없이 콩알 크기의 장환 두 개를 소환해 서서히 하나로 만드는 수한. 두 눈 동그랗게 뜨는 토일과 시드의 시선을 무시한 채, 거기에 집중한다. 이번엔 좁은 밀폐된 장소임을 고려, 그 크기를 최소화했고 어느 정도 감까지 잡았으니, 어쩌면…….

비록 그 크기가 작다곤 하나, 장환의 파괴력을 고려한다면 아차 하는 순간 마차가 통째로 날아갈 수 있는 상황이다. 하지만 이미 강기 운용만큼은 달인의 경지에 오른 탓인지 그런 불상사는 벌어지지 않았다.

…대신 장환에서 새어 나오는 마기가 마차를 끄는 말들을 자극했다는 게 문제일 뿐.

히히히힝!

"어어, 말들이 왜 이래?!"

"어라?"

마차 밖에서 들리는 마부의 경호성과 흔들리는 마차. 하긴 마왕씩이나 되는 존재가 그 강대한 마기의 일부를 드러냈으니, 평범한 축생이 어찌 그것을 감당하랴? 그저 수진이 추천한 마부가 사정도 모르면서, 말들을 채근할 뿐이다.

피시시식.

"에휴~ 결국 이미지 트레이닝이나 해야겠군."

상황이 상황인 만큼, 황급히 장환을 역소환한 수한. 이제 그에게 남은 유일한 대안은 마차 벽을 활용한 면벽수련뿐이었다.

*   *   *

"기특하긴 하지만, 저래서야 성과가 있을까?"

"아아~ 그거야 저 녀석 사정이지. 솔직히 지금 진행하는 일도 벅차다고."

"휴우~ 그래, 네가 정말 수고한다. 그나저나 저 녀석이 과연 네가 진행하는 일의 의미를 깨달을까?"

"뭐, 저 녀석도 머리가 있으면… 아니지, 저 녀석 졸개들 중에 머리 쓰는 놈이 있으면, 이번 기회를 알아서 잘 활용할 거야."

"피식~ 정말 네 말대로 되길 바란다. 나도 요즘 다른 일로 바빠서, 더 이상 지원이 어렵거든."

"크크크, 걱정 마. 정 안 되면 내가 개입하면 되니깐."

*   *   *

'내가 지금 하는 것이 과연 잘하는 일일까?'

란슬롯은 생전 처음 자신이 하는 일에 의문을 품으며 고민하고 있었다. 범생의 표본으로써 늘 시키는 대로 다 하던, 평상시 그라면 도저히 있을 수 없는 일. 하지만 그 만큼 일의 사안이 중요하는 뜻이기도 했다.

이미 의견 차이로 인해 결별한─비록 게임상의 일이지

만…—사람. 그런데 그런 사람의 제의를 받아들여, 다시 한 번 무모한 일을 벌여야만 할까? 단순한 의견 차이가 아니라, 자신과 다른 일행들을 거의 농락한 사람인데…….

그러나 자신의 처지에 그것을 받아들이지 않을 수도 없다. 적어도 상대는 현실에서 절대적 우위를 지닌 존재이기에.

거기다…

'그녀를 이곳에서 볼 수 있다면… 난…….'

이성의 속삭임은 그것을 거부하라 주장한다. 하지만 란슬롯의 뜨거운 심장은 그런 이성의 속삭임을 단순한 잔소리로 여기고 있었다. 그렇다. 그는 결코 그녀를 포기할 수 없었던 것이다.

"무슨 고민이라고 있습니까?"

멍하니 있는 란슬롯의 모습에서 뭔가를 느낀 걸까? 로빈이 조심스럽게 다가와 그를 걱정스러운 눈초리로 바라본다.

"아닙니다. 그저… 앞으로 계획을 생각하다 보니……."

평상시라면 먹히지도 않을 변명. 하지만 지금 이 순간만큼 로빈에게 통했다.

"하긴 그렇죠. 삼대재앙의 토벌이라… 훗~ 이거 게임 인생을 걸 정도의 어마어마한 퀘스트군요."

그저 교단에서 내린 퀘스트, 혹은 이벤트인 줄만 아는 로빈. 란슬롯은 순간 목구멍까지 차 오르는 말을 억지로 집어삼

켜야 했다.

'그건 사실이 아닙니다다다다다다!!'

마음속으로 수십 수백 번을 외치는 란슬롯. 하지만 그는 끝끝내 그 말을 내뱉을 수 없었다. 대신 이 상황의 어색함을 덜기 위해, 혹은 자신의 죄책감을 조금이라도 줄이기 위해, 로빈에게 지금 상황에 가장 적합한 말을 건넸다.

"후우~ 용병들은 몇 명까지 모으실 계획입니까?"

"일단 지금 계획으로썬… 100명 안팎을 생각하고 있습니다."

로빈의 말이 너무 의외여서일까? 란슬롯은 방금 전 자신의 복잡한 속내조차 잊은 채, 반문했다.

"너무 적은 거 아닙니까? 아무리 정예만 구성한다고 해도 일국의 군대조차 토벌 못한 그들을 고작 100명으로……."

"아아~ 하지만 지금으로썬 어쩔 수 없습니다. 지금 용병을 구해봤자, 과연 몇 명이나 모을 수 있겠습니까? 그리고 저는 이번 한 번만 용병을 모집하고 그만둘 생각이 아닙니다. 일단 '나르빌' 공략에만 성공한다면… 토벌대에 자신의 이름을 올리기 위해 사람들이 알아서 모여들 것이고, 그때 사람들을 다시 충원할 생각입니다."

세상일이란 게 본래 그런 것이다. 세간에서 아무리 무모하다 떠들어도, 삼대재앙 중 하나라도 토벌에 성공한다면 이 일에 회의를 가지는 자들이 대폭 줄어들 터. 그리고 그렇게 된다면 각국의 지원 아래 토벌대의 규모가 지금과는 비교조차 할 수 없을 정도로 커질 것이다.

…명성을 탐하는 자들은 어디에나 많은 법이다.

물론 그렇게 일이 진행되기 위해선 이번 일에 성공해야 한다는 가정이 붙는다.

"어차피 로빈님에게 그 일에 관해선 모든 걸 위임을 했으니… 알겠습니다."

"하하, 저를 그렇게 믿어주신다니, 감사합니다. 아마 실망시켜 드리진 않을 겁니다."

어차피 이런 일에 그리 관심도, 능력도 없는 란슬롯. 때문에 순순히 로빈의 말을 받아들이며, 이런 귀찮은 일을 도맡아 해주는 그에게 은근히 감사를 표한다. 물론 로빈으로선 자신을 전폭적으로 신뢰하는 란슬롯에게 도리어 감사할 지경. 지금 행하는 일련의 조치 자체가 그의 새로운 길드 결성을 위한 사전포석인 만큼, 란슬롯에게 사정해서라도 반드시 맡아야 할 일인 것이다.

서로의 사정을 아는지 모르는지, 어쨌든 자신이 원하는 바를 얻은 두 사람. 나름대로 화기애애한(결코 수진이 바라는 방향이 아니다) 분위기를 연출하며, 재차 앞으로 계획에 대해 의견을 주고받는다. 그런데 바로 그때!

벌컥!

"헉헉, 로빈님, 좀 나와 보셔야겠습니다."

갑자기 방문을 박차고 들어와, 로빈을 찾는 팝콘. 평상시 어느 정도(?) 냉정한 면모를 보이던 그가 당황한 기색이 역력했다. 이에 의아한 기색을 드러내는 로빈과 란슬롯. 그들 역시 팝콘의 성정을 아는 탓에, 뭔가 심상치 않은 일이 벌어졌음을 직감했다. 그리고 실제로 그들의 예상대로, 아니 그 예상을 뛰어넘는 일이 발생한 상태였다.

"대체 무슨 일이죠?"

"토벌대 선발 기준에 불응하는 몇몇 용병들이 용병 길드에서 난동을 부리고 있습니다. 레드가 용병 길드의 용병들과 함께 그들을 막고는 있지만, 아무래도 역부족일 것 같다는… 좀… 도와주셔야겠습니다."

"하아~ 그게 무슨… 아니, 그전에 지금 방금, 선발 기준에 불합격한 사람들을 그러고 있다고 했습니까?

"예!"

"허어~ 그런데 용병 길드에서 그들을 제지 못한다고요?"

어리둥절한 란슬롯과 달리, 로빈은 정말 황당하다는 표정을 지었다. 이번 토벌대의 선발 기준은 어디까지 그의 기준선에서 가장 최소한의 그것. 즉, 레벨 200 이상의 일급용병이면 과거불문하고 무조건 받아들이라고 했었다. 그런데 그조차도 충족시키지 못한 용병이 난동을 부리는 데, 일급용병들과 특급용병이 즐비한 용병 길드에서 그들을 통제를 못해?

"대체 몇 명이기에 그러는 겁니까?"

혹 백여 명 정도의 대규모 폭동 수준이면, 이해가 될까 싶지만… 정작 팝콘의 대답은 로빈의 그런 간절한(?) 기대조차 저버린다.

"그게… 세 명입니다."

"세… 명? 달랑 세 명이서 용병 길드를 뒤집고 있다고요? 그것도 일급용병조차 되지 못한 사람들이?"

끄덕끄덕.

자신도 원체 황당한지라, 울상을 지은 채 그저 고개만 끄덕이는 팝콘. 이에 란슬롯은 상황이 심상치 않음을 깨닫고, 자신의 옆에 있는 검을 집어 들었다. 로빈 역시 뭔가가 느낀 듯, 무장을 갖추며 팝콘에게 서둘러 앞장설 것을 종용한다.

그런데 그런 급박한 분위기 속에서 상황에 어울리지 않게 슬그머니 미소를 짓는 로빈. 그는 팝콘을 따라 용병 길드를 향하면서 자신도 모르게 중얼거렸다.

"이거… 잘하면 쓸 만한 전력을 얻겠군."

"뭐어~? 실력 테스트를 이번엔 대련으로 하자고?! 쯧쯧~ 고작 그 실력으로?"

용병 길드의 지부장을 책임진 룩은 눈앞에서 억지를 부리는 세 사람을 기가 막힌 듯 바라봤다. 뭔가 그럴듯해 보이지만, 그 실력은 갓 삼급용병이 된 풋내기 기사와 마법사, 그리고 아예 등급조차 없는, 후드를 푸욱 뒤집어쓴 펑퍼짐한 로브 차림의 꼬맹이(솔직히 나이는 알 수 없지만, 그 자그마한 체구나 높은 톤의 음성을 들어보건대, 틀림없이 애였다). 대체 뭘 믿고, 이렇게 만용인지.

하지만 이번 비슷한 일이 한 달에 한두 번은 있는 탓에 룩의 얼굴엔 이내 비웃음이 번지기 시작했다. 이미 그 실력에 대해 검증이 끝났음에도 요행을 바라는 풋내기들. 적어도 룩의 생각엔 이들 역시 그런 부류였다.

"클~ 아그들아, 엄마 젖이나 더 먹고 오너라. 이번 일은 그리 만만한 게 아니란다."

한편 눈앞의 철부지들을 좋게(?) 타이르며, 용병 길드에서 내쫓으려는 룩의 태도에 수한이 순간 울컥했다.

…그 철부지들이 그들 일행이니 지극히 당연한 반응이다.

"아, 진짜~ 일단 실력을 보라니깐!! 어떻게 저런 이상한 마법진에 의존해서 실력을 평가하냐고?!"

수한은 정말 기가 막혔다. 언제부터 판타지 세상이 이리도 타락(?)했단 말인가? 용병 길드의 용병등급 심사라면 당연히 대련으로 결정지어야지, 별 희한한 마법진에 서서 레벨을 체크해? 덕분에 레벨 50대인 토일과 시드는 삼급용병 판정을, 로브로 인해 그 능력치 상당수가 감춰진 수한은 그조차도 받지 못했다. 대체 세상이 어찌 되려고 이리 되는지.

용병의 로망(?)이라는 대련 판정은 이제 구시대의 유물로 변했다는 건가?

물론 용병 길드의 처사가 이해 못할 것도 아니다. 용병들 간의 대련은 말이 좋아 대련이지 거의 막싸움 수준. 일단 붙었다 하면 대부분 중상자, 심하면 사망자까지 생긴다. 그러니 그들로선 최대한 사상자를 줄이기 위해, 이와 같은 편법을 도입한 것이리라. 특히 요즘 들어 불멸자(유저) 출신 용병들이 늘자, 이와 같은 조치는 그야말로 필수 중에 필수. 솔직히 레벨이 그 실력과 비례하니 틀린 말도 아니질 않는가?

그러나!! 수한의 입장에서 그야말로 분통이 터질 노릇. 감히 자신과 같은 초특급 인적 재원이 지원을 했는데, 이리도 문전박대를 해?! 생각 같아서야 당장 이곳을 초토화시키거나, 최소한 이대로 박차고 나가고 싶지만…

'으윽~ 대체 무슨 생각인지 모르겠지만… 일단은 부.탁. 이니깐.'

수진의 강제성이 매우 짙은 첫 번째 부탁. 그 내용인즉 이곳, 용병 길드에서 인원을 모집하는 어떤 특정 퀘스트를 수행하라는 것이다. 그런데 문제는 그 퀘스트에 참가하기 위해선 최소한 일급용병 이상의 등급을 갖춰야 한다는 건데, 지금 상황이 이러니… 수한으로선 답답할 따름.

…고작 이런 이유 때문에 못했다고 하면, 그 결과는 그야말로 지옥강림(地獄降臨)이 뻔하다.

물론 그런 사정을 하등 알 길 없는 룩은 수한의 생떼에 역시 수한만큼이나 기가 막힐 지경. 고작 삼급용병 두 명이서, 그것도 용병판정조차 받지 못한 꼬맹이까지 끼어들어 특급용병들조차 발길을 돌리는 삼대재앙 대토벌전에 왜 그토록 참가하려는지 도통 이해를 할 수 없다. 아니, 이렇게 겁대가리를 상실해서야 어찌 이 험한 세상을 헤쳐 나갈 생각인지…….

한편 수한과 룩의 설전이 길어지자, 길드 내부에서 저마다 일거리를 기다리던 용병들은 그 소란에 은근히 눈살을 찌푸리기 시작했다. 거기다 레벨이 아닌, 오직 실력으로 승부해야 한다는 등 수한의 말이 점차 거칠어지자, 마치 자신들이 실력도 없으면서 레벨만 높아 상위 등급을 차지했다는 투로 들린다.

가뜩이나 펑퍼짐한 로브 차림으로 수상한 티를 팍팍 내는 게 못마땅했었는데, 이거 잘 걸렸다!

"크흠~ 이봐 지부장, 그 녀석 말대로 실력 좀 평가해 봐."

"맞아, 대체 얼마나 실력이 있길래 그런 말을 하는지 한번 보자구!"

슬슬 험악해지는 분위기 속에 지부장을 압박하는 십여 명의 용병. 평상시라면 그냥 웃고 넘길 일지만, 이번엔 운이 너무 나빴다.

'아이구~ 이것들이 기어이 일을 만드는구나. 가뜩이나 분위기 안 좋을 때……'

어떻게든 수한 일행을 용병 길드 밖으로 내보내려던 룩. 하지만 이미 때가 늦었다. 용병 길드 역사상 가장 큰 건인 이번 토벌대 선발에서 탈락한 탓에 심기가 불편했던 다수의 용병들. 그 탈락자들과 일부 말썽꾼 용병들이 어느새 룩을 비롯한 수한 일행들을 둘러싼 것이다.

그런데 이 철없는 것—적어도 룩의 생각엔…—은 상황 판단도 안 된다는 듯,

"크크크. 좋아. 잘 됐네. 아무나 한 명 덤벼봐."

'아이고~ 이놈이 무덤을 파다 못해, 아예 비석까지 공수해 오는구나.'

간덩이 확장률의 한계치가 아예 존재하지 않는지, 이젠 용병들을 도발하는 꼬맹이. 룩은 차마 자라나는 새싹(?)이 무참히 짓밟히는 광경을 볼 수 없어 두 눈을 감았고, 용병들은 기가 막혀 멍하니 꼬맹이, 수한을 쳐다봤다. 그리고 잠시 뒤, 수한 일행들 둘러싼 용병들 중 한 명이 광소를 터뜨리며 앞으로 나서는데…

"크크큭. 좋아, 배짱 하나는 특급용병이구나. 내가 상대해 주지."

'헉, 하필 저놈이…….'

2m 거구에 클레이모어를 등에 짊어진 살벌한 인상의 용병. 척 보기에도 한가닥 할 것 같은 외모였고, 실제로 특급용병으로서 널리 알려진 자다. 다만 문제가 있다면, 실력있는 놈들은 반드시 뭔가 이상하다는 공식에 충실한, 그 이상야릇한 성격.

"크크크, 간만에 피 좀 보겠군. 할짝~"

클레이모어에다 헛바닥을 살살 문지르며, 주위 분위기를 싸하게 만드는 용병. 나름대로 겁을 주려고 모션인 듯한데, 도리어 역효과다. 어디 할 때가 없어, 거기에다…

"우웩~ 저 자식, 어제 저걸로 오크 멱을 땄었는데……."

"으으~ 역시 변태였어."

"크크크, 마음껏 떠들어라. 원래 앞서 가는(?) 자는 남들에게 핍박받는 법."

…클레이모어를 핥는 게 대체 뭐가 앞서 가는지는 모르겠지만, 자신의 행동에 하등 부끄러움이 없다. 허어~ 간만에 인물이 등장했다.

어쨌든 그렇게 나름대로 자기어필을 확실히 한 최첨단(?)을 달리는 용병. 그는 지금 사태를 유발한 수한을 앞세운 채,

용병 길드 앞 공터로 나섰다. 그리고 자신만만하게 소리치는
데…

"야, 꼬맹아! 먼저 공격해 봐. 내가 특별히 선수는 양보하
마."

그 호기 아닌 호기에 저마다 환호성(?)으로 응대하는 동료
용병들.

"우우우~ 당연한 걸, 뭘 그렇게 자랑스럽게 말하냐?"

"저 자식, 지금 자기가 애하고 싸우는 걸 알기는 아는 거야?"

"꼬마야, 어서 도망가. 저 녀석 변태야. 무슨 일을 당할지
몰라!"

그러나 그런 소란과 야유에도 불구하고 묵묵히 눈앞의 상
대를 바라보는 타칭 꼬맹이, 수한. 후드 밑 입매가 슬그머니
미소를 짓는다. 그리고 자칭 최첨단을 달린다는 용병이 관중
들의 환호(?)에 답하기 위해, 고개를 다른 쪽으로 돌리는 순
간,

퍼어어억!

휘이이익—

듣는 것만으로도 꽤나 아플 것 같은 격타음, 그리고 공중으
로 대략 5m 정도 떠오르는 거구의 남자. 그리고 멍하니 그 광
경을 바라보는 구경꾼들.

휘이이이이잉—

정체를 알 수 없는 싸한 바람이 사람들을 유린하는 가운데 꼬맹이, 아니, 숨겨진 고수님께서는 입을 열었다.

"이제 합격이지?"

…될 리가 있겠냐? 동료가 당한 마당에 성질 급한 용병들이 가만히 있을 리 만무. 잠시 동안 장내를 지배했던 침묵은 이내 욕설과 노호성에게 그 자리를 내줬다.

"세 놈 다 밟아!!"

'아씨~ 이 녀석들은 정말 앞뒤 가릴 줄도 모르나?

일순간에 개판 오 분 전에 되어, 난투극이 벌어지는 공터. 수한은 자신을 향해 돌진하는 그 누군가를 슬쩍 집어 던진 뒤, 속으로 투덜거렸다. 특급용병을 단 일격에 쓰러뜨리는 실력을 보여줬으면, 알아서 기어야 정상인데… 이 뜨거운 피를 주체를 못하는 열혈 용병 녀석들은 그냥 덤벼들기만 한다. 이래서야 좋게 설득 자체도 할 수 없는, 대화 자체가 불가능한 상태.

결국 상황이 이러니, 차라리 전부 눕혀놓은 다음에 대화를 하는 편이 현명하리라. 물론 마음껏 날뛰기 전에 자신의 허약한 권속들부터 챙겨야겠지만.

'어디 보자, 토일과 시드가……'

혹 위태위태한 상황일 경우, 역소환을 고려하던 수한. 그런데 정작 장내를 보니, 그런 걱정이 무색하다.

수한의 왼편에서 몸빵과 외공의 힘을 빌려, 압도적인 우위를 선보이는 토일. 지난 50년간의 험난한 인생 역정과 도주 인생을 반추하며, 자신이 지닌 강점을 누구보다 잘 이용하고 있다. 그 단적인 예로 용병들의 검을 그냥 자신의 몸으로 받아내며, 가차없이 스태프를 휘두르고 있었으니… 한 대 맞아 줄 테니, 네놈들은 기절이나 하라는 식의 무지막지한 공격 방법에 감히 접근조차 못하는 용병들. 그 광경을 보니, 당분간 걱정할 필요가 없을 듯.

한편 시드는… 그야말로 말이 필요 없다. 능력치가 좀 딸려서 그렇지, 얼마 전까지 나인스타 중 한 명으로 꼽히던 절대강자가 바로 그다. 아마 싸움 경험과 연륜은 수한조차 능가할 터. 거기다 현재 착용한 아이템의 능력치 상승 옵션으로 그의 부족한 능력치를 보완까지 했으니.

용병들 사이에서 가히 무인지경. 슬쩍슬쩍 검을 휘두르는 것 같은데, 그 일검에 용병들이 한 명씩 착실히 쓰러지고 있다. 과연 나인스타에 속했었던 기사다운 무위.

"어라? 제법 하네? 역시 템빨과 수련의 성과 덕분인가? 그럼, 걱정할 필요가 없겠군."

예상치 못한 두 권속의 활약에 확실히 걱정을 덜은 수한. 이제 마음껏 날뛸 수 있게 되었다. 뭐, 그래 봤자 스킬은 쓰지 못하고, 본신 능력만으로 날뛰는 거지만.

"시드, 토일. 사정 봐주지 말고 쓸어버려요!"

"예스, 마스터!"

"예스, 마이 로드!"

수한의 격려(?)에 한층 탄력을 받아 날뛰는 토일과 시드. 그리고 이제야 실력 발휘를 하는 수한. 덕분에 기절하거나 반 실신 상태의 용병들의 수는 기하급수적으로 늘어나기 시작했 다. 하지만 글 전개상, 이쯤 되면 태클을 걸어줘야 재미가 있 는 법. 수한 일행이 본래 목적을 잊고 광란의 시간을 보낸 지 얼마나 지났을까? 마침내 일단의 사람들이 그들을 제지한다.

"멈추시오!"

무협, 혹은 강호에서 흔히들 말하는 사자후가 이러할까? 장내에 쩌렁쩌렁 울려지며, 장내의 모든 이들에게 짜릿한 그 무언가를… 커흠~ 어쨌든 엄청 큰 목소리로 관심을 끌려는 그 누군가가 장내에 등장했다. 그러나…

퍼퍽! 쿵쾅!

"이 자식, 다굴의 위력을 보여주마!!"

"일단 포위해. 어이, 그쪽이 아니야!"

"……."

일반적인 패턴이었다면 싸움을 멈추고 관심을 가져 줘야 겠지만, 정작 현실은 냉혹했다. 누구 하나 관심 가져 주는 사 람이 없이 자기 할 일(?)에 바빴으니.

아, 우리는 정말 각박한(?) 사회에서 살고 있다.

"…할 수 없군요. 상황이 이러하니 일단 제압부터 하고 봅시다."

"그럽시다."

사람들의 주목을 받지 못하자, 그에 앙심(?)을 품고 실력 행사에 들어간 인물들. 란슬롯과 로빈은 그렇게 격렬한 싸움의 소용돌이 속에 몸을 맡겼다.

챙~

"응?"

처음으로 시드의 검이 막혔다. 지금까지 완력만 앞세우던 상대와는 달리 검의 운용에 어느 정도 감을 잡은 인물. 시드는 상대를 약간 높게 평가하며, 지금과 달리 정식으로 자세를 잡았다.

"이름은?"

상대를 인정한다는 의미로 이름을 묻는 시드. 상대 역시 그런 시드의 뜻을 아는지, 무뚝뚝하게나마 이름을 밝힌다.

"레드."

부우우웅—

대답과 함께 시드의 허리를 가르는 대검. 시드는 최소한의 움직임으로 검격을 피한 뒤, 레드와의 거리를 좁혔다. 하지만 레드 역시 나름대로 역전의 용사(하긴 그렇게 많이 죽어봤으니…). 시드의 검이 움직이는 것을 끝까지 주시한 채, 몸으로 받아냈다. 에? 받아냈다?

푸욱.

"크윽~ 살을 주고 뼈를 벤다!!"

애초부터 피하는 것을 모르는 레드. 시드의 현란한 검술을 막을 수 없자, 아예 치명상이 아닌 곳을 일부러 허용하며 반격을 노린 것이다.

…물론 이에 맞아줄 리 없는 시드이니, 그의 부상은 그야말로 허공에 삽질.

"큭, 그냥 한 대 좀 맞아주면 어때서……."

"아아~ 미안하군. 하지만 그런 강검에 맞았다간, 내 몸이 견뎌낼 재간이 없어서."

아이템으로 몇몇 능력치를 올렸다지만, 시드의 본체는 레벨 50인 데스 나이트. 반면 레드는 레벨 300대 중반을 바라보는 특급용병. 자연 정면으로 부딪쳐서 이익 볼 리가 없지 않은가? 결국 분통을 터뜨리며, 비겁한 상대를 성토하는 레드. 그러자 그의 간절한 희망을 하늘이 들어줘서일까?

"매직 미사일!"

"크윽~ 이건……."

레드의 억지에 기가 막혀 멍하니 있는 사이, 시드의 등판을 가차없이 때리는 매직 미사일. 레드의 단짝인 팝콘의 등장이었다.

"아아, 내가 좀 늦었지? 대장들을 데려온다고…….."

"크크, 아니야, 딱 맞춰왔어."

팝콘의 합류에 기세등등해진 레드. 방금 전 부상조차 잊은 채, 벌떡 일어난다. 그리고 팝콘과 함께 시드를 압박하기 시작하는데…

"이거… 조금 곤란하려나?"

자기 몸을 아끼기 않고, 상대의 빈틈을 만드는 몸빵형 전사, 그리고 그 빈틈을 적절하게 공략할 줄 아는 마법사인 시드가 이제 조금 긴장하기 시작했다.

"헐~ 내가 지금 뭐 하는 건지…….."

나름대로 품격있게 싸우는 시드와는 달리, 토일의 상황은 그리 좋은 게 아니었다. 아니, 그렇다고 용병들에게 밀린다는 것은 아니지만… 이걸 뭐라고 해야 하나?

"으아아아~ 죽어라!!"

토일을 향해 검을 마구잡이로 휘두르며 돌진하는 용병. 대충 그 품세를 보니, 별 볼일 없는 이급용병 이하의 실력이다. 이에 피할 필요도 없다는 듯, 가만히 서 있어주는 토일.

그리고 검이 토일의 몸에 적중하는 순간,

깡!

"크윽~ 이 자식, 로브 안에다 갑옷을 입었어!"

토일은 멀쩡한 것에 반해, 반 토막이 난 검과 피로 물든 손 아귀를 움켜쥔 채, 뒤로 물러나는 용병. 그 모습에 토일은 속 으로 한숨을 내쉬며, 손에 든 스태프를 휘둘렀다.

퍼!억

'갑옷을 입었다고 설마 검이 부러지겠냐?'

정확히 급소를 향해 내지른 나무 몽둥이, 아니, 스태프로 인해 거품을 물고 쓰러지는 용병. 비록 이급일망정 레벨 50대 인 토일보다 훨씬 고레벨이 분명한 용병은 그렇게 간단히 제 압당했다. 하지만 정작 토일은 하등 기쁘지가 않았으니…

"에휴~ 난 어디까지 마법사인데……."

그렇다. 토일은 마법사다. 그런데 이게 뭔 꼴인가? 몸빵 전 사도 이런 식으로 안 싸운다. 그러나 마스터가 준 무공을 소 홀히 할 수 없는 노릇. 결국 토일은 몸빵의 이인자 자리를 노 리며 계속 질주한다. 그런데 바로 그때!

파아아앗― 콰콰콰쾅!

"커억?!"

뭔가 번쩍하는 순간, 토일을 덮친 강렬한 충격파. 토일의 그 막대한 HP 중 일부가 한순간에 날아간다. 하지만 외공을 열심히 연마한 보람이 있어 그 충격의 여파는 금세 해소, 휘 청거릴 망정 쓰러지진 않는 토일. 그 광경에 방금 전, 충격파의 주인은 말 그대로 경악했다.

"하아～ 진짜 마법산가? 그 짧은 시간에 실드 마법을? 이상한데, 내가 볼 땐……."

단번에 제압할 생각에 제법 신경 써서 화살을 날렸건만, 저리 건재하다니… 로빈은 상대가 생각보다 더 까다로운 존재임을 직감하며, 재차 신중히 활시위를 당기기 시작했다. 하지만 영재 직업군 마법사, 토일이, 그것도 산전수전 다 겪은 노회한 그가 가만히 그 공격을 기다려 줄 리 없지 않은가?

"아이싱 스피어!!"

현재 착용한 아이템에 딸린 공격 마법 중 가장 강력한 것을 시전한 뒤, 로빈을 향해 몸을 날리는 토일. 이게 진정 마법사가 보일 만한 반응인지는 모르겠지만, 어쨌든 로빈으로선 뜨끔한 대응이다.

그러나 다른 한편에선…

'좋아! 이렇게 나와야지. 생각보다 재미있겠어.'

활시위를 놓음과 동시에 재빨리 허리춤의 검을 빼드는 로빈. 그는 자신을 향해 돌진하는 토일을 바라보며, 간만에 전의를 다졌다.

"하암～ 이제 이건 슬슬 지루한데……."

도통 지칠 줄을 모르며 덤벼드는 용병들. 이 피가 지나치게 뜨거운 녀석들은 도통 포기를 몰랐다. 덕분에 수한은 슬쩍 하품을 하며, 본의 아니게 용병들을 더욱 도발하게 되는데…

"이쌍, 저 녀석 담궈(?)!!"

허어~ 이거 참, 무슨 조폭도 아니고, 담그라니… 담구긴 뭘 담궈?! 내심 기가 막힌 수한은 방금 전, 막말의 장본인에게 신형을 날렸다.

휘이익!

"으헉?!"

신법을 쓰지도 않고, 본신 능력만으로 이동했음에도 용병들은 제대로 반응조차 못한다. 하긴 능력치 차이에 대체 얼만데.

어쨌든 약간이나마 지루함을 덜어준 보답으로, 그 입 험한 용병의 배에 슬쩍 주먹을 밀어주는 수한. 이에 당연한 말이겠지만, 용병의 입에선 차마 형용할 수 없는 그 무언가가 분수처럼 터져 나온다. 아아~ 묵념을.

"으윽, 이 괴물……."

너무나 압도적인 모습에 열혈 용병들조차 드디어 질리는지, 슬금슬금 거리를 두기 시작했다. 하긴 수한이 원체 괴물이니… 그런데 바로 그 순간, 장내에 끼어든 인영.

"더 이상 난동은 용납하지 않겠습니다."

'큭, 이 음성은……'

수한은 자신의 직업과 극성인 존재의 낯익은 음성에 살짝 몸을 떨었다. 그리고 그 음성의 주인에게 천천히 고개를 돌리는데, 역시 예상대로 수한의 눈앞에 있는 자는…

"와아아아~ 질풍의 성검이다!!"

예상치 못한 원군의 등장에 기가 산 용병들. 저마다 환호성을 지르며 자신들의 승리를 의심치 않는다, 그 광경에 남몰래 한숨 쉬는 란슬롯의 속도 모른 채.

'중요한 전력이 될 수 있으니, 제압만 하라고 했던가?'

이미 이곳으로 달려오는 와중에 로빈에게서 주의사항을 들은 란슬롯. 때문에 수한을 상대로 전력을 다할 생각이 애초부터 없었다.

…물론 수한으로선 그의 그런 생각을 알 리가 없다.

'아씨~ 하필 또 저 녀석이야. 저 녀석은 좀 껄끄러운데……'

뭐, 정식으로 싸우면 질 리가 없다. 그러나 워낙 상성상 극성인지라, 조금 거북한 것은 어쩔 수 없는 노릇. 하물며 지금처럼 스킬을 절.대. 써서는 안 되는 상황(썼다간 당장 리든 왕국의 마족혈사가 재현되리라)에서야 두말할 나위도 없다.

'그냥 본신 능력으론 조금 벅찬데… 무슨 좋은 수가 없을까?'

서서히 자세를 잡는 성기사의 모습에 조금씩 긴장하면서도 머릴 굴리는 수한. 하지만 그의 머리에서 뭔가 뾰족한 수가 떠오르기도 전에, 란슬롯의 공격이 시작되었다.

터엉.

"큭~"

역시 스킬을 쓰지 않고선 아무리 본신 능력치가 뛰어나도 어쩔 수 없다는 걸까? 어어 하는 사이, 란슬롯의 스마이트에 정통으로 얻어맞은 수한.

란슬롯이 나인스타 중 한 명이라곤 하지만, 견습기사조차 쓸 줄 아는 스마이트에 얻어맞다니… 수한은 내심 충격이 컸다. 하지만 그 분풀이를 한답시고 지금 상황에서 스킬을 썼다간…

"젠장!!"

후드 속 얼굴을 잔뜩 찌푸린 채, 어설프게나마 파이트 자세를 취하는 수한. 그리고 그 모습에 란슬롯은 뭔가 이상한지 고개를 갸웃한다. 하긴 가벼운 탐색의 의미로 스마이트를 날렸더니 거기에 정통으로 얻어맞질 않나, 일단 정통으로 맞으면 무조건 스턴 상태가 돼야 정상인데 여전히 멀쩡한 모습을 보이니…

"확실히 특이하군."

수한의 범상함(?)을 깨닫자, 일말의 경시하던 마음이 싹 달아나는 란슬롯. 스스로에게 축복을 비롯한 강화 마법을 걸며, 수한을 노린다. 수한으로선 정말 난상무쌍이라.

'칫~ 그냥 방심 좀 하면 어디 덧나나?'

단순히 본신 능력만으로 상극인 존재와 싸워야 할 상황. 수한은 어떻게든 이 위기를 넘기기 위해 머릴 굴렸다. 그러다 불현듯 떠오르는 생각이 있었으니…

'그래, 그게 있었군.'

일단 생각이 났으면, 바로 행동으로 옮기는 게 수한 특유의 과단성. 수한은 눈앞의 란슬롯을 경계하며, 옆에서 구경(?)하던 용병의 검을 낚아챘다. 이어 어설프게나마 검을 쥔 뒤, 머릿속에 있는 스킬을 발동하는데.

그것은 바로 시드를 권속으로 받아들이면서 계약의 증표로 습득한 견습기사용 무급 제식검술. 마속성이 아닌 탓에 수한이 보유한 스킬 중 마기를 내뿜을 염려가 없는 유일한 스킬이다.

"응? 검술을 익힌 자였던가?"

지금껏 맨손으로 용병들을 상대하던 수한이 검을 쥐자, 다시 한 번 어리둥절해진 란슬롯. 하지만 빈손인 상대로 더 이상 검을 휘두를 필요가 없다는 사실에 이내 만족한다.

…뭐, 좋은 게 좋은 거다.

"좋아, 정식으로 상대해 준다면 나로선 영광이지."

이미 수한을 인정한 상태이기에, 수한이 검을 쥐자 더욱 전의가 불타는 란슬롯. 그리고 어느 순간, 둘은 서로 검격을 교환하기 시작했다.

차차창—

본신의 근력을 앞세운 수한의 어설픈 강검, 그리고 성기사 특유의 저돌적인 란슬롯의 단신무식한 검격. 서로 간에 추구하는 바가 비슷하기에 화려하다기보단 단순한 공격들이 대부분이다. 자연 서로 검을 맞부딪치는 일이 많았는데…

'칫~ 제법 근력을 올린 모양인데… 힘기사인가?'

'으윽. 호구가 찢어지듯하군. 비록 검형은 단순하고 어설프지만, 그 검력만은 나를 능가한다.'

검을 맞부딪칠 때마다 서로에게 감탄(?)을 금치 못하는 두 사람. 이내 서로가 동류임을 깨닫는다. 그렇다. 역시 남자는 힘!

…어쨌든 그렇게 수차례 검력을 교환하자, 서서히 파탄을 드러내는 두 사람. 하긴 뭔가 변화를 줄 생각은 안 하고, 노상 검끼리 부딪치니 그러지 않으면 도리어 이상한 일이다.

'으윽~ 더 이상 검을 쥘 수가……'

호구가 찢어져, 피가 흐르는 란슬롯. 손아귀에 힘이 자꾸 빠져, 이젠 검력이 점차 약해져만 간다. 이대로 가다간 기사 체면에 검을 놓칠 가능성까지…….

하지만 그놈의 자존심이 뭔지 여전히 검만 휘두르는 란슬롯. 만약 지금이라도 홀리 웨폰을 비롯한 강화, 방어 마법, 하다못해 힐링으로 자기 자신을 치료하면 단숨에 전세를 역전될 텐데… 하지만 상대가 기사(?)로서 오직 검술로만 상대하는데, 어찌 성기사인 그가 그런 반칙(?)을 할 수 있겠는가?

한편 수한의 사정 역시 그런 란슬롯에 비해 하등 나을 게 없다.

'으윽! 검이 부러지려고 해. 어떡하지? 거기다 이렇게 거치적거리려서야…….'

란슬롯의 유니크 등급의 비까번쩍 검에 부딪칠 때마다 서서히 금이 가는 수한의 싸구려 용병검. 거기다 스킬을 쓰지 못하는 상태에서 현재 옷차림은 수한에게 일종의 금제나 다름없다.

현재 수한이 쓰고 있는 무급 제식검술은 어디까지 견습기사의 수련용 검술. 그 탓인지 힘찬 검형을 위주로 한 호쾌한 동작이 많았다. 그런데 지금 이 순간, 속성 위장용 로브 위에 드레스를 입고 재차 안면 가리개(?)용 로브까지 걸쳤으니, 얼마나 움직이기에 불편하겠는가?

생각 같아서야 드레스고 뭐고 당장 벗고 싶지만… 사람들의 이목을 무시하기엔 수한의 도덕관념은 너무나 굳건했다. 결국 울며 겨자 먹기 식으로 그 불편한 옷차림을 유지한 채, 검을 휘두르는데… 바로 그때, 서로 간에 속으로 울상을 짓는 수한과 란슬롯을 구한 그 누군가의 외침!

"이제 그만!! 오해(?)는 풀렸습니다!"

"응?"

"엥?"

어느 틈에 친해졌는지, 서로 어깨동무까지 하고 있는 토일과 로빈. 머리 좋은 사람들끼리 싸우면서 뭔가 얘기를 주고받아 타협점을 찾은 모양이다. 그리고 그 모습에 수한과 란슬롯은 극도의 허무감을 느꼈다. 대체 우리가 왜 싸운 거지?

"애초에 실력만으로 평가하지 않고, 레벨에만 의존했던 제 실수였습니다."

"허허허, 뭐 어쩔 수 없지. 솔직히 내가 아티팩트에 의존한 것도 없지 않아 있었으니……."

"아닙니다. 방금 전, 토일님이 보이신 실력은 단순히 아티팩트의 우위만으론 판단할 수 있는 게 아닙니다. 뭐라고 할까요, 역시 연륜이란 게……."

"허허, 그런 식으로 따지면 로빈, 자네도……."

쿵짝이 맞아 서로의 얼굴에 금칠하기 바쁜 토일과 로빈. 그리고 저쪽에선 같은 기사끼리 뭔가 통하는 게 있는지 시드와 란슬롯이 화기애애하게 대화하고 있다. 그들의 모습에 왠지 소외감과 허탈감을 느끼는 수한. 이게 뭔가? 방금 전까지의 활극이 너무나 허무하다.

"크흠~ 잠시 얘기 좀 할까요?"

'헉?! 내게도 상대가?!'

혼자 쓸쓸히 있는데 누군가 말을 걸자, 드디어 왕따 신세를 면했다는 기쁨에 반색을 하는 수한. 그런데 그 상대가 문제다.

"크흠~ 이런 말하기 그렇지만, 우리 어디선가 만난 적이 없었습니까?"

노골적으로 의심스럽다는 투로 수한을 바라보는 팝콘. 순간 수한은 뜨끔했다. 역시 다른 색깔의 로브라 할지라도 로브 차림은 하지 말 걸 그랬나?

바로 옆에서 함께한 시간이 제법 길었던 만큼, 수한의 외형을 어느 정도 기억하는 팝콘. 제법 눈썰미가 있는 그로선 수한의 정체가 의심스러운 것이리라.

'하아~ 결국 이렇게 되는 건가?'

결국 수한은 결단을 내릴 수밖에 없었다. 이대로 의심을 키우면, 행동하는데 지장이 많을 터. 적어도 이들 일행을 끝까지 따라 가야 할 절.실.한 이유가 있는 그의 입장에선 결코 반갑지 않은 일이다. 그러니 지금 상황에서 최선은 겉에 입고 있는 로브를 벗는 것. 하지만…

'그랬다간 또 무슨 일을 당할지…….'

청제국에서의 끔찍한 기억에 로브의 후드를 향하던 손이 멈칫한다. 어떻게든 자신의 드레스 차림을 공개하지 않기 위해, 억지로 껴입은 최후의 방어막, 과연 이것을 벗어야 한단 말인가?

고민하는 수한의 모습에 더욱 의심에 찬 시선을 보내는 팝콘. 그렇게 분위기가 이상해지자, 란슬롯과 로빈 역시 슬금슬금 다가와 수한을 압박한다. 결국 수한의 선택은 오직 단 하나뿐.

'어쩔 수 없군.'

절대금기, 정말 이것만은 하고 싶지 않았다. 하지만 지금 상황에선 이것이 최선이다.

사르륵—

떨리는 손으로 얼굴을 가리던 로브의 후드를 넘기며, 로브의 단추를 풀기 시작하는 수한. 그러자 서서히 드러나는 드레스 차림의 그녀(?). 사람들의 두 눈은 급속도록 확장했고, 그런 그들에게 수한은 당당히 말했다.

"아니요, 이번이 처음 뵙는 겁니다."

수한이 지닌 가장 강력한 무기가 팔라스 연합에서 그 첫선을 보이는 순간이었다.

"으으~ 내가 저 자리에 있어야 하는데……."

"할 수 없잖아. 네가 저기 끼어들면 불편한 사람들이 한두 명이 아닌데… 그냥 여기서 지켜만 보라구."

Chapter 6

여정을 시작하다

수영은 자신을 거부하는 철문을 미간을 찌푸린 채 노려봤다. 하지만 그런다고 굳게 닫힌 철문이 어서 옵셔 하고 활짝 열릴 리 만무. 결국 수영은 한숨을 내쉬며 발걸음을 돌려야 했다.

"대체 뭐가 문제지?"

벌써 한 달째 온갖 애원을 하고 있음에도 끝끝내 침묵을 지키는 루나. 수진의 따끈따끈한 신간 원고를 팔랑팔랑 흔들어 대면, 냉큼 문을 열던 얼마 전과는 너무나 다르다. 가뜩이나 불안 요소가 늘어나, 루나의 도움이 절실한 지금 상황으로썬 그야말로 악재 중에 악재. 4운영팀이 타운영팀에 비해 세상 내 영향력이 압도적으로 우위에 있었던 건 어디까지 루나의 도움 탓이 아니던가? 거기다…

"지금이 위기 상황이 아니라는 건가? 하지만 아무리 생각 해도……."

복도에 아무도 없는 탓인지, 아니면 독자를 위한 팬 서비스 인지 자신의 숨겨진 속내를 중얼거리는 수영(…일단은 그냥 넘어가자).

루나, 'NEW WORLD'를 관장하는 중앙 인공지능 컴퓨터. 그 존재는 단순히 세상과 현실을 이어주는 매개체가 아니다. 주신(主神)이라는 이름하에 부여된 전지성(全知性)으로 세상 내 큰 변동 사항이 있을 시 경고를 해주는 역할도 맡고 있었 다. 즉, 자이드 제국의 사기 NPC 녀석들의 등장에 진작 경고 를 해줬어야 정상이란 의미다. 하지만 그들에 관한 경고는커 녕 그들이 벌이는 수상한 일에 대해서도 일말의 언급조차 없 었으니…….

"지금 상황이 예정된 일이란 건가? 아니면 루나 자체에 뭔 가 문제가……."

생각하면 할수록 더욱 깊어지는 의문들. 그러고 보니 예전 엔 카오틱 드래곤의 수면 주기를 잘못 일러준 일도 있었다. 거기다 수한을 둘러싼 이상 기류에 대한 유력한 용의자이기도 했으니… 그렇다면 역시 뭔가 문제가 있다는 건가?

"아니야. 지금은 일단 믿자. 뭔가 사정이 있을 거야."

자꾸만 머릿속을 장악하는 불길한 생각에 수영은 거칠게 고개를 흔들었다. 그렇다. 루나가 누구던가? 희대의 천재이자 우리들의 자랑인 재훈이 남긴 최후의 걸작이다. 그러니 믿자. 재훈을 믿고, 재훈의 유작인 루나를 믿자.

수영은 그렇게 세상 그 어느 것보다도 견고한 재훈에 대한 믿음으로 자신의 불안감을 애써 무시했다. 대신 지금 상황에서 자신이 할 수 있는 최선, 즉 앞으로 할 일에 대해 생각하기 시작했다.

'당분간 루나의 지원을 배제한다 치고… 지금처럼 '그놈들'에게 옵저버들을 풀가동하면 대략 한 달 정도가 한계인가? 그건 너무 짧은데… 칫~ 그놈들이 두 팀으로 나눠지지만 않았어도 조금은 여유가 있었을 텐데… 할 수 없지. 현재 작전 중인 에이전트까지 동원하면 어찌어찌 석 달까진 버틸 수 있을 거야.'

믿었던 '퀸'을 사용할 수 없는 이상, '폰'과 '룩'의 물량 공세가 수영의 선택이다. 그리고 하는 김에…

'수진의 말대로 하길 잘했어. 역시 수한을 좀 더 지원해 줄 필요가…….'

통.제. 가능한 회심의 비밀 무기, '나이트'에게 보다 많은

투자를 기약한 수영이었다.

*   *   *

'NEW WORLD' 를 처음 접한 사람들은 그 변화무쌍함에 경악한다. 지금껏 접한 가상현실게임들과는 비교조차 할 수 없는 자유도, 심지어 게임 사이트에서조차 공략집이나 게임 정보가 거의 전무한 미지의 공간. 말 그대로 게임을 빙자한 또 하나의 세상인 것이다.

때문에 운영팀이 구축한 초기 설정에서 벗어난, 일종의 버그 같은 존재들이 사방에 득실거리는 것이 'NEW WORLD' 만의 특징. 하지만 공략집이나 매뉴얼대로 게임을 하는 것에 질려 버린 다수의 유저들은 그에 불만을 가지는 대신, 운영팀조차 예상할 수 없는 전개 방식과 퀘스트들에 더 더욱 열광했다. 하긴 식상해질 틈도 없이 늘 새로움을 만끽할 수 있으니, 이거야말로 진정한 게임의 묘미가 아니고 무엇이랴? 그러나…….

그 운영팀조차 제대로 통제할 수 없는 존재들 중 일부는 게임 유저들에게 흥미와 재미 대신, 좌절과 분노만을 안겨주기도 했다.

"팔라스 연합의 삼대재앙? 대체 무슨 짓을 했기에 재앙씩이나 된 거죠?"

"하아~ 이거 참, 뭐라고 해야 하나?"

수한의 대답하기 곤란한 물음에 로빈은 잠시 할 말을 잊었다. 이렇게 연약하고 섬세해 보이는 아가씨(?)에게 그들이 행한 끔찍한 일들을 어찌 설명할 수 있겠는가? 하지만 그 초롱거리는 눈망울로 살포시 올려다보자 도저히 대답하지 않을 수가 없다. 물론 그녀의 등 뒤에서 연신 노려보는 란슬롯을 고려, 약간 순화된 언어로 대답해 줄 필요가 있겠지만.

"가히 일국을 뒤집을 수 있는 힘을 지녔으며, 실제로 수십만의 명의 사상자를 낸 존재들입니다."

"허억?! 대체 무슨 몹, 아니, 마물들이기에?"

자신보다 한참 선배(?)격인 인물들이 이미 존재하는 사실에 경악을 금치 못하는 수한. 그런 수한의 놀라는 모습(거참, 놀라는 모습도 왜 이렇게 예쁜지…)에 로빈은 저도 모르게 입가에 미소를 지은 뒤(비록 란슬롯의 시선이 따갑게 느껴지긴 했지만…), 재차 삼대재앙에 대해 설명하기 시작했다.

"하하하하, 마물이라… 그들은 고작 마물이란 호칭으로 설명할 존재들이 아닙니다. 특히 지금 향하고 있는 나르빌의 광법사 같은 경우엔… 아, 이런 설명에 두서가 없군요. 일단 삼대재앙들에 대한 대략적 설명부터……."

나르빌의 이름없는 군주, 나르빌 공국을 단신으로 멸망시키고 그 영토에 자신만의 성을 건립한 대학살자. 그 누구도 그 정체에 대해 아는 자가 없으며, 단지 목격자들이 본 학살자의 엄청난 마법들로 미루어 짐작, 대마도사나 그에 준하는 실력자란 사실만을 알 뿐이다.

공포와 파멸의 원정대, 100기의 데스 나이트로 구성된 죽음의 기사단. 과거 항마전쟁 당시, 데스로드를 보필하던 존재들로서 최근 10년 사이, 암중에 숨어 기사 전력을 회복한 다음 자신들의 검을 다시 세상에 겨룬 테러 집단(?)이다.

용의 계곡의 은거자, 역시 항마전쟁 당시 데스로드가 이끌던 열세 권속 중 하나인 본드래곤으로서 카오틱 드래곤의 카이저 브레스의 유일한 생존자. 지난 오십여 년 동안 이름 모를 계곡에서 은밀히 자신의 몸을 회복하던 중, 드디어 얼마 전 부활의 포효를 터뜨리며 세상을 공포로 물들이고 있다.

"…대충 설명하자면 이렇습니다."

"뭐, 누구하곤 달리 설명이 간단해서 좋군요. 그렇다면 현재 우리가 첫 번째 공략 대상으로 삼은 게 그 나르빌의 이름 없는 군주인가요?"

생각보다 대단할 게 없어 보이는 설명(어디까지의 그의 입장에서…)에 실망하며, 김이 샌다는 식의 반응을 보이는 수한. 이미 데스로드까지 만나, 그를 집어삼킨 전력이 있는 그로선 전대 데스로드의 권속이란 말에 별 감흥이 없다. 그리고 나르빌의 광법사가 대마도사급이라고 해봤자, 이미 길란드와 한 판 붙어본 적이 있었으니… 뭐, 약간 힘들긴 하겠지만 그가 제대로 나서면 제압 못할 수준은 아니질 않은가?

하지만 그런 수한의 생각을 하등 알 길이 없는 로빈은 혹 자신의 설명이 지루했는지 반성하며, 어떻게 하면 눈앞의 절색미인에게 제대로 어필할 수 있는지 궁리했다. 그리고 이내 누구나 아는 사실이 아닌, 조금은 최신 정보를 꺼내 수한의 관심을 재차 끌어들이는 데 성공하는데…….

"아, 그러고 보니… 최근엔 리든 왕국 수도에서 벌어진 혈사의 장본인이자, 어둠의 탑으로 성국의 병사들을 학살했던 마족까지 포함해 사대재앙이라 부른다더군요. 아마 이번 원정을 무사히 마친다면, 그자 역시…….'

'커억?'

어느새 재앙의 반열에 올라선 수한. 이걸 영광이라고 생각해야 하나? 뭐라 설명할 길이 애매모한 감정을 느끼며, 수한은 속으로 쓴웃음을 지었다. 하지만 이미 청제국 시설, 고금 제일악마 혹은 우내제일살성이라 불리던 그이니만큼 재앙이란 단어가 그리 싫은(?) 것도 아니다.

…역시 취향이 별난 녀석.

한편 수한이 그렇게 한창 로빈의 작업(?)을 받아주는 그때, 슬그머니 그를 잡아끄는 인물이 있었으니. 바로 수한의 권속이자 지금은 그를 수행하는 가신(家臣)이라 알려진 토일이다.

"마스터, 잠시······."

"응? 아~ 로빈님, 잠시 실례하겠습니다."

"아예, 알겠습니다."

약간 떨떠름한 표정을 짓긴 했지만, 로빈은 수한이 그녀의 가.신.과 떠나는 것을 막지 않았다. 귀족가의 귀한 아가씨가 용병 나부랭이와 친하게 지내는 모습을 어찌 그 가신이 모를 척 방관만 하겠는가?

···어디까지 로빈만의 착각이긴 하지만, 어쨌든 그는 그렇게 이해했다. 때문에 수한이 떠나는 것을 만류하는 대신 멀어져 가는 그녀(?)의 등 뒤를 멍하니 바라볼 뿐.

그런 반응은 주위의 다른 용병들 역시 마찬가지였다.

처음 봤을 때만 했어도 어울리지도 않는 로브를 걸친 철부지 꼬맹이라 생각했었던 용병들. 심지어 그 세상물정 모르는 천진난만함(어디까지 용병들의 생각이다)을 건방진 태도로 오해, 용병 길드에서 집단 난투극까지 벌어지기까지 했었다. 그런데 막상 로브를 벗자, 그 모습은 그야말로······.

찰랑이는 긴 머리카락과 어린 사슴의 그것과도 같은 초롱초롱한 눈망울, 거기다 그 앵두 같은 입술은 가히 경국지색의 그것이라··· 거기다 수진이 나름대로 신경 쓴, 최상급 디자이너가 만든 드레스(청결주문이 영구히 걸린 레어급 귀물이다)는 그녀의 미모를 한층 더 돋보이게 만들어, 모든 이들의 눈에 하트를 생성시켰다. 마치 순정만화의 황금법칙을 연상시키는 놀라운 변화.

참고로 순정만화의 황금법칙이란 평소에 머리를 촌스럽게 양갈래로 땋고 두껍기 그지없는 뱅뱅안경을 낀 여자가 막상 그 머릴 풀어헤치고 안경을 벗자 초절정 절세미인이었다는 만화 같은 설정을 말한다(물론 현실에선 거의 불가능한 일이겠지만…).

…어쨌든 수한의 변화는 환골탈태란 단어로도 미처 다 설명할 수 없을 만큼 충격적이었다. 이에 자연 주위 용병들의 반응은 불문가지. 조금 전까지 수한에게 주먹질이나 무식한 대검을 휘두르던 용병들조차 입을 헤벌리고, 그 미모에 감탄을 하는데… 심지어 란슬롯을 비롯한 주요 캐릭 역시 그 절대적의 미에서 벗어나질 못했다.

"하아~ 정말 미인이군요."

"예, 그렇습니다. 아쉬운 게 있다면 그녀가 NPC라는 사실이죠."

어느새 다가온 걸까? 로빈의 옆에서 수한에게 뭔가 복잡미묘한 시선을 보내는 란슬롯. 그는 지금 이 순간, 그 누군가를 저주하면서도 동시에 감사해하고 있었다.

'대체 무슨 수를 썼는지는 모르겠지만, 그녀와 똑같이 생긴 NPC를 만들어 보내다니… 일단 약속 위반은 아니지만, 조금 허탈하군. 하지만 이렇게나마 그녀를 볼 수 있으니, 다행인 건가?

…뭔가 의미심장하면서 함축된 것이 많아 보이는 생각. 오해 혹은 착각이라는 단어가 마구마구 솟구쳐 오른다. 그러나 그 진실을 아는 자는 지금 이 자리에 없었고, 결국 수한의 미모에 홀린 다수의 열혈남아들만이 존재할 뿐이다.

"…양보할 생각은 없습니다."

"저 역시……."

상대가 NPC든 뭐든 하등 문제될 게 없다는 두 남자. 그러자 주위 용병들까지 거기에 가세해, 가상현실상의 짜릿한 로맨스를 꿈꾼다. 하지만 그런 열혈남아들의 무리에서 소외된 사람들도 있었으니…

"으음~ 아무리 봐도 의심스러워."

"뭐가? 그냥 평범한(?) 여자애던데?"

수한과 토일이 사라진 방향을 매서운 눈으로 노려보며, 중얼거리는 팝콘. 옆에 있는 레드 역시 주변의 용병들과 달리 별 동요 없는 얼굴로 수한을 응시하고 있다. 마치 옆집 꼬마 아이를 대하는 듯한 태도.

"생각해 봐라. 용병 길드에서의 난투극을! 저 외모에다 저 체형으로 그런 무지막지한 힘이라니. 거기다 자신에 대해선 하등 알려주는 게 없잖아."

"뭐, 가신들이라 불리는 기사와 마법사처럼 뭔가 특별한 아이템을 주렁주렁 착용했겠지. 그리고 척 보면 모르겠냐? 어디 귀족가의 아가씨가 모험 소설에 심취해서 몰래 가출한 거겠지. 그리고 심심풀이 삼아 용병질 하려는 거고……."

"하아~ 지금 이 순간만큼은 너의 그 풍부한 상상력이 부럽다. 그나저나… 넌 왜 저 대열에 안 끼어드냐?"

레드의 청산유수 같은, 그럴듯해 들리지만 전혀 사실성이 없어 보이는 설명에 고개를 설레설레 젓는 팝콘. 그러다 불현듯 떠오르는 의문이 있다. 왜 이 단순무식에 열혈남아의 표본 같은 녀석은 저런 미모를 보고도, 저기 헤벌레 침 웅덩이를 만들고 있는 용병들과 행동을 달리 하는 거지?

"아, 난 저런 여동생 같은 스타일보다 나이스한 몸매에 글래머가 좋거든."

"큭, 취향 문제였냐? 알았다. 넌 로리 계열보다 누님 계열이구나."

"…네 녀석 눈엔 그렇게 비치냐? 그럼, 넌 왜 저기 안 끼어드냐?"

뭔가 왜곡된 시각을 들이대는 팝콘에게 삐친 듯, 퉁명스러운 반응을 보이는 레드. 그런 그에게 팝콘은 당당히 선언한다.

"난 이차원 캐릭만 좋아해!"

…그렇다. 팝콘은 오타쿠였던 것이다.

"무슨 일이죠?"

남자들을 홀리는 데 한참 재미를 느끼던 와중에 불려와서인지, 수한의 음성엔 약간 날이 서 있었다.

…물론 그 본인은 그 사실을 전혀 의식하지 못한다. 어느새 수진의 세뇌에 걸려, 자신의 인생을 망치고 있는 수한.

한편 수한의 퉁명스러운 반응에도 불구하고 정작 토일은 잔뜩 흥분한 채, 그것을 알아차리지 못했다. 아니, 설령 알았다고 해도 달라질 것 없었을 것이다.

"마스터, 이건 기회입니다."

"예? 기회?"

"그렇습니다. 이들의 목적은 삼대재앙의 토벌. 마스터께선 이들을 이용해, 삼대재앙 중 '죽음의 기사단(Knightage Of Death)'과 '데스 윙(Death Wing)'을 거두시는 겁니다!!"

얼마나 흥분했는지 수한의 양어깨를 거칠게 부여잡은 채, 노골적으로 윽박지르는 토일. 마치 이 기회를 놓치면, 수한이라도 용서하지 않겠다는 태도다. 그리고 그렇게 잔뜩 흥분한 토일의 기세에 눌려, 간신히 입을 떼는 수한.

"…데스 나이트들과 본드래곤을 말하는 건가요?"

"예, 그렇습니다. 전대 데스로드의 권속이었던 그들!! 왜 제가 진작 그들을 생각 못했는지… 무슨 원정대니, 은거자니 하는 지금의 어처구니없는 호칭들은 싸악 잊으십시오. 그들은 어디까지 죽음의 기사단과 데스 윙, 그것이 항마전쟁 당시 만인의 두려움이 되었던 자들의 진정한 이름입니다."

"아아, 그건 알겠는데… 제가 그들을 거두다니요? 그게 무슨 뜻이죠?"

수한으로선 그들이 어떻게 불리던 무슨 상관이랴? 진짜 중요한 건 그런 게 아니라, 토일의 도통 이해가 안 되는 요구사항(?)이었다. 그러나 수한의 그런 미심쩍어하는 반응에 불구하고 더욱 격렬히 주장하는 토일.

"비록 죽음의 세례를 회수하지 못해, 마스터께서 데스로드의 권능을 행할 수 없다곤 하지만… 그들이라면… 과거 데스로드의 수족과도 같던 그들을 거둘 수만 있다면, 그 권능에 비견될 정도를 힘을 얻으시는 겁니다."

"하지만……."

토일의 말은 확실히 유혹적이다. 100기에 달하는 데스 나이트와 본드래곤.

레벨 350짜리 기사 100명이라면 마교의 오대무력 중 하나와도 비견되는, 아니, 능가하는 어마어마한 전력이다. 거기다 본드래곤의 경우, 두말할 나위가 없다. 비록 언데드가 됐다곤 하지만, 과거 드래곤이었던 존재. 썩어도 준치라고 드래곤씩이나 되던 존재를 어찌 무시할 수 있겠는가? 만약 그들을 권속으로 거둔다면, 수한은 능히 세상을 뒤집을 수 있을 터.

그러나 그런 유혹적인 제안에도 불구하고 정작 수한은 뭔가 망설이는 기색이 역력하다. 그리고 그런 망설임의 이유는 그의 입장에선 나름대로 절실한 문제였으니.

"하지만 그들을 권속으로 거두려면 마력이 남아나질 않을 텐데……."

그렇다. 수한의 고민은 바로 그것이었다. 커럽션 오브 데드, 즉 마왕 전용 종속화 스킬을 쓸 경우, 그 대가로 마력 300을 소모해야 한다. 그것도 한 개체를 기준으로 말이다. 제아무리 막강한 전력이 된다곤 하지만, 그런 희생을 해서야 별 메리트가 없다는 게 수한의 생각.

하지만 토일의 말은 아직 끝난 게 아니었다.

…역시 사람 말은 끝까지 들어봐야 하는 법.

"하하하, 마스터의 걱정이 무엇인지 알겠습니다. 하지만! 걱정하십시오. 마스터께서는 어디까지 전대 데스로드와의 계약을 갱.신.하면 그만입니다. 즉, 새로이 종속화 계약을 하실 필요가 전혀 없습니다."

"헉, 그 말은……?"

"예, 마스터께서는 마력을 소모하실 필요가 없습니다. 그저 그들에게 가서 그들을 복속시키면 그만입니다."

토일의 설명이 끝나자, 방금 전까지 흐리멍덩하던(?) 수한의 두 눈에 광채가 돈다. 그렇다. 이건 그냥 주워 먹으면(?) 그만이다. 즉, 공짜인 것이다.

"크크크, 좋아요. 그럼, 이들과 함께할 필요도 없이, 지금 당장 떠나죠."

공짜로 든든한 권속들을 거두게 되었는데, 어찌 이런 용병들 사이에서 시간 낭비를 하랴? 수진과의 약속조차 잊은 듯, 서둘러 이곳을 떠나려는 수한(뒤탈은 두렵지도 않다는 거냐? 아니면 진짜 새대가리라서 그러는 거냐?!). 그런데 이번엔 의외로 토일이 조급해하는 그를 제지한다.

"마스터, 잠시만……."

"응, 왜요? 어서 가자고요. 다른 놈들이 주워 먹기 전에 후딱 가서……."

방금 전과는 정반대의 상황. 흥분한 수한을 토일이 간신히 붙들며 진정시킨다. 그러고도 수한이 진정을 안 하자, 조금 전과는 정반대의 뉘앙스가 담긴 말로 분위기를 냉각시키기까지 하는데…

"마스터, 갱신이라곤 하지만, 그것이 그리 쉬운 일만은 아닙니다."

"에? 그게 무슨 말이죠?"

그냥 만나기만 하면, 알아서 복속할 것 같았던 녀석들. 그런데 지금 이야기를 들어보니, 뭔가 심상치가 않다?

"무려 50년 동안이나 계약의 속박에서 벗어났었던 존재들입니다. 그러니 호락호락 다시 권속이 되는 것을 받아들일 리 없지 않겠습니까? 그러니… 지금 함께하고 있는 용병들을 이용하는 겁니다."

"이들을?"

"그렇습니다. 제가 볼 때, 이들은 가히 일당백의 전사들, 특히 질풍의 성검이란 자는 마스터조차……."

까득.

사람이라면 누구나 숨기고 싶은 사실이 있는 법. 토일은 실수로 수한의 건들지 말았으면 하는 부분에게 죽창을 찔러 넣고 말았다. 비록 본신 능력만 대결했다곤 하지만, 고작 성기사와 무승부를 이루었다는 사실에 조.금. 자존심이 상한 상태. 그것도 이전의 다굴 전술에 당한 것도 아니라도 일 대 일 대결이었다. 가뜩이나 연전연패의 늪에서 허우적거리며 자신감을 상실한 마당에 그런 토일의 말은 나름대로 치명타였고, 자연 수한의 입에선 뭔가 으스러지는 소리가 들린다(…그의 이빨이 남아날지 심히 걱정이다).

"크흠~ 어쨌든 이들을 이용하면 그런 전력을 손쉽게, 그것도 공.짜.로 얻으실 수 있는데, 일부러 마스터가 나설 필요가 있겠습니까? 마스터는 그저 어부지리만 노리시면 됩니다."

"…알겠어요."

…마침내 눈치가 99단에 도달한 토일. 어느새 수한의 버닝 포인트를 제대로 집어내, 그 분노를 잠재운다.

결국 이로써 마왕은 일시간이지만, 가까운 미래에 자신을 토벌할 토벌대에 몸을 맡기게 되는데…….

*　　　　*　　　　*

"휴우~ 다행이다. 이번에도 그냥 또 삽질하는 줄 알았는데… 그래도 역시 마법사가 머리가 좋긴 좋아."

모니터를 바라보는 수영의 입에선 절로 안도의 한숨이 흘러나왔다.

*　　　　*　　　　*

"하아~"

긴 한숨과 함께 자신이 현재 고민 중임을 노골적으로 드러내는 캐릭. 그의 이름은 바로 란슬롯이라.

확실히 그는 요즘 들어 심각한 고민에 빠져 있었다. 자신이 좋아하는 것이 현실상의 그녀인지, 아니면 게임상에서 만나는 그녀를 꼭 닮은 NPC 여성인지 구분 안 되는 탓이다. 물론 얼핏 생각하면 말도 안 되는 고민이라 치부할 수 있겠지만.

현실상에서 고작 한 번, 그것도 아주 짧은 순간 스쳐 지나간 것과 비록 실제는 아니지만 거의 매일 바로 옆에서 함께 지내는 것은 너무나 큰 차이가 있었다. 하물며 가상현실이긴 하되, 현실보다 더 현실감이 넘치는 'NEW WORLD' 안에서의 만남이었으니.

'그래도 NPC인데……'

란슬롯은 뭔가 많이 아쉬운 듯, 다시 한 번 수한의 이마를 바라봤다. 하지만 그렇다고 있지도 않는 '불멸자의 인'이 갑자기 생겨날 리 만무. 그저 아쉬움에 찬 한숨만이 흘러나올 뿐이다. 그리고 그것은 토벌대 내 대부분 남성 유저들의 공통된 반응.

하지만 일부 유저들은 이 천하절색의 미녀가 NPC라는 사실에 도리어 반기는 분위기였다. 그리고 그 대표적인 예가 바로 로빈.

"하하하, 마리안느 양(현재 수한이 쓰는 가명. 설마 이 상황에서 실명을 쓸 순 없지 않은가?), 이거 한번 드셔보십시오. 조금 전에 잡은 건데 정말 맛있습니다."

자신의 장기인 활로 어느새 새를 잡아다 꼬치구이를 해서 수한에게 갖다 바치는 로빈. 상대가 애도 아닌데 먹을 걸로 유혹한다. 하지만 팔라스 연합을 넘어온 이후, 회색산맥의 드워프들과 함께 지낸 시간 외엔 늘 육포로 허기를 때우던 수한에겐 너무나 적절한 공략 포인트였다.

"아, 감사합니다. 너무 맛있겠네요."

'우호~'

방긋 웃으며 꼬치구이를 조금씩 야금야금, 그러나 너무나 맛있게 먹는 수한. 그 모습에 로빈은 속으로 환호성을 터뜨렸고, 몇몇 용병들은 무기를 챙긴 뒤 숲 속으로 사라졌다.

…아마 오늘 이곳 숲 속에선 산짐승들이 한 차례 큰 수난을 당할 듯.

'역시 여자는 이래야 돼.'

로빈, 프로 게이머로서 게임 인생 20년, 이제 슬슬 서늘한 옆구리를 채워줄 존재가 필요할 시기다. 아니, 그럴 시기가 지난 지 한참 됐다. 하지만 직업의 특징상 애인은커녕 여자 손목조차 잡을 일이 거의 없었으니… 그런데 이제야 그의 눈앞에 이상형의 여성이 나타났다.

미모는 이미 논외 할 가치조차 없는 최상급 수준. 거기다 그 성격은 어떠한가? 조신하고(정체가 드러나지 않기 위해 조심하는 것뿐이다), 착하고(역시 같은 이유다), 거기다 작은 일에 감사할 줄 안다(어디까지 공략 포인트를 제대로 짚은 탓이다).

비싼 보석과 브랜드 옷들을 갖다 바쳐도 아주 작은 일에 토라지는 현실상의 여자와는 너무나 다른 반응(여성에 대해 거의 모르는 초짜들이 흔히들 이런 생각을 한다). 그러니 자연 상대가 NPC라는 사실은 하등 문제될 게 없다. 아니, 도리어 NPC이기에 거의 대부분의 시간을 보내는, 이 가상현실공간에 늘 함께 있을 수 있지 않은가? 현실에서의 여성이라면 몇몇 폐인급 인물이 아닌 한, 거의 불가능한 일이다.

때문에 로빈을 비롯한 게임 골수 폐인들은 수한의 존재에 그야말로 열광. 자신들이 팝콘과 거의 비슷한 동류임을 증명했다.

…그렇다. 그나마 번민하는 란슬롯은 양반인 것이다.

그리고 일단 여론이 그렇게 형성되자, 토벌대 전체 분위기는 점차적으로 NPC라도 상관없다는 쪽으로 흐르기 시작했다. 아무리 부인한다고 해도, 마음이 끌리는 것은 어쩔 수 없는 일. 그 만큼 수한의 미모는 헤어 나올 수 없는 마성적 유혹을 내뿜고 있었다.

결국 나름대로 현실과 가상공간을 저울질하던 란슬롯 역시 그 흐름에 휩쓸려 '마음이 가는 대로 행동한다'는 어디 소설의 주인공이 할 법한 깨달음(?)을 중얼거리며 마리안느모에(?) 동아리에 가입하고 말았다. 그리고 그의 가입을 기점으로 삼대재앙 토벌대는 점차적으로 친수한파 세력을 형성하는

데… 그 모습은 그야말로 청제국의 천상천화교의 재현.

"하아~ 역시나……."

이 일련의 사태의 원인이자 철저한 방관자인 수한, 그는 이미 모든 것을 달관한 상태였다. 흐르는 물(?)에 모든 것을 맡긴다는 듯, 될 대로 되라는 식. 하지만 이대로 진행되면 보다 위험한(?) 사태가 벌어질 것이라는 예감 탓일까? 드디어 적절한 타이밍에 태클이 들어온다.

다각다각.

"헉헉! 급보입니다!!"

대체 뭐가 그리 급한지 말을 탄 채, 저 멀리서부터 소리치는 인영. 토벌대가 진을 친 야영장까지 먼지를 잔뜩 몰고 와, 민폐를 있는 대로 끼친 뒤 재차 다급한 외침으로 토벌대원들의 이목을 한순간에 집중시킨다. 그리고 에너지가 다된 에너자이저마냥 그대로 풀썩 쓰러지는데… 이에 일행의 중심인물로서 방관할 수 없는지, 후다닥 달려 나오는 란슬롯과 로빈. 하지만 쓰러진 사람에 대한 둘의 반응은 극과 극이다.

"이런, 괜찮은가? 이봐, 누구 회복포션 좀 가져오도록!"

"무슨 일이 생긴 건가?"

상대의 안위를 살피며, 다급히 위생병(?)을 부르는 란슬롯, 반면 로빈은 쓰러진 자가 정찰 겸 보급을 위해 도시에 보냈던 자들 중 한 명임을 눈치 채고 다급히 그 이유를 캐묻는다.

그러자 지금 상황에 너무나 적절한 질문을 해준 로빈이 고마운지(지금까지 바락바락 악을 쓴 이유가 바로 이것 때문이 아니던가?), 자신을 걱정하는 란슬롯조차 무시한 채—심지어 연신 숨을 헐떡이면서도—황급히 로빈의 물음에 답하는 용병.

…역시 이런 일에는 사람만 좋은 란슬롯보다 냉정한 로빈이 적격이다.

"습격입니다. 앞에 있는 단톨시는 이미 데스 나이트들에게 점령당한 상탭니다."

"…설마 삼대재앙 중 하나인 그……."

"예, 공포와 파멸의 원정댑니다!!"

반쯤 공포에 전 음성으로 소리치는 정찰 용병. 토벌대의 분위기는 순식간에 얼어붙었다.

"이거… 운이 좋다고 해야 하나?"

'단톨' 이라면 현재 토벌대의 위치에서 고작 반나절 거리에 있는 중소도시. 수한은 자신도 모르게 그렇게 중얼거릴 수밖에 없었다.

토벌대의 행동은 이후 바빠졌다. 비록 계획대로라면 현 위치에서 대략 보름 거리에 있는 나르빌을 먼저 공략해야겠지만… 바로 반나절 거리에 토벌대의 또 다른 목표가 있는데, 어찌 그냥 지나칠 수 있겠는가? 하물며 토벌대는 이 기회를 절대 놓칠 수 있는 이유가 있었다.

"신출귀몰?"

"예, 그렇습니다. 공포와 파멸의 원정대는 한곳에 머물러 있지 않고, 한 달을 주기로 대륙의 중소도시만을 노려 습격합니다. 그리고 양껏 살육과 파괴행위를 한 뒤, 잠적해서 일정 시간이 지나면 또 다른 중소도시를 노리죠. 그 탓에 그들을 토벌하려는 시도는 많았지만, 정작 토벌대가 조직되어 추격하면 번번이 놓치는 경우가 많았습니다. 그러나 이번엔 바로 코앞에서 당한 일이니……."

"하긴……."

로빈의 설명에 수한은 묵묵히 고개를 끄덕였다. 일관된 법칙 없이 아무 곳에서 한바탕 한 뒤 얼마간 잠적한다면, 그것도 그 이동 속도가 빨라 그 이동 경로를 예측하기가 어렵다면, 토벌대가 그들을 저지한다는 것은 거의 불가능에 가깝다.

하물며 레벨 350짜리 마물들이 100마리나 있으니, 그에 대한 준비를 대충할 수도 없는 노릇. 자연 토벌대의 규모는 어마어마할 수밖에 없었고, 그 정도 규모의 토벌대를 조련하는 데 하루 이틀 걸릴 리 없다. 그런 일이 한 두 번이 아니니, 요즘은 토벌 시도를 할 엄두조차 못내는 형편이다(군대 한 번 움직여 봐라, 그거 완전 돈을 쏟아 부어야 한다).

하지만 지금은 다르다! 토벌대가 미리 결성된 상황에서 바로 코앞에 데스 나이트들이 있다. 그러니 지금 상황이 얼마나 좋은 기회인지 설명할 필요조차 없으리라. 다만 문제가 있다면…

"휴우~ 약간 아쉽군요. 지금의 준비 상태론 나르빌의 광법사를 상대할지언정, 데스 나이트를 상대하기엔 무리가 많은데……."

"예? 광법사보다 데스 나이트가 세다는 말인가요?"

로빈의 난데없는 말에 귀가 쫑긋하는 수한. 설마 로얄 나이트 급 기사 100명이 대마도사보다 세다는 의미(숫자를 볼 때 당연한 건가?)?

"아, 그런 의미가 아닙니다. 단지 현재 준비한 물품 대부분이 언데드가 아닌 마법사를 상대하기 위한 것들이라… 뭐, 하지만 근처 신전에 도움을 요청하면 어찌어찌 될 겁니다."

"아, 신전……."

신전이란 말에 본능적으로 찌푸려지는 수한의 미간. 다행히 저마다 할 일에 정신이 팔려, 눈치 채는 사람은 없다. 하지만 은근히 속이 불편한 것은 어쩔 수 없는 노릇. 그런데 그런 수한의 찌푸린 미간이 하늘마저 미혹(?)시킨 탓일까?

"이거 참… 정말 곤란하게 됐군."

수한에겐 다행스럽게도, 그리고 토벌대에겐 불행히도 그 근방엔 신전이 존재하지 않았다. 있다면 현재 위치에서 사흘

거리에 있는 어느 대도시의 신전뿐. 그곳까지 가서 신관을 모셔오거나 성수들을 구입하기엔 너무 시간이 촉박했다. 자칫 그렇게 시간을 끌다, 단톨시에 있는 데스 나이트를 놓친다면 두고두고 후회할 터. 때문에 토벌대는 신관의 도움도 없이 최상급언데드인 데스 나이트들을, 그것도 무려 백여 개체나 상대하는 신세가 되었다.

하지만 정작 토벌대의 사기는 그야말로 하늘을 찌를 듯 높았으니… 조금이라도 빨리 데스 나이트들을 권속으로 거두기 위해, 수한이 알게 모르게 영향력(?)을 행사한 덕이다.

…뭐 별건 없다. 그저 강한 남자가 좋다는 등, 혹은 용기있는 사람이 매력적이라는 등, 헛소리를 몇 번 했을 뿐. 하지만 수한의 그 몇 마디에 토벌대의 행군 속도는 일반적인 그것의 한계를 뛰어넘었다. 그것도 지휘자의 재촉이 아닌, 토벌대원들 전원이 자발적으로 이룬 결과였다.

…물론 몇몇 사람은 제외하자.

"이쌍~ 이놈들이 집단으로 약이라도 먹었나? 난 체력 약한 마법사란 말이야!!"

"헥헥. 전사계열은 뭐, 안 힘들 줄 아냐? 말도 하지 마라. 힘 빠진다."

본래 소외된 사람들은 괴로운 법이다.

'공포와 파멸의 원정대', 팔라스 연합의 삼대재앙에 속하는 어떤 특정 존재들을 지칭하는 말이다. 뭐, 이름에서 알 수 있다시피 한곳에 죽치고 앉아 자기 영역을 주장하는 놈들이 아니라, 이리저리 싸돌아다니는 녀석들인데… 단순히 떠돌아다닌다면야 재앙이나 부릴 리 만무. 문제는 그들이 바로 데스 나이트들이란 점이다.

데스 나이트(Death Knight). 생전에 명성과 무용을 떨치던 기사가 어떤 일을 계기로 타락해, 그 영혼조차 구원받지 못하는 언데드가 된 존재를 지칭하는 말이다. 그리고 그 원한의 깊이만큼 본신 능력에 더해져, 오러 블레이드에 비견되는 데스 블레이드를 휘두르며 강력한 무위를 자랑하는 마물인데…….

뭐, 괜히 길게 늘이지 않고 상황에 걸맞게 간략히 설명하자면 레벨 350의 상급언데드 몬스터가 바로 그들이다. 그리고 '공포와 파멸의 원정대'는 그런 데스 나이트가 모두 100기로 이루어진 집단. 능히 일국을 유린할 수 있는 전력이라 볼 수 있다.

하지만 처음부터 그들이 그렇게 잘 나갔던(?) 것은 아니다. 항마전쟁 이후, 데스로드가 몰락하자, 그 휘하의 일만 데스 나이트 군단은 그야말로 풍비박산. 군주를 잃은 기사가 그렇듯 그들은 자체적으로 붕괴되었고, 그나마 지휘자 급 데스 나이트들만이 간신히 자신들의 존재를 유지할 수 있었다. 그러나 그것은 본격적인 시련의 시작일 뿐.

항마전쟁 이후 마족과 흑마법사에 대해 극도의 증오심을 품은 대륙인들이 이들 패잔병들을 가만히 내버려 둘 리 없었다. 결국 사방에서 조여오는 토벌대의 창검과 신전의 신성 마법들에 데스 나이트들은 하나둘씩 자신들의 분노와 증오를 다 해소하기도 전에 영원한 안식을 맞이했고, 그것은 최근 10년 전까지 이어졌다.

그러나 지금부터 10년 전, 어느 날. 그동안 암중에 숨어서 검을 갈던 데스 나이트들 100기가 한곳에 집결해 세상에 그 증오의 검을 겨루니, 그것이 바로 '공포와 파멸의 원정대'의 시작이라…

한 두 개체라면 모를까 백여 개체나 모인 이상, 그들은 그야말로 무적. 지난 세월 동안 자신들이 당한 핍박(?)에 대해 마음껏 복수하기 시작했다. 그리고 그것이 지난 10년 동안의 그들의 행적. 그러나 거기엔 그 이상의 의미가 있었으니…….

"하급언데드들이 생자에 대한 맹목적인 증오와 적의로 그들을 덮친다면, 데스 나이트들은 그들보다 고등의 존재로써 그런 감정을 억누를 수 있습니다. 뭐, 나름대로 급이 있고, 품격이 있다고 할 수 있죠. 하지만 자신들의 마력의 근원, 아! 그들의 경우엔 전대 데스로드를 말합니다. 큼큼~ 자신들의 군주인 전대 데스로드가 봉인당한 이후, 그들은 본신을 유지할 마력공급이 끊겼고, 그 탓에 나름대로 자구책을 마련해야만 했습니다. 아마 세상에 퍼진 마속성 아티팩트들을 흡수하거나, 그와 유사한 일을 해왔겠지요. 하지만 그런 것도 한계가 있는 법. 결국 그들은 자체적으로 마력을 충원하기 위해 인간들이 품고 있는 음차원적 감정들, 즉 공포, 증오, 좌절들을 흡수하게 되었습니다. 일단은 가장 구하기 쉬운 것이니… 큼큼, 그래도 인간의 피와 살을 취하는 하급마족과는 달리, 계급상 중급, 상위 마족에 속하는 존재답게 뭔가 순화(?)된 방법이라 할까요? 어쨌든 그런 이유로 인해 그들은 한 달에 한 번 정도 이런 식으로 중소도시들을 습격해 살육을 벌이는 겁니다. 즉, 그들은 단순히 살육과 파괴가 목적이 아니라, 그로 인한 공포와 절망감을 불러일으키기 위해 이런 행위를……."

"칫, 그런 것치곤 이건 정말 너무 심하잖아요? 이것들 말만 기사단이지, 무슨 변태 아니야?"

뭐라 형용할 단어를 찾을 길이 없는 광경. 태풍이 와 도시를 휩쓸었더라도 이 지경은 아니리라. 그것은 그 무언가에 대한 맹목적인 적의를 지닌 채, 파괴 행위 해야만 나올 수 있는 정경이었다. 이에 땅바닥에 뭐 쓸 만한 아이템이라도 있는지 뒤적거리던 수한의 입은 삐죽 튀어나올 수밖에 없다.

"아~ 죄송하지만, 마스터. 이건 그들이 한 게 아닙니다."

"예? 그게 무슨 말이죠?"

"데스 나이트들이 원하는 건 어디까지 인간들의 음차원적 감정. 이런 파괴 행위를 해봤자 그들로썬 아무런 이익이 없습니다. 그리고 실제로 처음 보름 동안은 일부러 도시 내로 진입하지 않은 채, 사람들을 패닉 상태로 몰아넣을 뿐입니다. 단지 그로 인해 극도의 혼란 상태에 빠진 도시민들이……."

"…내부 폭동 혹은 집단 광란인 겁니까?"

"그렇습니다. 극한 상황에 빠진 인간이 얼마나 추하고 무서워질 수 있는지 알 수 있는 대목이죠. 그리고 그런 격렬한 음차원 감정들이 도시를 장악하면, 데스 나이트들이 진입해 생존자를 처리하고 본격적으로 식사(?)를 하는 겁니다."

"얼마 동안요?"

"대략 일주일에서 보름 정도의 시간을 들여, 마력을 보충한다고 합니다. 그리고 지금 도시의 모습을 봐선… 데스 나이트들이 도시에 진입한 지 채 사흘이 되지 않은 것 같습니다."

"흐음~ 그럼, 아직 시간적 여유가 있는 거네요?"

눈앞에 펼쳐진 참극에 극히 담담한 모습을 보이며, 일말의 여유를 잃지 않는 수한. 하지만 그런 마왕적(?) 사고방식이 아닌, 극히 평범한 생각을 지닌 주위의 용병들은 이를 악물며 복수를 외치고 있었다. 비록 눈앞의 참극이 도시민 스스로의 손에 의한 것이라 할지라도 그 원인은 어디까지 데스 나이트들. 같은 인간으로서 용병들은 도저히 데스 나이트들을 용서할 수 없었다.

"으으으~ 말로는 많이 들었지만, 정말 이것은……."

눈앞의 참극에 왜 자신이 진작 토벌전을 시작했는지 반성하며, 지극히 성기사다운 분노의 오라를 내뿜고 있는 란슬롯. 그리고 제각기 그와 유사한 감정에 몸을 부들부들 떠는 열혈 용병들. 그들의 그 분노 어린 투기는 점차 구체화되어 토벌대의 멀쩡한(?) 사람들에게까지 파급되었고, 그로써 토벌대의 사기는 본의 아니게 더욱 고양되었다.

하지만 그렇게 사기가 올랐다곤 해도, 정작 적이 보이지 않으면 아무런 소용이 없는 법.

"으득~ 그놈들은 대체 어디 있는 거야?"

분노에 몸서리치며, 데스 나이트들을 찾는 용병들. 그러나 주위를 아무리 둘러봐도 그저 폐허만이 보일 뿐, 이 참극의 주체되는 존재들은 단 한 명도 보이지 않는다. 때문에 성질 급한 몇몇 용병들은 대형을 이탈, 데스 나이트들을 수색하려고 하는데…

"멈춰! 대열을 이탈하는 건 그 어떠한 이유에서도 용납 못한다! 현재 이곳이 데스 나이트들이 점거한 장소임을 잊지 말도록!!"

유저 전체 랭킹 4위, 레벨 392(하지만 1위인 란슬롯과 무려

100레벨이나 차이난다)의 고수, 로빈의 강렬한 포스(?)가 장내를 일시에 장악했다. 이에 화들짝 놀라, 진형을 이탈하던 용병들이 후다닥 일행에 합류한다. 역시 사람은 목소리가 커야… 크흠~ 어쨌든 그렇게 일순간 토벌대의 흥분을 가라앉은 뒤, 신중을 기하는 모습을 보이는 로빈. 그는 토벌대의 진형을 다시 한 번 확인한 다음에서야 도시 내부로 진입하기 시작했다.

'과연… 한때 나를 애먹인 상대답군. 정말 적절한 조치야.'

토벌대의 그 누구는 느끼지 못하고 있었지만, 얼마 전 수련을 통해 그 기감이 최대치를 달성한 수한은 이미 감지하고 있었다. 지금 이 순간, 자신들을 향해 다가오는 오십의 무시무시한 존재를…

"쯧~ 알아서 오는 건가? 뭐, 덕분에 찾을 수고를 덜긴 했는데… 이거 왠지 몸이 으슬으슬하군."

수한의 중얼거림이 채 끝나기 전에, 사방에서 접근하는 검은 안개. 어느새 토벌대들을 둘러싼 채, 서늘한 기운을 내뿜는다. 그리고 그 검은 안개 사이에서 들려오는 묵직한 발자국 소리.

죽음의 기사단, 그들의 등장이었다.

"자, 또 다른 경쟁자여. 이들은 나조차도 탐내는 최강의 전투집단. 과거 전성기엔 드래곤조차 사냥하던 전문 살룡(殺龍)부대다. 그런데 미숙한 네가 과연 이들을 권속으로 거둘 수 있을까? 나조차도 굴복시키지 못한 이들을? 크크크, 너의 활약을 기대하지."

어둠 속의 관망자는 수한을 비웃으며, 앞으로 벌어질 일에 대해 흉소를 감추지 않았다.

Chapter 7

데스 나이트들과 만나다

우우우우우—

사방에서 들려오는 장송곡의 운율을 흉내된 기음. 그리고 그 뒤를 따라 암흑이 하늘을 가리고, 어둠이 일행을 덮쳤다. 거기에 옵션으로 뒤따르는 공포.

"안개? 아니야, 이건 단순한 안개가 아니야."

일행 중 성질 급한 누군가가 다 아는 정보를 지껄이며, 긴 장의 폭을 높인다. 그렇다. 지금 상황이 단순한 기상현상일 리 없지 않은가?

저벅저벅. 철컹철컹.

가뜩이나 겁에 질린 사람들을 더욱 겁먹게 만드는, 사방에서 들려오는 발자국 소리. 무거운 갑옷을 입은 다수의 존재가 접근하는 노골적인 기척이었고, 장송곡의 운율과 함께 사람들의 불안한 심리를 더욱 증폭시켰다. 그리고 그 긴장의 선이 사람들의 한계점을 돌파하기 직전.

파아악. 우우웅—

"모두 진정하십시오. 어차피 저들이 누군지 뻔하지 않습니까?"

사람들의 긴장과 공포를 일시에 몰아내며 어둠 속을 환하게 밝히는 성광. 란슬롯의 홀리 오라는 그렇게 사람들에게 새로운 희망과 용기를 선사했다.

그렇다. 우리 곁엔 이 시대가 낳은 최강의 성기사가, 나인스타 중 한 명에 속하는 질풍의 성검이 있지 않은가?

자신들과 함께하는 자의 위명을 재차 깨닫고, 사기를 높이는 토벌대. 하지만 등대의 불빛이 이정표는 될지언정, 사방에 깔린 짙은 안개까지 물리칠 순 없는 법이다.

어둠 속에서 서서히 그 모습을 드러내는 흑기사들. 칠흑보다 어두운 검은 갑주를 걸친 채, 공포와 절망을 부르짖는 데스 나이트들의 모습은 그렇게 고양된 사기를 재차 꺾어버렸다. 하긴 그 본질이 인간과 상극인 음차원의 존재들이니, 사람들의 그런 반응은 란슬롯으로서도 어쩔 수가 없는 노릇.

"난전을 절대 안 됩니다. 전원 제 위치를 유지해 주십시오!!"

다행히 토벌대 중엔 란슬롯 외에도 지금 상황을 이끌 또 다른 인물이 있었다. 집단전과 레이드에 관해서만큼은 감히 'NEW WORLD' 내 첫 손 꼽힌다는 로빈. 그는 이 상황에서도 냉정하게 일행을 통솔하고 있었다. 이에 공포에 질린 와중에서도 그의 지시에 따라, 바삐 움직이는 용병들. 비록 공포에 일부 잠식되었다고 하나, 그들 역시 나름대로 산전수전을 다 겪은 능력있는 재원들인 것이다.

그리고 그렇게 진형을 갖추는 자들 중에서도 다른 이들에 비해 뭔가 특별해 보이는 자들이 있었으니…

"크크크, 좋아. 간만에 언데드를 상대하는 건가?"

"큭, 지금까지 고작 듀리한이나 상대한 주제에. 인마, 데스 나이트는 걔들보다 무려 레벨 50이나 높아."

"웃기네. 겨우 50 높은 거겠지."

코앞에 있는 데스 나이트들에도 불구하고 티격태격 우애(?)를 자랑하는 두 사람. 동렙의 유저들, 아니, 란슬롯을 제외하고 그 누구보다도 파란만장하게 게임을 즐겨온 팝콘과 레드다. 하긴 지금껏 사망 횟수만 100번이 넘은 그들에게 무서운 게 뭐가 있겠는가? 때문에 그들보다 훨씬 고렙의 고수들보다도 한결 여유를 가지며, 데스 나이트를 대하고 있었다. 그리고 그런 모습에 자극을 받아, 점차 과도한 긴장을 푸는 토벌대원들.

'후후, 과연 내가 점찍은 사람들이군. 의도한 건 아니지만, 한결 상황이 좋아졌어.'

일행을 지휘하는 위치에서 그 광경을 보지 못했을 리 없다. 이에 흐뭇한 미소를 지으며 자신의 안목을 자화자찬하는 로빈.

…일단 눈앞의 적부터 상대하는 게 좋을 것 같은데, 뭐 하는 짓인지 모르겠다. 그리고 그런 로빈의 잡생각을 탓하기라도 하듯, 기껏 달아오른 장내를 재차 급속토록 냉각시키는 목소리.

—이이곳곳은 우우리가 점점령한 안안식식처, 침침입자자들은은 물물러가라.

"…저거 말로만 듣던 에코 현상인가?"

분명 말을 하는데, 도통 그 내용을 알아듣기가 힘들다. 아니, 알아듣기는 하겠지만, 뭔가 어색한 느낌이 든다고 할까? 마치 일부러 겁을 주기 위해 저런다는 느낌. 이에 속으로 자신의 권속인 시드는 저런 허접 데스 나이트와 달리 말 하나는 또박또박한다며 콧대를 세우는 수한이다.

…물론 그것은 어디까지 그 혼자만의 반응일 뿐.

"으흑~ 어머니!"

"윽, 다리가……."

대기를 진동시키는 데스 나이트의 음성이 채 끝나기 무섭게, 두 다리를 오토 진동으로 전환하는 용병들. 심지어 어떤 이는 그대로 주저앉은 채 울고 있다.

"…이게 대체 무슨 일이죠?"

상대가 그저 목소리를 조금 이상하게 낸 것뿐인데, 그 반응들이 너무 과격하다. 아무런 감흥이 없는 수한으로선 도저히 이해할 수 없는 일. 이에 은근슬쩍 옆에 있는 토일의 옆구리를 찌른다. 물론 제반 지식만은 현자 급이라 자평하는 토일이 그런 질문에 대답을 못할 리 만무.

"아, 방금 전, 현상은 '데스 로어(Death Roar)'라는 상급언데드 전용 스킬이 작용한 결과입니다. 생자에게 죽음의 공포를 느끼게 한다는, 뭐 그런 내용이죠. 하지만 같은 언데드나 생사를 넘나든 경험이 있는 자에겐 그리 큰 효과가 없는 보조 스킬일 따름입니다."

"헤에~ 그런 거군요. 흐음~ 그럼, 나한테 효과가 없을 만하네."

"…마스터의 경우엔 저들보다 상위 개체이기 때문입니다."

스스로의 풍부한 경험과 생사 격전들을 되새기며 자화자찬하는 수한에게 잔인하게도 찬물을 끼얹은 토일. 자연 수한의 입은 삐쭉 튀어나올 수밖에 없다.

한편 수한과 그의 권속이 재미있게 만담을 나누고 있는 그때, 토벌대와 데스 나이트 간의 분위기는 그야말로 일촉즉발 상태.

─물물러나라. 이이것이 마마지막 경경고다.

"1번 포지션을 유지, 앞으로 전진! 3조는 신호와 함께 스크롤을 찢도록!"

데스 나이트의 최후의 통첩을 말 그대로 씹은 채, 토벌대에게 지시를 내리는 로빈. 어차피 상대는 반드시 이 세상에서 박멸해야 할 존재들이고, 자신들을 그 박멸의 역할을 맡은 토벌대다. 말을 나눠봤자 전의만 상실될 뿐. 때문에 로빈은 왠지 아까부터 경고만 하는 데스 나이트들을 무시한 채, 바로 공격 명령을 내렸다. 이에 데스 나이트들 역시 본격적으로 토벌대를 압박하기 시작하는데…

─만만용과 용용기를 구구분 못하는 어어리석은 것들. 좋좋다, 너너희들이 그그토록 갈갈구하는 영영원한 안안식이라는 걸 주주마.

"저놈은 저렇게 말하고도 숨도 안 차나?"

…왠지 분위기를 흐리는 수한의 혼잣말과 함께 마침내 격돌하는 토벌대와 죽음의 기사단.

그렇게 양측 진영이 충돌하기 직전, 로빈의 외침과 함께 토벌대 측의 선제 공격이 시작되었다.

"바로 지금!"

찌직—

파아앗.

—크크아! 감감히…….

로빈의 신호에 준비된 스크롤을 찢는 십여 명의 용병. 순
간, 토벌대를 중심으로 100여 미터 공간에 '축복(Blessing)'이
내려진다. 이에 토벌대 전원의 능력치는 30분간 10% 상승했
고, 진형의 가장 앞줄에 있던 데스 나이트들은 언데드가 지닌
성향상 어쩔 수 없이 제법 큰 피해를 감수해야 했다.

"좋아, 이제 돌입! 절대 진형을 흩뜨리지 말도록!"

지니고 있던 신성 마법 관련 스크롤을 전부 소진하긴 했지
만, 그 덕에 토벌대의 기세가 데스 나이트들의 그것을 넘어섰
다. 그리고 그 순간의 기세를 잃지 않으며 데스 나이트들과
충돌하는 토벌대원들.

정면엔 피통이 큰 기사와 전사들이, 그 뒤를 지원 사격 겸
버프 마법을 걸 마법사와 궁수들이 책임진다. 너무나 정석적
이지만, 그 만큼 위력적인 진형. 사제를 미처 구하지 못한 것
이 아쉽긴 했지만, 토벌대의 가장 앞줄에 있는 란슬롯은 그
점을 상쇄하기 충분했다.

…아니, 그렇게 믿었다.

"죽지도 살지도 못한 자에게 영원한 안식을!"

—크아아~ 감히 위선자들의 노예 주제에!!

란슬롯의 구호에 더 이상 데스로어가 소용없음을 아는 탓인지, 본래 음성으로 화답하는 데스 나이트. 그 역시 토벌대의 기세에 지지 않으려는 듯, 생자에 대한 끝없는 증오를 분출시키며 데스 블레이드를 휘둘렀다. 그리고 그의 데스 블레이드와 란슬롯의 홀리 웨폰과 충돌하는 순간, 양 진영을 뒤흔드는 대폭발.

콰콰쾅—

"크윽~"

—큭, 제법이구나. 위선자의 노예!

손아귀에서 시작해 팔까지 타고 오르는 격렬한 진동. 란슬롯은 자신과 거의 비슷한 검력을 지닌 상대, 데스 나이트를 보고 안색이 어두워졌다. 토벌대 중 최고수는 누가 뭐라고 해도 자신이다. 그런데 그런 자신이 일개 데스 나이트와 호각을 이뤄?

'소문 이상이다. 지금 전력으론 어려워.'

토벌대의 수가 현재 100여 명으로 상대 진영보다 두 배가량 많다곤 하지만, 개개인의 실력에서 너무 차이가 난다. 이대론 가다간 초반의 기세를 잃는 것도 동시에 토벌대는 전멸. 그리고 토벌대의 전멸은 그녀의 영원한 죽음을 뜻했다.

"안 돼, 그럴 수는 없어!"

유저가 아닌 NPC인 그녀. 당연히 부활은 불가능하다. 그런데 자신은 스스로의 실력을 과신했고, 끝내 그녀의 애원을 거절 못해 이 위험한 곳까지 동행하고 말았다. 왜 그런 크나큰 실수를 한 건지.

란슬롯은 자신의 안이함을 뼈가 사무치게 후회했다. 그리고 이 토벌의 성패 여부 자체를 잊은 채, 오직 그녀만을 위해 검을 쥔 손에 더욱 힘을 주었다. 절대 그녀만은 무사히⋯⋯.

"으아아아아!!"

사랑에 눈 먼 성기사의 놀라운 분전은 그렇게 시작되었다.

"이그~ 사전에 말 좀 할 것이지. 덕분에 이게 무슨 고생이야?"

란슬롯이 걱정해 마지않는 그녀, 수한은 안개 속을 헤매며 연신 투덜거리고 있었다. 충돌 직전, 스크롤에서 터져 나오는 축복의 영향권에서 벗어나는 것에만 신경 쓴 나머지, 지나치게 일행과 떨어진 수한. 그리고 그가 일행과 헤어지는 순간, 사방에서 휘몰아치는 안개에 방향 감각까지 상실해, 결국 예전 어둠의 숲에서 조난당한 것처럼 이 모양 이 꼴이 되고 말았다. 그나마 다행이라면 그의 두 권속이 그의 옆에 있다는 것.

"로드, 지금이라면 원하신다면 일행이 있는 쪽으로 안내를⋯⋯."

기사이면서도 레인저로서의 역할을 톡톡히 해온 시드. 그가 수한의 옆에서 길안내를 자처했다. 하지만 내심 느끼는 바가 있는 수한은 설레설레 고개를 흔든다.

"아니요, 우리가 갈 곳은 그곳이 아닙니다."

"마스터께서도 알아차리신 모양이군요."

비록 수한이 감지한 그것은 눈치 채지 못했지만, 눈치 빠른 토일은 그와 다른 각도에서 뭔가를 느낀 모양이다. 바로 토벌대 일행을 맞이한 데스 나이트들의 이상한 점을.

"아무래도 나를 기다린 것 같은데?"

짙은 안개 속에서도 수한이 그 방향을 잃을 일이 없을 정도로, 강렬한 기운을 내뿜고 있는 오십 개체의 그 무언가. 토벌대가 상대하는 데스 나이트들은 어디까지 환영 인사에 지나지 않았던 것이다.

"좋아, 그럼 가볼까요?"

"예스, 마스터."

"예스, 마이 로드."

빙긋 웃으며 앞장서는 수한. 토일과 시드는 그의 양옆을 보좌하며 그 뒤를 쫓았다. 그리고 잠시 뒤, 그들 일행의 눈앞에서 그 모습을 드러내는 50기의 데스 나이트.

―기다렸다, 세 번째 후계자여.

"흐음~ 역시 내가 올 걸 미리 알고 있었던 것 같은데?"

데스 나이트들 중 그 누군가의 말에 자신의 짐작이 옳았음을 재차 확인한 수한. 좋은 게 좋은 거라, 상대가 어떻게 그 사실을 알았는지에 대해선 별 신경을 쓰질 않는다. 심지어 세. 번.째 후보자라는 말에도 그리 관심을 두지 않는다. 그저 자신이 해야 할 일에 대해서만 관심을 둘 뿐. 그나마 토일이 그 말에 두 눈을 번뜩인 것이 다행이라면 다행이다.

"서로 간에 뻔히 사정을 알고 있을 테고… 내 권속이 되겠나?"

만나자마자 본론으로 들어가는 성질 급한 수한. 그러나 상대 역시 애초에 질질 끌 생각이 없는지, 바로 자신들의 속내를 드러낸다.

─역시 너도 그런 건가? 좋다, 그렇다면 네가 우리의 새로운 군주로서 자격이 있는지… 지금부터 시험하겠다.

우우웅─

시험하겠다는 말과 함께 일제히 데스 블레이드를 구현하는 50기의 데스 나이트. 그들은 일제히 수한을 향해 돌진했다. 이에 황급히 마법을 캐스팅하는 토일과 검을 치켜세우는 시드. 하지만 수한은 그런 그들을 만류했다.

"아아~ 나서지 마세요. 이건 어디까지 저에 대한 시험. 저 혼자 해결하겠습니다."

…솔직히 토일과 시드가 못미더운 탓이지만, 일부러 사실

을 말해 군이 권속을 좌절시킬 필요는 없는 법. 때문에 대충 분위기를 잡으며, 그들에게 물러날 것을 종용한다. 다행히 그들 역시 일의 중요성을 아는지, 순순히 물러나는데.

이로써 50기의 데스 나이트를 혼자 상대하게 된 수한. 그러나 그의 얼굴은 자신감이 넘쳐흐른다.

"크크크, 드디어 수련의 성과를 시험할 때가 온 건가?"

비록 필살기를 완성하지 못했지만, 나름대로 수련에 열을 올렸던 수한이다. 자연 그 성과를 시험하고 싶어 안달난 상태. 그리고 지금이야말로 그 성과를 시험할 수 있는 절호의 기회가 아니겠는가?

"좋아, 먼저 이것부터……."

—너의 실력을 보여 다오!

어느새 수한의 바로 코앞까지 다가와, 데스 블레이드를 휘두르는 여섯 기의 데스 나이트. 하지만 이미 수한의 장환이 넓게 퍼져, 거대한 막을 형성한 상태다.

콰콰쾅!

—크윽~ 이건?!

수한의 장환 방어막과 데스 블레이드와 충돌하는 순간, 격렬한 폭발과 함께 데스 나이트들이 뒤로 튕겨져 나간다. 그리고 경악하는 그들을 향해 신형을 날리는 수한.

"아아, 그렇게 놀라지만 말고, 방어도 하시게나."

우우우웅—

어차피 자신의 권속으로 거둘 녀석들이니, 전력을 다할 순 없는 노릇. 괜히 회색으로 물들였다간 아까운 전력만 상하는 게 아니겠는가? 때문에 수한은 어디까지 적당히 양손에 장환을 퍼뜨려, 그 머리통을 지그시 눌러준다.

퍼석—

양철 깡통이 거대한 프레스에 의해 일순간 납작하게 변하듯, 그 형태가 변한 데스 나이트의 투구.

…그 내부에서 벌어진 일은 차마 필설할 수가 없다. 하지만 수한의 소기의 목적은 충분히 달성하고도 남아, 데스 나이트는 반 실신 상태가 되어 땅바닥에 나뒹군다. 물론 회색으로 물들 정도의 데미지는 아니다.

"좋아, 이런 식으로만 하면……."

생각보다 쉽게 데스 나이트 한 기를 제압하자, 자신감이 하늘을 찌르는 수한. 하지만 이 순간 그가 간과한 것이 있었으니, 그의 상대는 한 기가 아닌 50기의 데스 나이트였고, 그들은 이미 수한을 중심으로 진형을 짰다는 사실이다.

—공격!

파파팟!

"어라?! 얘네들이 화살도 쏘네?"

…화살이 아니라 석궁의 쿼럴이지만, 수한이 그걸 알아볼

리 없다. 단지 두 눈을 노리는 그 무언가를 손으로 잡아갈 뿐.
하지만 그것은 그리 좋은 선택이 아니었다.

파아악!

"억?! 이게 뭐야?!"

수한이 쿼럴을 손으로 잡는 순간, 일순 폭발하듯 확장하는
그 무언가. 그것은 수한의 몸을 속박하며, 그대로 땅바닥에
내동댕이쳤다. 황당하게도 그 정체는 쇠 그물.

"헐, 이거야 완전 맹수 사냥을 당하는 맹수 신세군. 하지
만……."

우직!

예상치 못한 반격에 조금 허탈했지만, 이 정도야 봐줄 수
있는 수준. 수한은 이내 쇠그물을 손으로 잡고 그대로 찢기
시작했다. 하지만 그동안 데스 나이트들이 가만히 손만 빨고
있을 리 없지 않은가?

―일 진, 돌격!

누군가의 간결한 명령과 함께 수한을 향해 데스 블레이드
를 겨루며, 말 그대로 돌진하는 다섯 기의 데스 나이트. 척 보
기에도 찔리면 제법 아플 것 같다.

"쯧~ 무슨 놈들이 이렇게 몸 아낄 줄 모르는 건지……."

그 저돌적인 공격에 약간 질려 버린 수한. 그러나 마왕의
체면에 차마 그것을 회피할 수 없어 다섯 개의 장환을 생성,

데스 블레이드들과 일부러 충돌시킨다.

콰콰쾅!

―크윽.

역시 오러 블레이드, 즉 검강보단 강기가 집약된 장환이 한 수 위. 방금 전 충돌로 수한이 멀쩡한 반면, 데스 나이트들은 이제 뒤로 나뒹군다. 하지만 그런 광경에도 불구하고 재차 돌진하는 데스 나이트들.

―이 진, 돌격!

우우우웅―

"헐, 좋다. 누가 이기나 한번 해보자."

상황이 이 지경이면 이미 자존심 싸움이다. 때문에 수한은 이제 쇠 그물 따위 잊은 채, 재차 장환을 생성, 데스 블레이드와 충돌시킨다.

콰콰쾅!

―크억!

―삼 진, 돌격!

폭음과 함께 수 미터를 튕겨져 나가는 데스 나이트들. 방금 전보다 골이 난 수한이 조금 더 힘을 넣은 결과다. 하지만 그 광경에도 여전히 포기를 모른 채, 재차 수한을 향해 다섯 기의 데스 나이트가 돌진한다. 물론 수한이 그것을 회피할 리 만무.

재차 장환을 생성, 데스 블레이드와 충돌시키는데… 하지만 이번엔 지금까지와 패턴이 달랐다.

"어라? 그림자?"

정면의 데스 나이트들만 신경 쓰는 사이, 어느새 좌우 사방을 포위한 데스 나이트들. 그들이 일제히 수한을 향해 돌진하고 있다. 거기다 공중에선 어느 틈에 몸을 날린 데스 나이트들이 수한을 향해 데스 블레이드를 내리꽂고 있었으니.

이거야말로 흔히들 말하는 정체절명의 위기 상황?

…설마 그럴 리가 있겠는가?

"아, 이러면 곤란한데… 좋아, 약식 십방장환!"

우우우웅― 콰콰콰쾅!

―크으윽~

이미 수련을 통해, 강기의 수위를 조절할 줄 아는 상황이기에 십방장환의 위력을 일부 감소시키는 것 역시 가능했다. 이에 마음껏 십방장환을 구현한 수한. 하지만 워낙 강력한 위력을 자랑하는 십방장환인지라, 그에게 달려들던 데스 나이트 전원이 태풍에 휘말린 나뭇잎마냥 사방으로 튕겨져 나간다. 그리고 그 광경에 재차 의기양양해진 수한은…

"자, 이 정도면 충분히 너희들의 군주로서 충분하지 않을까?"

적어도 수한의 생각엔 너무나 압도적인 격차였으니, 충분히 시험에 통과했다고 여겼다. 하지만 정작 데스 나이트들은 그렇게 생각하지 않는 모양이었다.

—과연… 후계자로 꼽힐 만하군. 하지만 우리의 군주로선 부족해.

대체 무슨 놈의 시험이 그리 까다로운 건지… 하지만 시험의 평가는 어디까지 데스 나이트들의 관할인 만큼, 수한은 감히 불만을 표현할 수 없었다. 대신…

"크크크. 좋아, 너희들이 언.제.까.지. 버틸 수 있는지 한번 해보자."

지금까지 나름대로 숨겨온 마기를 일제히 내뿜으며, 수한은 사방에 널브러진 데스 나이트들을 향해 천천히 다가서기 시작했다.

"젠장, 대체 이게 어떻게 된 거야?!"

로빈은 눈앞의 광경을 도저히 믿을 수 없었다. 분명 토벌대원들은 그의 지시를 잘 따라주었다. 진형을 흐트리지도, 그렇다고 서로 간의 연계가 나쁜 것도 아니었다. 그런데 왜 어째서 지금 상황이 난전이 된 거지?!

하지만 로빈은 그렇게 마냥 당황만 할 순 없었다. 그가 그렇게 혼란을 느끼는 와중에도 장내의 상황은 더욱 나빠지고 있는 탓이다.

"크아악! 아악!"

상대는 레벨 350짜리 괴물들, 그것도 그 수가 무려 50마리나 되었다. 그에 반해 토벌대는 몇몇 상위 랭킹 유저들을 제외하곤 대부분 레벨 300을 간신히 넘은 상태. 애초에 난전으로 붙어서 상대가 될 리가 없었다. 그나마 란슬롯이 미친 듯이 활약하며 균형을 맞추고는 있지만, 시간이 지날수록 힘에 부치는 기색이 역력했다.

"칫, 어디서부터 잘못 된 건지는 모르겠지만… 할 수 없지, 일단 퇴각이다. 이대로 가다간 무조건 전멸이야."

점차 빠른 속도로 회색으로 물들어가는 토벌대원들을 바라보며, 로빈은 결국 결단을 내릴 수밖에 없었다. 하지만 이대로 후퇴한다면…

'토벌 계획은 완전히 실패로 돌아가는 거겠지.'

처음에야 높은 사기로 밀어붙일 수 있었지만, 현실을 깨닫는 순간 용병들과 유저들은 토벌대를 떠날 것이다. 일견 냉정해 보이지만, 가능성없는 일에 계속 매달리는 것이 더 바보같은 행동인 것이다. 그리고 그렇게 되면 로빈, 자신의 계획은 제대로 펼쳐 보이기도 전에 끝을 맺게 될 터.

'…그렇다고 애꿎은 피해자를 늘릴 수는 없지.'

잠시 흔들리는 마음을 추스르며, 로빈은 준비해 둔 호각을 입에 물었다. 그리고 마법으로 소리를 크게 증폭시키는 그 호각을 부는 순간, 토벌대는 일제히 퇴각할 것이다. 그런데 로빈이 막 호각을 불려는 순간.

"이히히히, 헬파이어!!"

콰콰쾅!

어디선가 많이 들어온 낯익은 웃음소리와 함께 거대한 화염구가 난전 상태인 장내를 일순간에 정리해 버린다. 그리고 그 놀라운 활약의 주인공은 바로…

"블랙?!"

"이히히히, 역시 이렇게 극적인 상황에 등장해야 제대로 주목을 받는다니깐."

난데없이 난입한 수진의 모습에 토벌대뿐이 아니라, 데스 나이트들조차 경악하는 기색이 역력했다. 하지만 좌중의 반응이 그럴수록 더욱 흥분하는 게 그녀의 특징. 때문에 신이 날대로 난 수진은 로빈이 어어 하는 사이, 난전에 끼어들어, 마음껏 채찍을 휘두르기 시작한다. 그리고 그 모습에서 새로운 희망을 발견한 로빈.

"뭐가 어떻게 돌아가는지는 모르겠지만… 일단은 으아아아~ 죽어보자!!"

수진의 가세로 인해 토벌대로 급격히 기울어지는 승리의 저울추. 지금껏 점잖게 일행을 지휘하던 로빈은 흥분을 이기지 못해, 괴성을 지르며 난전에 끼어들었다.

데스 나이트들을 상대하는 사람들 중 가장 먼저 이상함을 느낀 건, 의외로 둔하기가 둘째가면 서럽다는 수한이었다. 그럴 수밖에 없는 것이⋯ 란슬롯 일행들이야 난전을 벌인 탓에 그 전황 파악이 조금 어렵다지만, 수한은 혼자서 데스 나이트를 상대했으니 전황 파악이라고 할 것도 없지 않은가? 결국 그런 이유로 인해 수한은 그 누구보다도 먼저 데스 나이트들의 사기(?)를 눈치 챌 수 있었다.

"⋯왜 이 녀석들은 숫자가 죽어들지 않는 거지?"

벌써 수십 차례 집어 던지고, 꺾고, 구겨(?) 버렸다. 그럼에도 여전히 수한에게 덤벼드는 데스 나이트들. 분명 이 정도 손을 봐줬다면 최소한 숫자가 줄어들어야 정상인데, 여전히 그 기운은 처음의 50기가 그대로임이 느껴진다. 마치 어디선가 데스 나이트 양산업체가 있어, 끊임없이 찍어내기라도 하듯.

"응? 설마⋯⋯."

갑자기 떠오른 생각에 주먹에 강기를 보다 많이 응축시키는 수한. 단순히 제압이 목적이던 지금까지완 달리, 아예 상대를 소멸시킬 생각인지 그 힘은 가히 전율할 지경이다.

하지만 그 느껴지는 기파에도 불구하고 여전히 끈질기게 달라붙는 데스 나이트. 결국 그중 하나가 운 나쁘게도 시범 케이스가 되었다.

우우우웅— 우직!

강기를 듬뿍 들든 주먹으로 데스 나이트를 힘껏 내리찍어 버리는 수한. 그 충격에 그 불운한 데스 나이트를 중심으로 움푹 꺼져 버린다. 그리고 마치 만화(?)에서나 나올 뻔한 끔찍한 몰골이 되어버린 데스 나이트. 뭐라 형용할 길이 없는 모습이었다. 그런데…

"…역시 그런 건가?"

사방에서 덤벼드는 데스 나이트들을 건성건성 상대하며, 자신이 만든 납작깡통(?)을 계속 바라보던 수한. 잠시 뒤, 그가 원하는, 아니, 예상했던 장면이 펼쳐졌다.

푸시시식—

회색으로 물들어도 하등 이상할 게 없어 보였던 데스 나이트의 잔해. 그곳에서 검은 연기가 솟구쳐 오르며, 점차 이전 모습을 갖추기 시작한다. 그리고 재차 수한에게 달려드는데…

"칫, 이 자식들 설마 불사신인 거냐?"

점차 야금야금 떨어져 가는 체력과 알게 모르게 누적되어 가는 피해. 그 끝을 알 수 없는 차륜전 양상 속에 수한은 마침내 일말의 불안감을 느꼈다. 때문에 이대로 이끌려 다니다간, 정말 말도 안 되는 결과가 나올 수 있다고 판단(방심을 하다, 상황이 역전된 것이 이미 한 두 번이 아니질 않은가? 이제 수한도 뭔가 바뀔 때가 된 것이다)! 결국 최후의 수단을 쓰는데… 그것은 다름 아닌,

"심방장환 트리플!"

토일과 시드와의 거리가 제법 있음을 확인한 다음, 주저없이 자신의 궁극기를 날리는 수한. 이제 충분히 써먹어 식상할대로 식상해진 광경이지만, 그대로 그 위력만은 여전히 가공하다.

"휘유~ 간만에 전력을 다해서 그런가? 완전히 밀어버렸네?"

수한을 중심으로 반경 30m의 공간. 수한에게 달라붙는다고 너무 밀착한 탓에 데스 나이트 전원 흔적도 안 보이고 사라졌다. 물론 그들뿐만이 아니라 옵션으로 대패질이라도 한 듯 깔끔히 마무리된 평평한 지면이 보인다. 상황이 이러니, 방금 전 같은 데스 나이트의 부활은···

피시시식—

피시시식—

"···이러고도 가능하랴?"

수한의 앞에서 피어오르는 50개의 검은 연기. 그것들은 이내 데스 나이트들을 형성하기 시작했다. 그리고 수한은 그제야 상황이 생각보다 훨씬 심각하다는 것을 깨달았다.

"이··· 건 설마······?"

수진의 등장에 저도 모르게 흥분해 이성을 잃었지만, 로빈은 잠시 뒤, 본능적으로 위화감을 느꼈다. 뭔가 껄끄러운, 아주 중요한 사실을 그냥 간과한 채, 일을 진행하고 있는 듯한 느낌. 분명 수진의 압도적인 활약 속에 데스 나이트들이 밀리는 모습이 역력하건만, 그 이유를 알 수 없는 불안감이 로빈의 가슴을 잠식해 들어간다. 그리고 난전 속에서 어떤 특정 장면을 보는 순간, 로빈은 그 불안감의 정체를 알아차렸다.

그렇다. 그는 이제야 왜 방금 전, 토벌대들의 진형이 무너져 난전 상태가 되었는지, 그리고 일개 데스 나이트가 랭킹 1위이자 한계 레벨 499에 거의 도달한 란슬롯과 무승부를 이룰 수 있었는지 깨달을 수 있었다.

시야를 방해하는 사방에 깔린 검은 안개, 그리고 부상을 입더라도 그 검은 안개를 흡수함에 따라 금세 회복하는 데스 나이트들. 이것은 바로…

"영역 소유? 설마 이 공간 자체가 데스 나이트들의 마역(魔域)이란 말인가?"

어디선가 들은 적이 있다. 몇몇 특정 마물들은 자신의 마력을 일부 소모, 자신만의 공간을 만든다는 걸. 그리고 그 공간 안에서 만큼은 능력치를 비롯한 회복능력이 30% 상승한다는 사실 역시.

즉, 그 공간 안에서 만큼은 사기 만땅의 무적 상태가 된다는 뜻이다.

하지만!! 그렇다고 눈앞의 광경처럼 불사신이 된다는 의미는 결코 아니었다.

"헥헥~ 이 녀석들 아무리 때려도 안 죽는데?"

난전에 끼어들어 거의 종횡무진 채찍을 휘두르던 수진. 그화려 만발한 편술로 데스 나이트 십여 기를 한 곳에 몰아넣고, 간만의 유희를 즐기는 모습이다. 그런데 그렇게 채찍을 휘둘러 댄 지, 족히 십여 분이 지났음에도 끝끝내 회색으로 물들질 않는 데스 나이트들.

그녀가 지닌 데미지 구현능력, 즉 공격력을 고려할 때 말도 안 되는 결과였고, 그녀가 혹시나 해서 전장에서 날뛰는 데스 나이트들의 총수를 헤아리는 순간, 의심으로 확신으로 변했다.

"이 자식들, 전혀 줄어들질 않았어!!"

어찌 들으면 비명같이 들리는 하소연(?). 그녀의 외침에 로빈은 이제 더 이상 상황 판단만 할 때가 아님을 깨달았다. 지금은 이미 행동으로 옮겨도 늦은 것이다.

'칫, 진작 후퇴했어야 했는데… 바보같이 그녀가 가세했다는 데 정신이 팔려서… 지금이라도 빨리…….'

장내를 둘러보니 토벌대 내 고렙 십여 명만 남았을 뿐, 이미 대다수가 회색으로 물든 지 오래다. 그렇다. 이건 지휘자인 자신의 판단 착오로 벌어진 명백한 개.죽.음.인 것이다. 로빈은 이제 더 이상 망설일 수 없었다.

"모두 후……."

콰콰콰쾅!

싸우는 와중에 잃어버린 호각을 무시하고, 입으로 후퇴명령을 내리려는 로빈. 하지만 어디선가 들리는 가공할 폭음이 그의 외침을 삼킨다. 그리고 일제히 동작을 멈추는 데스 나이트들.

─그가… 1차 시험을 통과한 건가? 좋아. 철수!

데스 나이트 중 그 누군가의 외침. 데스 나이트들은 지금껏 상대해 온 토벌대를 깨끗이 무시한 채, 썰물마냥 빠르게 어디론가 사라졌다. 그리고 그 광경을 멍하니 바라만 보는 토벌대. 뭔가 아쉬움에 찬 수진과 연신 씩씩거리는 란슬롯을 제외하곤 전원 체력이 다해 쓰러진다. 하지만… 란슬롯의 비명 같은 외침에 토벌대의 생존자들은 벌떡 일어설 수밖에 없었다.

"마리안느 양이 없어!"

"얘네들 진짜 불사신인 겁니까?"

십방장환에 전신이 날아갔음에도 어느새 수한의 눈앞에 일렬로 도열한 데스 나이트들. 그 모습에 수한은 토일에게 조심스럽게 그런 질문을 할 수밖에 없었다. 이에 만물박사를 자처하는 토일은 크게 당황하며, 자신의 지식을 자랑하는데…….

"분명… 이건 말도 안 돼는 일입니다. 아무리 이 도시 전체가 그들의 마력 충전을 위한 마역이 되었다곤 하지만… 이런 회복력이라니… 이건 뭔가가…….”

수한으로선 도통 이해할 수 없는 소릴 해대는 토일이었지만, 그 뜻만은 대충 이해할 수 있었다. 즉, 눈앞의 녀석들이 뭔가 야료(?)를 부렸다는 의미인 것이다. 그렇다면 이 트릭(?)의 정체를 알지 못하는 한, 힘을 써봤자 하등 소용이 없으리라.

“어떻게 방법이 없을…….”

―첫 번째 시험을 통과한 것을 축하한다. 하지만 본격적인 시험은 이제부터가 시작. 부디 이 난관을 통과해, 우릴 더 이상 주군없는 기사가 되지 않게 해다오.

척척.

지금 상황에 믿을 거라곤 토일의 지식뿐, 때문에 그에게 도움을 요청하려는 순간, 데스 나이트 중 누군가가 입을 열어 수한의 말을 끊어버린다. 그리고 왠지 불길한 선언과 함께 저 뒤에서 발맞춰 걸어오는 50기의 데스 나이트.

수한은 자신도 모르게 이렇게 중얼거릴 수밖에 없었다.

“이제 나 어떡하지?”

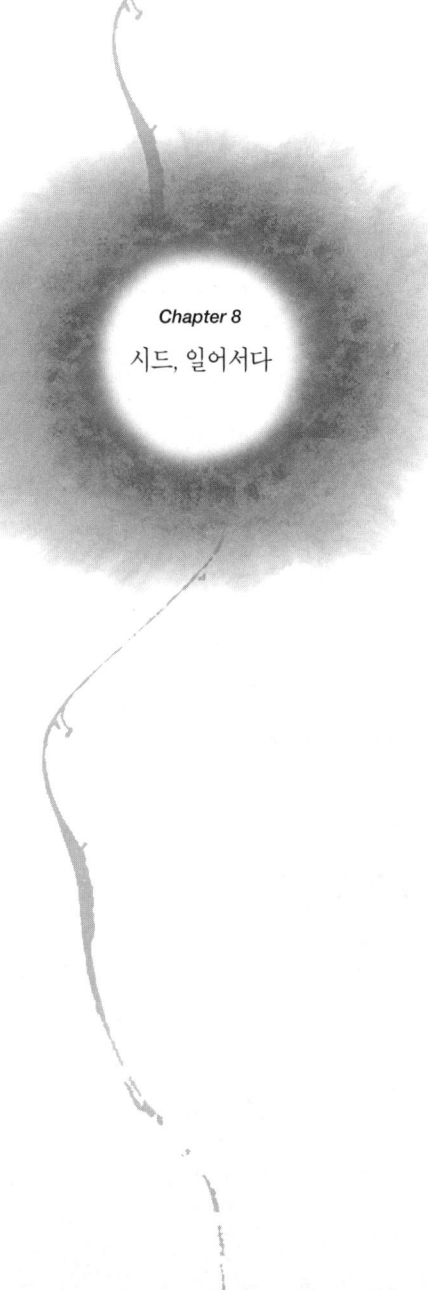

Chapter 8

시드, 일어서다

살기등등한 표정에 살기만땅의 피범벅된 칼을 든 100명의 떼강도에게 둘러싸인 민간인의 심정이 이러할까? 아니면 100명의 바바리맨에게 둘러싸인 파릇파릇한 여고생… 크흠~ 어쨌든 약간의 극단적인 상황 묘사이긴 했지만, 적어도 지금 이 순간 수한의 기분이 그러했다.

─세 번째 후계자여, 아니, 시험의 도전자여, 부디 우리들의 시험을 통과하길 바란다.

"아, 저… 나중에 받으……."

─그럼, 시작하겠다.

수한이 뭔가 상황에 어울리지 않는 말을 하려는 찰나, 냉큼 그 말을 잘라먹는 데스 나이트. 이어 100기의 데스 나이트가 서서히 그를 둘러싸기 시작한다. 그리고 그 모습에서 어마어마한 위압감을 느끼는 수한.

'이씨~ 왜 내가 상대하는 놈들은 이따위 사기 캐릭들밖에 없는 거야!!'

그나마 초반엔 장난치듯 슬슬 상대할 수 있었지만, 지금은 전혀 그렇지 못하다. 왜냐하면 눈앞의 이 흑검둥이 기사 녀석 전부가 불.사.신.인 탓이다.

불사신(不死身). 즉, 죽지 않는다는 뜻이다. 솔직히 언데드, 이미 죽은 녀석들에겐 하등 어울리지 않는 단어이겠지만, 수한의 눈앞에 있는 100기의 데스 나이트에겐 너무나 어울리는 말이기도 했다.

구기고, 찌그러뜨리고, 강기의 폭풍으로 일순간 폭발시키고… 온갖 방법으로 괴롭혔음에도 끝에는 결국 검은 연기를 내뿜으며 부활하는 녀석들. 대체 무슨 트릭(?)으로 그런 일을 자행하는지 알 길이 없지만, 그건 정말 사기다!!

열심히 때려봤자 체력만 떨어질 뿐이고, 심지어 십방장환을 날려봤자 마나 낭비. 이래서야 무슨 재미와 보람으로 상대할 수 있겠는가? 적어도 그 트릭만이라도 뭔지 알아야, 무슨 방법이 있을 법한데…….

―우릴 무시한 건가?!

부우우우웅―

"이크～ 내가 잠시 딴생각을……."

바로 코앞을 스쳐 지나가는 데스 블레이드에 그제야 제정신을 차린 수한. 화들짝 놀라 뒤로 물러선다. 그리고 그런 그를 반가이 맞은 건, 다섯 개의 데스 블레이드와 열 개의 데스 나이트 특제―저주는 기본, 일반인 맞을 경우 무조건 언데드가 된다―퀘럴이었다.

"큭, 고작 이딴 거에 내가……."

우우우웅―

그 특유의 운용 능력으로 다섯 개의 장환을 생성, 그것을 펼쳐 방어막을 구현하는 수한. 그러자 그 강기의 막에 막혀 퀘럴은 후두둑 떨어졌고, 데스 블레이드는 사정없이 튕겨져 나간다. 만약 수련하지 않았으면 어쩔 뻔했는지.

물론 수한의 이런 방어는 약간 지나친 감이 없지 않아 있었다. 솔직히 본신이 이룬 금강불괴와 호신강기만 해도, 충분히 데스 나이트들의 공격에 방비를 할 수 있을 터. 거기다 장환 운용에 드는 마나량이 예상외로 많은 것을 고려할 때, 이런 식으로 남발하다간 제풀에 지쳐 넘어갈 가능성까지 엿보였다. 그러나…

'왠지 불안해.'

그렇다. 수한은 불안했다. 아무리 데스 블레이드가 고작(?) 검강 수준의 공격력을 지녔다곤 하지만, 뭔가 맹렬히 불안했다. 단순히 호신강기나 장막을 믿었다간 큰코다칠 것 같은 예감. 그리고 실제로 이 데스 블레이드를 휘두르고 있는 녀석들은 '불사신'이라는 믿지 못할 자기 어필(?)에 확실히 성공한 상태지 않은가? 그러니 또 뭐가 튀어나와도 하등 이상할 게 없다는 게 수한의 생각이었다. 그리고 그런 수한의 짐작을 증명이라도 하듯.

―대단하군. 단순한 실드 마법과는 비교조차 되지 않아. 하지만⋯⋯.

또 어디선가 들려오는 데스 나이트식 음성. 수한은 혹시 저 음성의 주인이 이 데스 나이트들의 우두머리가 아닌지 의심해 봤다. 그렇다면 저 녀석만 잡으면 만사형통?!

하지만 사방으로 왜곡된 음향 효과로 인해, 그 음성의 주인을 찾기란 하늘의 별 따기. 하물며 100기의 데스 나이트 전원이 비슷비슷한 취향(?)의 갑옷을 걸친 채, 사방에서 날뛰고 있으니.

눈썰미가 없어 숨은 그림 찾기나 틀린 부분 찾기 같은 게임에 늘 약한 면모를 보였던 수한으로선 거의 불가능한 미션이다.

―⋯곤조차 우리에겐 단순한 사냥감. 이제 우리의 진정한

실력을 보여주마!

'어라? 뭐라 한 건 같은데……'

딴생각하는 사이, 데스 나이트가 무슨 말을 한 것 같다. 이래서 주인공의 잡생각이 문제라니깐.

…어쨌든 방금 전, 데스 나이트가 뭐라 한 것이 엄청 중요한 내용일 것 같다는 예감이 팍팍 든다. 왜냐하면…

쿵쿵쿵!

이제껏 단순히 수한을 둘러싼 채, 비교적 단순한 공격 패턴을 보이던 데스 나이트들. 그런 그들이 별안간 수한에게서 거리를 벌리더니, 발을 구르며 뭔가 이상한 짓을 한다.

쿵쿵쿵!

뭔가 상대로 하여금 위압감을 가지게 만드는 과장된 발굴림. 그리고 일관되게 쥐고 있던 검을 버리고 제각기 개성만점의 그 무언가를 집어 드는 데스 나이트들. 작은 손도끼부터 거대한 할버드, 그리고 이름 모를 기괴한 무기들까지. 일각에선 노골적으로 석궁을 재장전하며 앞으로 벌어질 일들에 대해 경고하고 있다. 그리고 그중에서도 가장 압권인 건…….

"이거… 이거… 분위기가 장난이 아닌데……."

철그렁. 스르르릉.

십여 기의 데스 나이트가 대체 어디서 그런 걸 끄집어낸 건지, 땅바닥에 질질 끌며 가져오는 그 어떤 것. 그것의 정체는 두껍다 못해 드는 것조차 버거워 보이는 거대한 쇠사슬이었다.

…그렇다. 그것은 쇠사슬인 것이다(대체 왜 이 순간, 므훗한 그 무언가가 느껴지는지, 참 알다가도 모르겠다)!!

"저런 걸로 뭘 하려고……?"

자신을 상대하기 위해 저런 걸 끄집어냈다는 사실은 알겠지만, 도통 이해가 안 된다. 대체 저렇게 큰, 그리고 엄청 무거워 보이는 것으로 무얼 할 생각인지… 그러나 수한이 그렇게 생각하는 순간, 이미 공격은 시작되고 있었다.

─제트 스트림 어택!!

"허억, 그건 표……."

어디선가 많이 들어본 스킬명과 함께 수한을 향해 돌진하는 10기의 데스 나이트. 수한은 순간, 마음 깊숙한 곳에 숨겨둔 어떤 단어를 떠올렸지만, 그 말을 채 완성하기도 전에 데스 나이트들의 데스 블레이드를 맞이해야 했다.

티티팅.

일순간에 구현된 장환의 강기막. 데스 블레이드는 허무하게 튕겨져 나가, 그 주인에게 도리어 강력한 반탄지력을 선사했다. 하지만 그로 인해 강기막이 일시적으로 약해진 것 역시 사실. 그 틈을 타, 재차 수한을 공략하는 3m 남짓의 파이크(Pike).

"어, 창?!"

선두의 데스 나이트들은 어디까지 그 큰 창을 숨기기 위한 미끼였던 것이다. 그리고 마침내 충돌.

티팅. 깡. 터터터팅.

열 개의 파이크 중 두 개는 강기막에 튕겨졌지만, 그 나머지는 강기막을 뚫고 수한의 전신을 노렸다. 물론 그사이 수한이 가만히 있을 리 만무.

별도의 스킬을 구현할 시간은 없었지만, 이미 시전한 호신강기를 더욱 공고히 하는 데는 성공한다. 그리고 마침내 호신강기와 파이크의 2차 충돌.

티티티팅. 뿌직.

이미 장환의 강기막으로 인해 그 기세가 많이 약화된 파이크였다. 그런 파이크가 비록 처음 강기막보다 약하다곤 하지만, 수한이 공들인 호신강기를 뚫을 리 만무. 결국 단숨에 튕겨져 나가거나 부러진다.

…하지만 데스 나이트의 공세는 지금부터 진짜 시작이었다.

—일렬부터 삼열까지 연속 사격!

피피피피피피핑—

깨진 채 여기저기 구멍난 호신강기를 막 메우려던 수한의 시야에 한가득 다가오는 삼십여 개의 쿼렐. 어어 하는 사이, 호신강기를 뚫고 금강불괴인 본체에 타격을 준다. 이어 쉴 새 없이 쇄도하는 열 개의 거대한 할버드. 그곳에서 시퍼렇게 불타오르는 데스 오러의 모습은 방어막을 뚫린 틈을 타, 최대한 데미지를 입히겠다는 강한 의지가 담겨 있었다.

하지만 그 위기의 순간, 수한은 마침내 깨달았다. 상대는 다양한 병종을 혼합해 그 위력을 극대화시킨 병진(兵陣). 애초에 청제국의, 같은 무공을 익힌 구성원 간의 연계와 조화로 승부하는 진법(陣法)과는 그 대응 방법 자체가 달랐던 것이다.

"큭, 괜히 일일이 받아줬네."

진법 특유의 내부 압력이 있는 것도 아니고, 그렇다고 그 흐름이 변화무쌍하여 벗어날 틈을 없었던 것도 아니다. 단지 쉴 새 없이 몰아치는 공격 흐름에 정신을 못 차렸던 것뿐.

이럴 땐 그저 그 흐름의 맥만 끊으면, 자동으로 해체되는 게 병진인 것이다. 즉, 사정없이 공격하는 상대의 공세에서 슬쩍 몸을 빼면 그만이란 의미. 수한에겐 그럴 만큼 능력이 있지 않은가? 바로 이형환위!

이제 그 사실을 깨달았으니, 실행하면 그만인데… 하지만 수한의 그런 생각은 시기상으로 너무 늦은 감이 있었다.

—지금!!

이제 막 자신을 노리는 할버드를 맨손으로 튕겨내며, 이형환위로 포위망을 벗어나려던 수한. 그때 뭔가 불길하게 느껴지는 외침이 그의 귓가를 스치고 지나간다. 그리고 그것을 증명이라도 하듯, 일제히 수한을 덮치는 쇠그물과 거대한 그 무언가.

차르르륵.

쿠쿵!

"커억, 이건……."

쇠그물이 일순간 수한의 몸을 속박하자, 그 위를 재차 쇠.사.슬.이 강타해 그의 몸을 억압한다. 순간, 전신이 힘이 빠져나가는 수한. 그 감각은 마치 예전 드래곤 산맥에서 느꼈던…

"설마?!"

자신의 이상에 경악해 마지않는 수한. 그는 연신 설마를 울부짖으며 양손에 장환 생성을 시.도.했다. 그러나 한 점의 강기, 아니, 일말의 경력조차 모여들지 않는 양손. 수한 자신의 무기력한 손을 바라보며 그대로 절망했다. 그리고 그런 수한을 향해 울려 퍼지는 데스 나이트의 음성.

—과거 데스로드 휘하에 있을 때, 드래곤 사냥 때 쓰던 물건이다. 지옥의 불꽃에 정련하고, 재차 마법적 가공을 거쳐 만든 '용의 족쇄'. 웜급 드래곤조차 한낱 덩치 큰 도마뱀으로 만들었던 금제를 과연 네가 벗어날 수 있을까?

친절(?)하지만, 상황을 더욱 절망적이게 만드는 설명에 결국 수한은 이렇게 소리칠 수밖에 없었다.

"젠장, 불사신에 이어, 이번엔 사기 아이템이라니!! 이거 정

말 너무 하잖아!!'

수한의 입에서 터져 나오는 뭔가 의미심장한 외침. 그것은 자신은 왜 이렇게 당하기만 하냐는 영혼의 절규이기도 했다.

하지만 그가 뭐라고 외치든 말든, 데스 나이트들은 자신의 포획물을 더욱 확실히 제압하기 위해 바쁠 뿐.

철거덩.

마치 살아 움직이는 생물인 마냥 수한의 몸을 감기 시작하는 쇠사슬. 그 무거운 쇠사슬을 마치 실뜨기라도 하듯 자유자재로 다루는 모습을 보건데, 밧줄 플레이에 엄청난 재능이… 커흠~ 어쨌든 수한이 버둥거리며 저항하는 것도 무색하게 그의 몸을 꽁꽁 묶어버리는 데스 나이트들. 이에 결국 수한은 쇠사슬에 완전히 겁박당한 채, 땅바닥에 쓰러지는 신세가 되었다. 그리고 그 위에 마지막 결정타를 날리기 직전 으레 사전 경고를 하듯, 수한을 약 올리는 데스 나이트.

─포기해라. 무수한 드래곤들이 그 족쇄에서 결국 목숨을 잃었다. 만약 지금이라도 시험을 포기한다면……

"웃기는 소리!! 난 아직 포기하지 않았어!!"

혹시나 하는 마음에 상태창을 봤더니 아니나 다를까, 마나가 동결된 상태다. 즉 스킬 운용이 불가능하다는 의미!! 하지만……

예전 카오틱 드래곤에게 저주를 받았을 때처럼 능력치마

저 하락한 것은 아니었다. 다시 말해 수한의 그 먼치킨스런 근력이 여전히 건재했으며, 아직 반전의 여지가 있다는 뜻이 기도 했다.

"우아아아아아아~"

─크윽~ 반항을…….

사방에서 쇠사슬을 당기며 수한을 겁박하던 십여 기의 데 스 나이트. 그런데 수한이 한번 힘을 불끈 주고 요동을 치자, 연신 휘청거리며 버거워하는 모습을 보인다.

하긴 수한의 근력이 어디 보통 근력이던가? 무려 5,000을 넘어선 그것은 웬만한 성룡 급, 아니, 웜급 드래곤의 근력과 도 비견되는 수준. 고작(?) 십여 기의 데스 나이트가 감당하기 엔 벅찬 감이 있었다.

"웃샤, 웃샤~"

─크으윽~

연신 '남자는 힘이다'를 중얼거리며 한껏 용을 쓰는 수한. 그가 구령을 붙일 때마다 데스 나이트들이 쩔쩔매며 끌려 다 닌다. 분명 제압당한 상황이건만, 어찌 된 게 방금 전보다 더 활기 왕성한 모습을 보이는 수한.

하지만 데스 나이트들이 수한처럼 흐리멍덩하지 않는 이 상, 그런 선전 아닌 선전이 언제까지 지속될 리 없었다.

─제압해!

휘리릭— 철컥.

"켁, 이 자식들아~ 내가 무슨 괴수나 걸리버냐?!"

어디선가 들리는 짧게 끊어지는 명령에 수한을 향해 사방에서 던져지는 밧줄과 구속구. 수한이 어어 하는 사이, 밧줄과 구속구에 의해 몸이 꼼짝달싹할 수 없는 신세가 되었다. 이어 사방에서 당겨지는 힘. 십여 기로는 부족하다는 생각인지, 아예 백 기 중 반수 이상이 수한과 이어진 밧줄과 구속구를 당긴다.

그나마 수한의 덩치가 크기라도 했으면 좋았을 텐데, 가뜩이나 빈약한 몸에 몸무게까지 가벼웠으니… 어느새 사방에서 당기는 힘에 의해 허공에 뜨기 시작하는 수한의 몸. 이젠 힘을 제대로 전달한 지면에 발이 닿지 않아 제대로 된 반항조차도 힘들게 되었다. 그리고 그 모습에 그제야 감춰둔 속내를 드러내는 데스 나이트들.

—좋아, 제압 완료. 이로써 우린 새로운 마력 충전원을 얻게 되었다.

…어쩐지 지금껏 시험이다 뭐다 하며 수한을 죽이기보다 제압하는 데 초점을 둔다 싶었더니, 이런 속셈이었단 말인가? 하긴 수한의 넘쳐 나는 마력을 고려하건데, 이보다 좋은 마력 충전원이 어디 있으랴? 하물며 늘 마력이 부족해, 한 달에 한 번 원치 않는 학살을 벌이던 그들로선 선택의 여지가 없었을

터. 하지만 수한의 입장에선······.

"크아아아~ 이놈들, 그럴 속셈이었구나!! 날 봐!! 너흰 포기할 테니, 어서 놓으란 말이다!!"

허공에 뜬 채로 버둥거리며, 어떻게든 쇠사슬을 비롯한 구속구에서 벗어나려 악을 쓰는 수한. 이런 진행이라면 게임하는 내내 복수나 독립 자금 조성은커녕, 이 검둥이 기사 녀석들의 휴대용 마나 탱크가 될 판국이다. 그것도 산 채로!!

자연 수한으로선 미치고 팔짝 뛸 노릇. 그러나 그가 아무리 악을 쓰고 욕을 해도, 이미 상황은 끝난 듯했으니··· 스킬은커녕, 힘조차 제대로 쓸 수 없는 상태에 그를 도와줄 변변한 사람조차 없다. 이에 결국 반쯤 자포자기한 수한은 데스 나이트들의 마나 탱크 역할을 하며, 월급을 받는 게 가능할지 진지하게 고민하기 시작하는데······.

그런데!! 주인공의 그런 궁상스러움은 더 이상 용납할 수 없다는 걸까? 이제 수한이 모든 것을 포기하고 사지에 힘을 빼는 순간, 갑자기 장내에 뛰어든 인물.

"멈추시오!"

'헉, 설마 또 이런 적절한 타이밍에 누군가가?'

늘 있던 패턴(?)이기에 기대에 찬 시선으로 그 외침의 주인을 향해 고개를 돌린 수한. 지금이라면 수진이라도 더없이 반가울 것 같다. 그런데 수한의 희망이 될 새로운 등장인물은 놀랍게도…….

사십대 초반의 중후함을 사방에 뿌리며, 정말 멋진 자세로 자신의 검을 데스 나이트들에게 겨루는 인영. 단순히 지금 장 내의 상황만 본다면, 데스 나이트들에게 사로잡힌 귀족가의 아가씨를 구하기 위해, 그들의 앞을 막아선 원조교제 예정자라. 그 이름은 바로…

"엥? 시드?"

너무 의외의 인물이어서일까? 수한은 자신도 모르게 실망감 섞인 반응을 보인다. 하긴 마왕인 자신도 당해내질 못한 100기의 데스 나이트에게 레벨 50때인 짝퉁(?) 데스 나이트가 무슨 힘을 쓰겠는가?

그러나 그런 수한의 실망에도 불구하고, 시드는 전혀 겁먹은 기색도 없이, 100기의 데스 나이트 앞에서 당당하다. 멀찍이 떨어진 채, 발만 동동 구르는 토일과는 너무나 다른 모습. 그런데 막상 시드의 입에서 흘러나오는 말에 수한은 순간 진한 배신감을 느껴야 했다.

"이미 시험이 끝난 것으로 보이는데, 어찌 주군의 명예를 이다지도 무시하는 거요? 그대들이 기사라면, 주군에게 깨끗한 죽음을 드려 그 명예를 더럽히지 않게 해주시오! 만약 그렇지 않다면……."

'크어억?! 아니, 쟤가 미쳤나? 뭐? 깨끗한 죽음? 나보고 게

임 접으라고?!'

　이대로 죽을 바에는 차라리 데스 나이트들의 마력 공급원이 되어, 월급을 받는 편이 백배천배 낫다. 그런데 저 고지식한 기사 녀석은 수하랍시고 한다고 소리가…….

　그러나 사람 말은 끝까지 들어야 하는 법. 시드의 진정한 속내는 다음에서 드러났다.

　"…주군의 명예를 훼손한 바, 나 기사, 시드는 그대들에게 기사로서 결투를 신청하겠소!"

　웅성웅성.

　기사 대 기사의 결투. 그 말에 지금껏 한 기를 제외하고, 오직 침묵만을 고수하던 데스 나이트들이 동요하는 모습이 역력하다. 아무리 그들이 영혼을 저당 잡힌 타락한 존재라 할지라도, 그 본질은 기사. 자연 시드의 가슴 절절한 요청에 마음에 흔들리지 않을 수 없었던 것이다. 이에 결국…….

　―…좋다. 기사, 시드여. 너의 요청을 받아들인다. 그리고 혹 그대가 이긴다면 너의 명예를 아는 태도를 높이 사, 너의 주군을 풀어주겠다. 단, 그대가 진다면… 너와 너의 주군은 우리와 영원히 함께할 것이다.

　"좋소! 명예를 아는 어둠의 기사들이여."

　수한이 뭐라 개입할 새도 없이 체결되어진 협상(?). 시드로선 최악의 순간을 넘기기 위한 마지막 모험이었고, 애초부터 수한을 포기할 생각이 없던 데스 나이트들은 자신의 명예를 지키면서도 원하는 바를 얻는 그 제안에 거절할 이유가 하등 없었다. 하물며…

—그대, 시드, 상대를 정하라.

뭔가 은근히 깔보는 기색이 역력한 음성. 하긴 은신의 반지와 낮은 레벨로 인해 시드를 견습기사조차 되지 못한 존재로 아는 데스 나이트들로선 그런 반응을 당연하다. 하지만 나름대로 믿는 구석이 있는 시드는 당당하기 이를 데 없었으니.

"지금 말하고 있는 그대에게 결투를 신청하겠소."

—…좋다. 내가 널 상대해 주지.

시드의 말이 약간 의외였는지, 잠시 침묵을 지키다 결국 다른 데스 나이트들을 헤치며, 앞으로 나서는 데스 나이트. 그런데 지금껏 데스 나이트들의 수장이라 여겼던 것에 비해 그 기운이 지나치게 단출하게(?) 느껴진다. 적어도 이들의 수장 자리에 있다면 뭔가 특별한 게 있을 법한데, 너무 평범하고 해야 하나? 시드 역시 약간 의외인지, 자신의 결투 상대에게 질문을 할 수밖에 없었다.

"그대는 이들의 수장이오?"

—큭, 너 역시 지금껏 우리를 상대한 자들처럼 그런 생각을 하는 모양이군. 하지만 좋다. 내답해 주지. 난 어니까지 우리들을 대변하는 하나의 개체일 뿐. 내가 곧 우리이며, 우리가

곧 나다.

시드의 질문이 늘 접하던 거였는지, 약간 쓴웃음 토하며 답하는 데스 나이트. 그런데 그 말에서 토일은 중대한 그 무엇인가를 깨닫는다.

"설마……?!"

하나가 곧 전체이며, 전체가 곧 하나. 그 의미심장한 말의 의미는 곧…….

"스피릿 유니온(Spirit Union)?!"

집단전 최후이자 최강의 궁극기, 그러나 다른 한편에선 금단의 비술로 알려진 스피릿 유니온. 설마 그 잊혀진 스킬이 지금 이 순간 다시 한 번 재현되었단 말인가?

토일은 지금 상황조차 잊은 채, 마법사의 특유의 지적 호기심에 흥분을 감추지 못했다. 그리고 그런 토일의 외침에 선선히 긍정하는 데스 나이트.

―마법사라서인가? 금세 알아차리는군. 그렇다. 우리는 스피릿 유니온을 이루었다.

'스피릿 유니온'이 무엇이던가? 한 집단의 구성원들의 정신을 하나로 묶는 극단적인 비술. 전설에 의하면 그 스킬, 아니, 금단의 비술이 부여되면 그 집단의 모든 구성원은 서로의 정신을 공유하며, 최고의 연계 플레이를 보여준다고 한다. 즉, 하나가 곧 전체이며, 전체가 곧 하나. 서로 의사소통할 필요도 없이 실시간으로 집단전을 구사할 수 있는 것이다.

어디 그뿐이랴? 이 비술이 시전되면, 정신과 함께 생명 역시 구성원들이 공유한다. 하나의 구성원이 사망한다 할지라도 전체가 사망하지 않는 한 바로 부활하고, 반대로 전 구성원이 치명적인 타격을 입는다 할지라도 단 한 구성원들이라도 살아남았다면 바로 전체가 부활할 수 있는 것이다. 즉, 그들 집단을 이기기 위해선 일시에 그 구성원 전체를 소멸시키는 방법밖에 없다는 의미!

하지만 이 무적에 가까운 비술이 금단이란 호칭을 받게 된 것은 다 그만한 이유가 있었기 때문이다. 한번 펼쳐지면 거둘 수가 없을 뿐더러, 서로 간의 정신공유가 24시간 계속 지속되는 탓에 집단의 구성원 중 누군가는 결국 미치광이가 될 수밖에 없었고, 그로 인해 집단의 붕괴가 초래되는 게 당연지사. 하긴 서로 간에 정신을 공유한 상태에서 한 명이 정상적인 정신 상태를 유지 못한다면 대체 어찌 되겠는가?

이렇게 그 위력만큼이나 부작용이 큰 탓에 '스피릿 유니온'은 금단의 비술이 될 수밖에 없었던 것이다.

…그러나 만약 그 구성원들이 언데드라면, 그것도 영혼을 저당 잡힌 상태에서도 한가닥 기사의 품성을 유지하는 강인한 정신력의 소유자라면?

"그렇군. 그래서 당신들이……."

"그렇군. 그것이 트릭의 정체였어!! 어쩐지 아무리 죽여도 죽질 않는다 했더니……."

…토일이 설명을 마무리 지은 뒤, 막 적당한(?) 결말을 내려 할 때, 분위기를 와장창 깨버리는 수한의 탄성. 하긴 그의 입장에선 드디어 골치를 아프게 한, 상대의 불사신 트릭을 깨달았으니, 어찌 기쁘지 않으랴?

'크크크크, 좋아. 그냥 한곳에 몰아넣고, 십방장환을 연달아 전개하면 만사 오케이란 말이지?

자신이 현재 어떤 상태인지조차 까맣게 잊은 채, 희희낙락하는 수한. 이에 장내의 모든 이들은 그런 그를 무시하기로 암묵적으로 합의를 한 뒤, 재차 관심을 시드와 그의 대전자에게로 돌린다.

"그럼, 이제 시작하겠소."

―좋다, 선수를 양보하지.

시드의 정중한 태도에 여유만만한 모습을 보이는 데스 나이트. 그것은 그 혼자만의 생각이 아닌, 그들 전체의 생각이기도 했다. 그런데…

쐐애액 채챙.

―크윽, 이건?!

몇 번 스텝을 밟는 순간, 순식간에 쇄도하여 검을 휘두르는 시드. 그 날카로운 공격에 시드의 대전자는 순간 찔끔했다.

그렇다. 방금 전, 공격은 결코 레벨 50대의 겉멋만 든 일반 병사급 전사가 보일 만한 것이 아닌 것이다.

—크윽, 능력을 숨긴 건가?

선방에 이어 끊임없는 시드의 파상공세에 그제야 경시하는 마음을 버린 대전자. 하지만 이미 기세를 탄 시드의 공격은 끈덕지게 그의 몸을 노렸고, 반격의 여지를 주지 않았다. 그리고 그 광경에서 절로 모특정 인물의 유명한 게임계의 금언을 떠올리는 수한.

능력치 차이가 전력의 결정적 차이가 아니다.

…왠지 표절 냄새가 물씬 풍기기는 하지만, 지금 상황에선 너무나 잘 어울리는 명언이다. 그렇다. 비록 템빨의 힘을 빌렸다곤 하지만, 능력치의 차이는 여전히 시드의 상대가 압도적으로 유리한 상태. 그러나 얼만 전까지 나인스타에 꼽히던 시드는 그 능력치의 차이를 자신의 경륜과 그 무언가로 극복하고 있었다. 바로 수한에게 결정적으로 부족한 그 '무언가'로!!

'그렇군. 나는 아직 미숙해.'

시드의 우세에 그제야 주인공(?)답게 뭔가를 깨달은 수한. 상대와 비교해 거의 비등하거나 압도적인 능력치를 지니고도, 어느 누구에게도 뚫릴 게 없는 무적 스킬을 지니고도 패배했었던 자신. 과연 그 원인이 무엇일까?

수한은 그렇게 자신이 겪은 무수한 패배들을 되새기며, 점차 자신만의 세상에 침잠해 들어갔다. 그리고 그가 그러는 사이, 점차 그 결말이 보이기 시작하는 결투.

채챙.

—크윽, 내가… 이 내가 이렇게…….

사정없이 몰아붙이는 시드의 공세에 결국 몰릴 대로 몰린 대전자. 그는 이 믿을 수 없는 결과에 발악적으로 데스 블레이드를 휘둘렀지만, 대미궁에서 가져온 시드의 레어급 검은 그 예리함을 견뎌냈다. 결국 남은 건, 어디까지 마지막 결정타. 하지만 시드 역시 이 결투에 마무리를 짓기엔 그리 좋은 사정이 아니었으니…….

"곤란하군. 이럴 줄 알았으면, 보다 고급 스킬을 지닌 검을 선택하는 건데……."

상대는 레벨 350의 데스 나이트. 그런 존재에게 타격을 입히려면 최소한 오러 블레이드는 되어야 가능하다. 그리고 현재 레벨 50인 시드로선, 그것도 템빨의 옵션으로 능력치를 대충 짜깁기한 그로선 불가능한 일일 수밖에 없다. 하물며 능력치 옵션에만 집착한 나머지, 템빨 스킬(?)조차 의존할 수 없는 그로선 단순히 그의 레벨에 맞는 하급 검술만으로 승부해야 했으니…….

부우우웅— 채챙.

"크윽~"

점차 길어지는 결투 속에서 대전자가 발작적으로 휘두른 검에 정통으로 검이 부딪치는 순간, 신음성을 토하며 한 발짝 물러서는 시드. 줄곧 그의 우세를 유지시키던 파상공세가 처음으로 끊기는 순간이었다. 그리고 이어지는 대전자의 반격.

챙챙챙.

"크윽~"

비록 그 검형은 간단하나, 그 검에 실린 힘은 가히 태산조차 가를 정도라.

…비록 그 표현은 무협틱하지만, 어쨌든 대충 그런 공격으로 시드를 압박하는 대전자. 그는 어느새 시드의 약점을 간파한 것이다.

─크큭, 그런 것이었나? 비록 검술은 나를 능가할 지라도, 그 검력이 약한 이유가…….

지금껏 약세를 면치 못한 것에 대한 화풀이인지 시드에게 약간 조롱기 어린 말을 하며, 대전자는 더욱 공세를 펼쳤고, 시드는 그저 밀리기만 한다. 그리고 마침내 벌어지는 파탄의 순간.

채채챙─ 따땅.

지금껏 데스 블레이드를 견디던 시드의 검. 계속되는 파상공세를 견디다 못해, 결국 부러진다. 하긴 제아무리 레어급 검이라 할지라도 오러조차 입히지 않은 상태에서 언제까지 데스 블레이드를 견딜 순 없었을 터. 결국 시드의 검이 부러진 것과 동시에,

스팍.

"크윽~"

검이 부러지는 여세를 빌려, 지금껏 검을 쥐던 시드의 팔을 그대로 잘라 버린 대전자. 이어 여유롭게 시드의 목에 데스 블레이드를 갖다댄다. 그리고 승리자의 여유로써 승패에 대한 판단을 패배자에게 맡기는데…

—패배를 인정……

장내의 모든 이들이 이로써 결투가 끝이 났다고 여겼다. 데스 나이트들은 마력 충전기와 새로운 동료가 생겼음을 자축했고, 토일은 그대로 절망한 채 주저앉았으며, 수한은 적정 수준의 월급 타결을 위한 제안서를 머릿속으로 구상하고 있었다. 그런데 그 순간, 예기치 못한 대반전!!

"아직 끝난 게 아니다!"

—웅? 자살이라도 할 생각……

목에 겨뤄진 검을 무시한 채, 대전자에게 달려드는 시드. 대전자는 자신도 모르게 겨루어진 검을 거두었다. 어차피 검까지 없는 마당에, 그것도 능력치조차 형편없는 자가 뭘 할 수 있겠냐는 방심. 그것은 너무나도 치명적인 실수였다.

덥석.

─이게 무슨……?

남은 손으로 대전자의 팔을 부여잡는 시드. 주먹질이라도 기대했던 대전자의 맥이 탁 풀리는 순간이다. 그런데 바로 그때, 그의 몸으로 물밀 듯이 밀려들어 오는 거대한 거력. 그것은 바로 자신들이 그토록 바라던 마력(Evil Force)가 아닌가?

─아니, 어떻게 인간이 이블 포스를?!

아직까지도 시드가 인간이라 믿었던 대전자. 그렇게 경악하는 그의 눈앞에서 시드는 '은신의 반지'에 내재된 은신 기능을 해제했다. 그러자 마침내 드러나는 시드의 본신.

─미안하군. 난 이미 주군에게 영혼을 바친 존재다.

─너… 너너…….

경악하는 장내의 모든 데스 나이트들. 그리고 그런 그들을 더욱 경악시키는 건, 자신들의 몸에 강제적으로 들어오는, 가히 형용할 수 없는 어마어마한 마력이었다.

─너… 대체 무슨 짓을……?

마력을 그토록 갈구해, 살육까지 벌인 그들이지만, 지금의 마력은 지나치게 많았다. 물론 어느 정도 시간을 준다면 충분히 흡수할 만한 양이었지만, 지금의 경우는 짧은 시간이 너무 과도한 양을 강제적으로 주입되는 상황.

이에 대전자, 아니, 그와 연계된 모든 데스 나이트들은 언데드 주제에 고통까지 느끼며 이런 일을 자행하는 시드를 노려봤다. 이에 여유만만한 태도로 답하는 시드.

—주군께서 내게 주신 스킬북이 있다. 혼원천마경(混元天魔經)이란 거지. 비록 훼손한 부분이 많아 얻은 바가 적었지만 마력만큼은 착실히 늘려왔다. 그리고 그 내용 중 재미있는 기술이 있어 갖은 노력 끝에 익힐 수 있었지. 바로 내공 대결.

내공 대결이 무엇이던가? 바로 무협소설 상에서 내력이 높은 자가 적을 제압하는 방법이며 생사결의 마지막 수단이라 알려진 기술이다. 그리고 청제국과는 달리 섬세한 내력 운용술이 없는 이곳, 팔라스 연합의 데스 나이트들에겐 너무나 충격적인 공격방법이기도 했다.

하물며 시드가 누구던가? 수한과 계약하여, 엉뚱하게도 마력만은 먼치킨 수준에 도달한 법사형(?) 기사다. 거기다 수한의 재능우선주의에 의해 내공만 왕창 늘리는 심법서를 얻어, 그 무지막지한 내공, 아니, 마나량을 수한에 버금갈 만큼 늘렸으니…

—크아아악! 이런 말도 안 되는…….

일반적인 물리, 마법 데미지와는 다른 차원의 것이라 그런 걸까? 시드는 분명 눈앞의 대전자에게만 마나를 주입하고 있었지만, 그 데미지는 모든 데스 나이트들에게 파급되어졌다. 그리고 그 강도는 점차 커져만 가, 그들의 본신이 붕괴되는

지경에까지 이르렀으니… 이에 결국 데스 나이트들은 굴복할 수밖에 없었다.

─크아아아! 그래, 네가 결투에서 이겼다. 네가 우리 전체를 이긴 거다. 그러니 이제 그만…….

데스 나이트가 된 이후, 처음으로 느끼는 극악의 고통에 마침내 자신들의 패배를 인정하는 데스 나이트들. 기사의 체면이고 명예고 그런 건 아예 신경조차 쓰지 못하는 모습들이다.

그리고 그렇게 데스 나이트들이 고통에 몸부림치는 틈을 타, 속박에서 벗어나게 된 수한. 시드의 결투를 통해 약간의 깨달음을 얻었을 뿐만 아니라 상황까지 대역전 상태, 자연 시드에게 사근사근(?)거릴 수밖에 없다.

"크크크크크, 정말 잘했어요, 시드 경."

그 특유의 괴소를 숨기기 않은 채, 슬금슬금 다크 오라를 내뿜기 시작하는 수한. 이어 점차 마나가 바닥나기 시작한 시드를 대신해, 옆에 있던 아무 데스 나이트의 손목을 잡고, 마력을 강제적으로 주입한다.

─크아아아아! 이제 그만!! 대체 뭘 원하는 거냐?!

시드보다 더욱 정제된, 그리고 더욱 엄청난 양의 마력. 데스 나이트들의 처절하기까지 한 비명성은 재차 장내를 강타했다. 그리고 그런 그들에게 음흉한 미소를 지으며 대답하는 수한.

"크크크크, 난 그저… 새로운 타결 안을 제시하고 싶을 뿐이야."

지금껏 자신의 월급에 대한 타결 안에만 신경 쓰던 그였지만, 상황이 이렇게 된 이상 그 내용이 달라지는 게 당연지사. 수한은 이제 노예 계약서(?)를 작성하기 시작했다.

"…이거, 내가 한 방 먹었군. 이로써 네가 세 후보자 중 '진정한 군주'가 될 가능성이 가장 커진 셈인가? 하지만… 이대로 끝낼 순 없지."

어둠의 관망자는 분노에 찬 시선을 수한에게 보내며, 다시 깊은 어둠 속으로 침잠해 들어갔다.

[제3권 끝]

◆설정집

[히든피스(혼합) 직업 설정]

1. 간혹 'NEW WORLD'의 세상에선 전직 퀘스트 도중, 특정 조건이나 연계 퀘스트를 달성할 경우, 혼합 직업 혹은 숨겨진 직업을 얻을 수 있다. 일종의 히든피스로서 일반 타 직업군에 비해 높은 부가능력치를 얻게 되며, 보다 특화된 상급스킬를 습득하기도 한다. 하지만 이런 행운을 얻을 확률은 극히 낮으며, 그 전직 조건은 일반 전직 퀘스트보다 훨씬 어렵다고 한다.

2. 직업 설명

1)무황(武皇)―무의 정점에 도달한 최강의 싸움꾼
청제국의 별호 시스템과 구분되는 명칭으로 하나의 직업. 세간에 떠도는 무속성 기본무공을 모두 마스터한 뒤, 별도의 퀘스트를 거치면 이 직업이 생성된다. 가히 불가능에 가까운 극악의 노가다를 거쳐야 하며, 퀘스트 도중 까딱 실수하면 모든 게 무(無)로 돌아가니 신중한 선택이 필요하다. 하지만 일단 직업을 얻으면, 일 대 일 승부에선 절대무적을 자랑하는 대인 공격계 직업 중 최강자가 된다. 일설엔 초월자, 선(仙)으로 승급할 가능성이 가장 높은 직업이라 한다.

속성 구분 없이 모든 무공 습득 가능, 무공 습득 후 그 숙련도 는 무조건 70%에서 시작. 모든 스탯 +50, 보너스 스탯 +200 습 득

2)대마도사(Arch Mage)—마법의 극의에 도달한 반미치광이

'NEW WORLD' 전체를 통틀어 유일한 5차 전직 직업이며, 최강의 공격 데미지를 자랑하는 존재. 마도사가 된 상태에서 레 벨 400이 넘어 특정 퀘스트를 달성하면, 이 대마도사라는 직업 을 얻을 수 있다. 하지만 그 과정은 무황의 그것과는 비견될 정 도로 정신적 노가다(무황의 경우엔 육체적 노가다)를 감당해야 하는 탓에 정신 질환자가 될 가능성이 매우 높으니, 역시 신중 한 선택을 해야 할 것이다.

계열에 따른 최강의 광역 공격 마법[메테오(Meteo), 블리자 드(Blizzard), 썬더스톰(Thunder Storm), 토네이도(Tornado) 중 택일]을 습득. 보너스 스탯 +200 습득

3)닌자—암살과 잠행으로 도를 얻은 왕따

무황과 대마도사조차 암살할 수 있는 최강의 자객. 청제국에

서 자객 전용 상급 스킬을 세 개 이상 익힌 상태에서 팔라스 연합의 상급어쌔신 전직 퀘스트를 달성하면, 상급어쌔신을 대신해 생성되는 직업이다. 하지만 장백산맥과 드래곤 산맥으로 인해 설정상 거의 생성 불가능한 직업이기도 하다. 혹여 이 직업을 얻는다 해도, 직업 특성상 타인과의 접촉이 극히 제한된다는 단점이 있다(활발한 파티 플레이를 즐기는 유저에겐 극히 비추)

두 개의 유니크 스킬, 쉐도우 하이드(Shadow Hide)와 분신술(分身術)을 습득. 보너스 스탯 +150 습득

4)마법전사(혹은 기사)―선천적으로 타고난 행운아이자 무황의 짝퉁

마법과 무공 구분 없이(단, 한 속성만을 선택, 습득해야 한다) 모두 습득 가능한 유일한 존재. 딱히 특별한 전직 퀘스트가 없으며, 선천적으로 타고난 체질, 혹은 종족 특징에 따라 자동 습득되는 직업이다. 대표적인 예가 드래곤과 마족이 있으며, 유사 종족의 경우 1,000년에 한 번 태어날까 말까한 돌연변이만이 가능하다.

한 가지 속성에 한해 마법, 무공 구분 없이 모든 스킬 습득가능.

5)성기사―마법 기사를 빙자한 교단의 마당쇠

기사의 공격력, 방어력에 사제의 신성 마법을 지닌, 몸빵의 최종 진화형인 4차 혼합 직업. 3차 직업인 기사 캐릭이 레벨 250대 특정 퀘스트를 수행하면 생성된다. 다른 히든피스 직업에 비해 비교적 얻기 쉬운 직업이다. 그 탓인지 생성 이후, 기사이면서 동시에 신에게 봉사하는 사제라는 설정으로 스스로의 이익이 아닌, 오직 교단을 위해 활동하는 제약이 있다.

일반 기사의 스킬 습득 한계수치 +10. 회복, 방어, 강화 마법(신성 계열로 제한) 습득 가능. 보너스 스탯 +150 습득

[분쟁의 여왕, 수진 정리]

성명: '더 웹' 칭호:분쟁의 여왕(Queen Of Trouble)
직업:닌자 성향:중도(중간)
레벨:499
근력(STR):246(+350)
민첩(DEX):1080(+250)
근골(CON):180(+50)
지력(INT):16(+200)
지혜(WIS):16(+200)
마력(MEN):312(+150)
운(LUCK):7(+100)

보너스 스탯:0

생명(HP):16,490/16,490 마나(MP):11,735/11,735

공격력:1,510(+500) 방어력:1,549(+2,200)

체력:99% 포만감:99%

직업 특징상 칭호를 얻을 가능성이 극히 낮은 캐릭임에도 단일주일 만에 '옥화편제(玉花鞭帝)'를 대신해 '분쟁의 여왕'이라는 칭호를 획득한, 독보적인 존재. 청제국 시절, 수한과 함께 겪은 처절한 격전에 자극, 지난 1년간 루나를 닦달해 사냥터 명당자리를 확보, 기어이 한계 레벨에 도달했으며, 습득한 유니크, 레어 스킬을 모두 마스터한 근성의 여왕.

아이템(부츠, 장갑, 벨트, 귀고리, 목걸이, 반지 두 개, 팔찌, 채찍, 슈트)에 따른 능력치 상승 +1,300. 전직 보너스 스탯(상급어쌔신, 닌자) +380. 환골탈태, 보너스 스탯 +300. 옥녀신공(玉女神功) 대성, 보너스 스탯 +200. 자객 보너스(민첩에 한해) +100. 한계 레벨 도달로 인한 스탯 상승, 전 스탯*1.2

전격 저항력 +200%, 화(火) 속성 저항력 +200%, 모든 속성에 저항력 +100%, 일섬탈혼(一閃奪魂) 발동 시, 크리티컬 확률 90%.

[흑염(黑炎)의 군주, 발록 정리]

성명:발록(Barlog:眞名) 칭호: 흑염(黑炎)의 군주

직업:키메라(어비스의 수문장) 성향:마(魔)(적대)

레벨:970

근력(STR):7,700(+2,310)

민첩(DEX):1,000(+300)

근골(CON):3,000(+900)

지력(INT):290(+87)

지혜(WIS):290(+87)

마력(MEN):3,700(+1,110)

운(LUCK):100(+30)

보너스 스탯:0

생명(HP):204,700/204,700

마나(MP):101,050/101,050

공격력:13,145(+30,000)

방어력:5,496

체력:Max 포만감:Max

설정상 마계의 숨겨진 여섯 번째―본래 다섯 군주밖에 없다―대
마왕이라는 직책과 '흑염(黑炎)의 군주' 라는 거창한 칭호가 있지

만, 로드 타이거에 의해 제조된—어느 멀쩡한 드래곤을 납치한 뒤, 불의 상급 정령과 융합, 이후 외형이 마음에 안 든다는 이유로 인간형 모습으로 전신 성형수술을 거쳐 지금의 모습이 되었다—대카오틱 드래곤용 결전 병기, 키메라 Ver 1.05가 그 실체다.

제조가 완료된 뒤, 불확실한 특정 요소로 인해 마 속성이 되어 통제가 어려워진 탓에—이후 로드 타이거는 키메라가 아닌, 메카닉 위주로 결전 병기 제조를 전환했다—폐기 처분될 뻔했으나, 천문학적인 재료비가 아까워 결국 재활용의 미덕을 살려—온갖 세뇌 작업과 설정상 수정이 있었다—흑염의 군주가 되었다.

설정상에서만 존재하는 대마왕이나 기타 신들과는 달리 본체가 실재하며, 그 본신의 힘은 능히 카오틱 드래곤과 비견된다. 단, 그 통제 불능한 막강한 힘을 고려, 현재 설정상 금제를 주렁주렁 단 채, 대미궁의 중앙 부분에서 있지도 않는 어비스의 수문장 역할을 하고 있다.

가장 기본 재료가 드래곤이기에 초기 스탯과 보너스 스탯은 드래곤의 그것과 동일하다.

초기 스탯:제각기 100(운:50) 보너스 스탯 50.

레벨 499까지 레벨 1업 시 보너스 스탯 +10

레벨 500 이후 레벨 1업 시 보너스 스탯 +10(이전 모든 능력치 두 배, 공격력 +2,000 방어력 +2,000)

불의 상급정령과 융합:화(火) 속성 저항력 Max, 모든 물리 데미지 무효화, 공격 시 화(火) 속성 추가 데미지 +30,000['염화의 채찍' 이 자체 생성], 체력, 포만감 항상 Max 상태 유지.

키메라 특혜:항마력 Max(모든 마법 데미지 90% 감소), 자체 회복 능력 Max(초당 HP 회복 수치 +100) 단, 스킬 습득과 운용이 불가.

'어비스의 미궁' 영역화[마역(魔域) 소유에 따른 추가 능력치 상승]:전 스탯 30% 상승. 자체 회복 능력 30% 상승(초당 HP 회복 수치 +30)

청어람 판타지의 재도약!!

혁신과 참신함으로 무장한
새로운 판타지 전문 브랜드의 탄생!

「알바트로스」
Albatros

판타지계의 커다란 근간을 이뤄온 청어람 판타지 소설!
새로운 브랜드 「알바트로스」라는 커다란 날개를 달고
거대한 웅비를 시작합니다.

알바트로스는 판타지의, 판타지를 위한 개척자이자 도전자로 존재하겠습니다.
알바트로스는 형식적이고 나태해진 판타지계의 구습을 벗어나겠습니다.
알바트로스는 판타지계의 도약을 위한 든든한 날개 역할을 묵묵히 수행합니다.
알바트로스는 변화와 혁신을 통해 새롭게 태어날 환상 공간입니다.
알바트로스는 판타지를 아끼고 사랑하는 이들을 향한 청어람의 굳은 약속입니다.